Daniel Kowalsky

Die Babylon-Verschwörung

Ein Lion-Daniels-Roman

DANIEL KOWALSKY

DIE BABYLON VERSCHWÖRUNG

EIN LION-DANIELS-ROMAN

SCM
Hänssler

SCM

Stiftung Christliche Medien

SCM Hänssler ist ein Imprint der SCM Verlagsgruppe, die zur Stiftung Christliche Medien gehört, einer gemeinnützigen Stiftung, die sich für die Förderung und Verbreitung christlicher Bücher, Zeitschriften, Filme und Musik einsetzt.

MIX
Papier aus verantwortungsvollen Quellen
FSC® C014496

Max-Eyth-Straße 41 · 71088 Holzgerlingen
Internet: www.scm-haenssler.de; E-Mail: info@scm-haenssler.de

Umschlaggestaltung: Oliver Berlin, www.oliverberlin.biz
Titelbild: Adobe Stock
Autorenfoto: ©unbekannt
Satz: Satz & Medien Wieser, Aachen
Druck und Bindung: GGP Media GmbH, Pößneck
Gedruckt in Deutschland
ISBN 978-3-7751-6059-9
Bestell-Nr. 396.059

TOP-SECRET

Niemand weiß, dass es sie gibt. Keiner weiß, was sie vorhaben. Sie agieren schon seit Tausenden von Jahren. Im Geheimen und Verborgenen.

Nur eine kleine Gruppe um Lionel Abraham Daniels, die ihr Hauptquartier momentan in einem Kibbuz in Israel hat, ist dieser mysteriösen und sehr einflussreichen Geheimorganisation auf der Spur und stellt sich den fiesen Plänen der dahinterstehenden Verschwörer mit Mut und Einfallsreichtum entschlossen in den Weg.

Die Mitglieder dieser furchtlosen Gruppe um Lion Daniels sind:

Lionel Abraham Daniels selbst: Ein 18-jähriger Student aus Texas, der meist nur Lion genannt wird. Er ist ein Abenteurer, Draufgänger und über beide Ohren verliebt in Jackie, die er im ersten Band aus den Fängen der Geheimgesellschaft gerettet hat.

Jaqueline Arielle Bordeaux, kurz Jackie: Sie ist 16 Jahre alt, sehr intelligent, leidet unter einer Amnesie, die in einem Labor der Geheimorganisation am Comer See künstlich herbeigeführt wurde. Sie und Lion kennen sich aus ihrer gemeinsamen Schulzeit an einer Privatschule im Schwarzwald.

Ariel Goldberg: Spitzname Ari, ist ein ehemaliger Mossad-Geheimagent, der bestens vernetzt ist und alle Fäden in der Hand hält. Außerdem ist er Lions Onkel, was in dessen Familie bis vor Kurzem noch ein gut gehütetes Geheimnis war.

Yumiko Takahashi: Sie arbeitet schon lange als Computerhackerin mit Ariel zusammen und ist mit ihm verlobt.

Leandro Bugatti: Der 21-jährige, hochintelligente Biochemiker arbeitete – ohne es zu wissen – in einem geheimen Forschungslabor der Organisation. Doch als er dahinterkam, dass seine Arbeit missbraucht wurde, um Menschen manipulieren zu können, stieg er aus, nahm seine gesamten Forschungsergebnisse mit und wird deshalb nun von der geheimen Gesellschaft gejagt.

David Grand: Der 21 Jahre alte gläubige Christ rettete Leandro Bugatti das Leben und gehört seitdem zur Gruppe.

Janina Adams: Die junge Archäologie-Studentin geriet nach der Entdeckung eines geheimen Tempels der Organisation in Ägypten in deren Visier. Doch Lion, David, Leandro, Jackie und Ariel retteten sie; seitdem gehört sie mit zur Widerstandstruppe. Bei der spektakulären Flucht aus Ägypten verliebte sie sich in David und Leandro und entdeckte ihren einstigen Glauben wieder.

Alexandro Novotny: Der Freiburger Archäologie-Professor und Freund von Ari führte die Exkursion und Suche nach dem Tempel in Ägypten an. Er gilt als tot.

Zu den Gegenspielern gehören:

Gilbert Winter: Der fiese Bankier aus der Hochfinanzwelt ist die Schlüsselfigur der Geheimorganisation und der Gruppe um Lion Daniels auf den Fersen.

Jill Aapio: Die eiskalte Finnin ist Winters Topagentin und war vor allem mit der Entführung und Betreuung von Jackie betraut.

Khor: Der Meister und oberste Priester der Geheimgesellschaft hält sich stets im Hintergrund – solange alles läuft.

PROLOG

Russland, Moskau, Laboratorium Nr. 12 – 20. Februar 1961

Denis Popow steckte den Mikrofilm in einen schmalen Hohlraum seines Gürtels, den er mit einem speziellen Klebstoff verschloss.

Als junger hochbegabter Wissenschaftler im Bereich der Hirnforschung war er vor einigen Jahren vom KGB angeheuert worden, um das Team im Laboratorium Nr. 12 zu unterstützen. Aber was er hier im Laborinstitut des Volkskommissariats für innere Angelegenheiten gesehen und erlebt hatte, übertraf die schlimmsten Gerüchte, die er zuvor über diese Einrichtung gehört hatte. Während der letzten zwei Jahre hatte er Dinge mitbekommen, die ihn in die tiefsten Täler menschlicher Abgründe geführt hatten. In diesem Labor wurde die Wirkung maßgeschneiderter Gifte getestet, und zwar an sogenannten nutzlosen Gefangenen. Menschenleben zählten in dieser Einrichtung nur sehr wenig.

Und Denis? Er gehörte dazu und hatte genau das getan, was seine Auftraggeber von ihm verlangten. Anfangs hatte er sich noch für das geschämt, was er tat. Doch im Laufe der beiden Jahre war sein Gewissen immer weiter abgestumpft, sodass er nicht mehr über Moral und Ethik nachdachte. Er hatte sogar über seine Aufträge hinaus eigene Forschungen betrieben und immer mehr Gefallen an seiner Arbeit und der damit verbundenen Macht gefunden - auf Kosten vieler Menschenleben.

Im Zuge seiner Forschungen hatte er ganz neue Erkenntnisse über die Funktionsweise des menschlichen Hirns gewonnen, die alles in den Schatten stellte, was bis dahin herausgefunden worden war. Dieses Wissen schrie jetzt danach, in irgendeiner Weise angewendet zu werden.

Und da lag das Problem. Der KGB war natürlich sehr daran interessiert, die von ihm gewonnenen Erkenntnisse im Bereich der Hirnforschung für seine eigenen Zwecke zu nutzen. Doch das wollte er niemals zulassen. Die Denkweise der KGB-Leute empfand er als viel zu primitiv. Sie dachten nur an das Hier und Jetzt, an den Kalten Krieg und daran, wie sie den imperialistischen Klassenfeind Amerika besiegen konnten. Nein, Denis Popow dachte weiter. Für ihn gab es kein Ost und kein West - nur eine Weltgemeinschaft, die darauf wartete, von einer Elite hochbegabter Menschen angeführt zu werden.

Er selbst gehörte zu dieser Elite - sogar mehr als das: Als oberster Priester eines geheimen Ordens führte er diese Elite an. Vor Kurzem war ihm von seinem Vorgänger die Priesterwürde übertragen worden und damit auch das Geheimwissen längst vergangener Generationen. Als neuer oberster Priester hatte er auch einen neuen Namen bekommen, einen Namen, der nur an geweihten Orten genannt werden durfte.

Denis fuhr mit der Hand über seinen Gürtel, in dessen Inneren sich der Mikrofilm mit seinen Forschungen der letzten Jahre befand. Es war die einzig übrig gebliebene Dokumentation davon. Die Original-Dokumente hatte er zuvor vernichtet.

Nun war es Zeit zu gehen. Draußen wartete ein Agent der Organisation auf ihn, der ihn sicher über den Eisernen Vorhang bringen würde, die schier unüberwindliche Grenze zwischen Ost und West. In Amerika würde er seine Forschungen fortsetzen. Er würde mithilfe der westlichen Technologien etwas erfinden, das die Welt für immer verändern würde - und so die Vision aus dem alten Babylon Wirklichkeit werden lassen.

Er ballte seine Hand zur Faust und flüsterte mit unterdrückter Stimme: »Der uralte Plan wird umgesetzt.«

Denis Popow schaute zur Zimmerdecke, die folgenden Worte nur in Gedanken sprechend: »So wahr ich Khor heiße!«

* * *

In einem Bunker in Ägypten – 22. Juli

Der Freiburger Archäologie-Professor Alexandro Novotny, der einen Anschlag durch ein inszeniertes Täuschungsmanöver überlebt hatte, schaute nach oben zu der verschlossenen Luke des Bunkers. Seit neun Tagen saß er in diesem Bunker fest, weil eine Explosion die Luke verschüttet hatte.

Novotny seufzte, setzte sich an einen Tisch und schaute zum gefühlt tausendsten Mal auf eine Schatulle, die im Flackerlicht der Lampe in Regenbogenfarben schimmerte. Er hatte diese Schatulle in einem geheimnisvollen Tempel gefunden und mitgenommen.

Bei diesem Tempel - oder vielmehr bei dem, was sich darin befand - handelte es sich um das zentrale religiöse Symbol einer der gefährlichsten Geheimorganisationen der Welt. Das wurde auch dadurch deutlich, dass sich die Organisation nach dem mysteriösen dreidimensionalen Stern in der Mitte des Tempels nannte: PENTATRAXON

Nowotny nahm die Schatulle in die Hand und betrachtete sie von allen Seiten. Die Tatsache, dass er sie auf einem Altar direkt unter dem Stern gefunden hatte, sagte ihm, dass ihr Inhalt für diese Geheimgesellschaft von elementarer Bedeutung sein musste. Leider war das Kästchen so fest verschlossen, dass er an den Inhalt nicht herankam. So sehr er sich auch in den vergangenen Tagen bemühte hatte, die Schatulle ließ sich einfach nicht öffnen. Wütend warf er sie mit voller Wucht an die Wand; sie fiel zu Boden.

Verwundert hob er sie wieder auf. Was war das? Etwas an der Oberfläche hatte sich verändert. Ein Stift aus Metall war zu sehen und stand etwa einen Millimeter heraus. Mit seinen spitzen Fingernägeln zog er daran. Es gelang ihm tatsächlich, den Stift vollends herauszuziehen.

Auf einmal hörte er im Inneren des Kästchens ein Scharren. Er hatte einen Mechanismus in Gang gesetzt. Wenige Sekunden später vernahm er ein leises ›Klack‹, und die Schatulle war geöffnet.

Neugierig schaute Novotny hinein und entdeckte eine Rolle. Vorsichtig nahm er sie heraus und legte sie vor sich auf den Tisch. Es war eine

Buchrolle, vermutlich aus hochwertigem Büffel-Leder, die mit einem Siegel verschlossen war und sich sehr geschmeidig anfühlte.

Er zerbrach das Siegel, das die Form des dreidimensionalen fünfzackigen Sterns hatte, der sich auch in der unterirdischen Tempelanlage befand, faltete die Buchrolle vorsichtig auseinander und stutzte. Der Text war in sauberen Schriftzeichen verfasst, die nur wenige Jahre alt sein konnten, wie die Buchrolle selbst – als Archäologe sah er das sofort. Sie war sogar in modernem Englisch verfasst.

Neugierig begann Novotny zu lesen:

> »Als oberster Priester des PENTATRAXON-Ordens weihe ich dir hiermit unseren Plan, den wir in Kürze umsetzen werden.«

Nachdem er den Abschnitt zu Ende gelesen hatte, runzelte er die Stirn. Bei dem Text handelte es sich um eine Art religiöse Proklamation eines Priesters, der sich mit diesem Schreiben an einen alten ägyptischen Gott zu wenden schien. Deshalb hatte diese Schatulle auf dem Altar direkt unter dem Stern gelegen.

»Khor«, flüsterte Novotny leise. »PENTATRAXON-Priester aus Illinois.«

Mit diesem Namen war die Proklamation unterzeichnet worden.

Professor Novotny las weiter. Der nachfolgende Text war nun nicht mehr religiöser Natur. Nein, es handelte sich stattdessen um einen bis ins Detail beschriebenen Aktionsplan, der schlicht und einfach mit ›Den Visionären von Babylon gewidmet‹ überschrieben war.

Je mehr Novotny davon las, umso mehr verschlug es ihm die Sprache. Was hier stand, war einfach unfassbar. Und dass es nicht einfach nur Fantasien eines wirren Fanatikers waren, verriet ihm sein gesunder Menschenverstand. Einiges von diesem Aktionsplan war ja bereits umgesetzt worden, das wusste Novotny. Aufgeregt las er weiter.

Als er den Text fertiggelesen hatte, war er aschfahl und sein Herz raste wie wild. Mit gläsernen Augen schaute er auf. Dieser Plan, diese Verschwörung musste unbedingt verhindert werden. Er musste hier raus und sich an seinen Freund Ariel Goldberg wenden.

»Babylon-Verschwörung«, flüsterte er leise.

KAPITEL 1

Israel, in der Nähe des Sees Genezareth – 25. Juli, 10:30 Uhr

Lion Daniels hatte nun bereits zum wiederholten Mal vom Rücksitz aus, wo er zwischen Jackie und Janina saß, durch das Heckfenster des Toyotas auf einen schwarzen BMW X5 Protection geblickt. Nun beugte er sich nach vorne zu Leandro Bugatti, der den Toyota steuerte, und zu David Grand, der auf dem Beifahrersitz saß: »Ist euch eigentlich auch der BMW hinter uns aufgefallen?«

Leandro schaute in den Rückspiegel: »Mal abgesehen davon, dass die Israelis vorzugsweise asiatische Autos fahren, finde ich nichts Ungewöhnliches daran, dass auch mal ein deutsches Fahrzeug dabei ist. Oder was soll die Frage?«

Lion räusperte sich: »Es geht mir nicht um die Marke. Dieser Wagen folgt uns jetzt schon mehr als eine halbe Stunde, und zwar in einem Abstand von zweihundert bis dreihundert Metern. Mir scheint, dass er sich äußerste Mühe gibt, von uns nicht bemerkt zu werden.«

»Vielleicht hat er ja dasselbe Ziel wie wir«, überlegte David.

Lion blieb beharrlich: »Normalerweise würde ich dir recht geben! Aber du weißt selbst, dass wir jetzt schon dreimal die Richtung gewechselt haben.«

»Ja, weil wir uns dreimal verfahren haben«, ergänzte Jackie, die mittlerweile David die Landkarte abgenommen hatte und Leandro zum Ziel navigierte.

»Warum noch mal nehmen wir kein Navi?«, fragte Janina, die während der Fahrt bisher ihren eigenen Gedanken nachgehangen hatte.

Leandro wies entnervt auf Lion, der darauf bestanden hatte, bei ihrer Fahrt auf jegliche elektronische Navigation zu verzichten.

»Keine Technik, keine Überwachung«, antwortete ihr Lion. »So einfach ist das.«

Leandro, David, Janina, Lion und Jackie waren von ›Aris Nest‹, wie sie liebevoll ihr Hauptquartier in einem israelischen Kibbuz nannten, auf dem Weg zu einem Gottesdienst einer messianischen Gemeinde direkt am See Genezareth.

Gerade hatten sie Lions Familie aus den Fängen der mächtigen Geheimorganisation um Gilbert Winter befreit. Lion hatte dabei zum Glauben gefunden und wollte den nun auch möglichst konsequent leben, inklusive Gottesdienstbesuchen. Deshalb hatten sie die Gemeinde rausgesucht. Lions Eltern und seine Schwester Alina, die sonst regelmäßig in die Gottesdienste ihrer Heimatgemeinde in Texas gingen, verbrachten diesen Vormittag jedoch lieber mit Ari, dem bislang geheim gehaltenen Halbbruder von Lions Mutter Amelie.

Auch wenn Lions Familie frei und in dem Kibbuz in Sicherheit war, war sich Lion sicher, dass Gilbert Winter und seine Gefolgsleute sie nicht in Ruhe lassen würden und auf Rache sannen – bis sich ihre Geheimpläne erfüllten. Deshalb achtete er genau auf alles, was ihm verdächtig erschien, was auf diesen BMW durchaus zutraf.

»Machen wir doch die Probe«, schlug Jackie vor. »Wir biegen an der nächsten Kreuzung nach rechts ab, fahren ein wenig in diesem Wohngebiet herum und kehren anschließend zurück auf die Hauptstraße. Wenn der BMW dann immer noch hinter uns ist, gibt es für mich keinen Zweifel, dass Lion recht hat.«

Leandro schaute auf seine Armbanduhr: »Wir sind zwar spät dran, aber meinetwegen.«

Er bog von der Hauptstraße ab und vollzog das von Jackie vorgeschlagene Manöver. Als sie wieder auf die Hauptstraße zurückkehrten, war der BMW verschwunden.

»Entspann dich, Lion - alles gut!«, grinste Leandro, setzte seine Sonnenbrille auf und folgte der Straße unbeirrt weiter.

Lion schwieg und beschloss, weiterhin die Augen offen zu halten.

* * *

Auf dem Beifahrersitz des schwarzen BMW X5 VR6 saß Brioso, meist nur der Hüne genannt, ein Auftragskiller von PENTATRAXON, und ärgerte sich.

»Verdammt! Sie sind weg!«, brüllte er.

Der Fahrer, ein Ire mit roten Haaren, blaugrauen Augen und ungewöhnlich harten Gesichtszügen, wollte etwas sagen, wurde aber vom Klingelton des Smartphones unterbrochen, das am Freisprecher des Fahrzeugs angeschlossen war.

Der Hüne nahm das Gespräch entgegen: »Ja?«

Über die Freisprecheinrichtung war eine vertraute Stimme zu hören: »Wie steht's?«

»Wir haben sie gerade aus den Augen verloren, sind aber ganz nah dr...«, antwortete der Hüne.

Gilbert Winter fuhr ihm ins Wort: »Ihr Vollidioten! Die Sache ist so einfach: Ihr schnappt euch Jackie, dann ein Wumm und der Rest ist kein Problem mehr. Wenn ihr es richtig anstellt, fällt der Verdacht auf die Palästinenser.«

»Genau da liegt das Problem!«, fauchte der Hüne. »Wir hätten das Fahrzeug schon längst in die Luft sprengen können. Aber du willst das Mädchen ja lebend ha...«

Winter unterbrach ihn mit schneidender Stimme ein zweites Mal: »Keine Ausreden! Findet sie, sonst hat das Konsequenzen für euch! So viele Straßen gibt es in dieser Region nicht!«

Der Hüne wollte widersprechen, aber Gilbert Winter hatte das Gespräch bereits beendet.

Der große blonde Mann auf dem Beifahrersitz war auf hundertachtzig und schlug zornig mit der Hand aufs Board des Fahrzeugs.

»Soll ich anhalten?«, fragte der Ire.

Der Hüne brachte seine Emotionen sofort wieder unter Kontrolle: »Nein, fahr weiter.« Es gehörte zu seinen besonderen Qualitätsmerkmalen, dass er sich niemals von Emotionen leiten ließ, immer einen kühlen Kopf bewahrte und auch im größten Stress messerscharf denken konnte. Das war ein Grund dafür, dass PENTATRAXON ihm für jeden Auftrag einen satten Millionenbetrag zahlte. Der oberste Priester des Ordens hatte ihn sogar persönlich auserwählt. Denn er hatte eine Erfolgsquote von fast hundert Prozent. Nur bei einem Auftrag hatte das Zielobjekt überlebt. Er hatte den dümmsten aller Fehler gemacht und das Objekt unterschätzt. Die Tatsache, dass er vor wenigen Wochen Leandro Bugatti hatte entkommen lassen, kratzte noch immer an seinem Selbstbewusstsein.

Doch schon heute würde er das Versäumte nachholen und seine Quote wieder bereinigen. So ein Fehler sollte ihm nicht noch einmal passieren. Ohne unnötige Worte zu verlieren, studierte er eine Karte auf seinem Smartphone-Display. Dann pfiff er durch die Zähne, drehte sich um, schaute durchs Heckfenster und grinste dabei hämisch: »Wie ich's vermutet habe. Da sind sie wieder. Diesmal fünfhundert Meter hinter uns.«

Der Ire schaute in den Rückspiegel: »Dann machen wir am besten gleich kurzen Prozess mit ihnen!«

Der Hüne schüttelte den Kopf: »Nein, der Zugriff muss heimlich laufen, sonst haben wir sämtliche Sicherheitskräfte der Israelis am Hals. Wir schlagen zu, wenn es keiner sieht.«

* * *

Lion, Jackie, Leandro, David und Janina betraten das Gebäude der messianischen Gemeinde an der Westküste des Sees Genezareth. Der Gottesdienst hatte bereits begonnen, die fünf setzten sich daher in die letzte Reihe des etwa für dreihundert Personen ausgelegten Versammlungssaals, der fast voll war. Sofort erhielten sie Kopfhörer, über die sie den in Hebräisch abgehaltenen Gottesdienst in englischer Sprache verfolgen konnten. Ein typisch israelisches Lied wurde gesungen. Und weil Menschen aus anderen Ländern diesen Gottesdienst besuchten, wurde an der Leinwand auch die englische Übersetzung des hebräischen Textes eingeblendet, der über Jesus, den Messias, sprach.

Während Lion, Jackie, Janina und David sich ganz der Musik und dem

Gesang hingaben, ließ Leandro seine Gedanken schweifen. Warum war er überhaupt mitgekommen? Er hätte doch auch stattdessen jetzt am Pool des Kibbuz liegen können! Die anderen hatten so lange auf ihn eingeredet und ihm gesagt, es würde ihm guttun. Bislang merkte er davon jedoch nichts. Stattdessen fühlte er sich unwohl und fehl am Platz. Und überhaupt, was waren das für Israelis, die an Jesus als Messias glaubten? War es nicht so, dass Jesus von den Juden als Messias abgelehnt wurde?

Nein, hier in dieser Gemeinde war das anders. Hier saßen Israelis mit Menschen anderer Nationen gemeinsam in einem Raum und feierten einen Gottesdienst, in dem Jesus Christus im Mittelpunkt stand.

Nach einer längeren Lobpreiszeit stand ein noch recht junger Israeli auf, der einen Bart im Stil eines orthodoxen Juden trug, und begab sich auf die Kanzel. »Liebe Brüder und Schwestern, liebe Gäste, mein Name ist Johannes, und ich freue mich, dass wir heute wieder zusammengekommen sind, um gemeinsam Jesus Christus die Ehre zu geben. Ihm haben wir alles zu verdanken. Er ist der vom Propheten Jesaja angekündigte Retter, der als Lamm Gottes unsere Schuld auf sich genommen hat. Ja, er hat für uns sein Leben geopfert, damit wir Frieden mit Gott haben können.«

Leandro fühlte sich mit einem Mal nicht mehr ganz so fehl am Platz. Auch wenn er sich als einen Glaubens-Skeptiker beschrieb, faszinierte ihn dieser Redner, oder wie er sich nannte, Pastor. Er sprach mit einer Dynamik, einer natürlichen Autorität, oder wie es David sagen würde, einer Vollmacht, die alle im Raum zu überzeugen schien. Auch der Simultanübersetzer schaffte es, diese Liebe und Leidenschaft zu transportieren.

Leandro ließ seine Blicke durch den Raum schweifen. Hier saßen Juden und Araber in völliger Eintracht. Wie war es möglich, dass sie gemeinsam sangen, einen Gottesdienst feierten, sich eins machten? Waren Juden und Araber nicht erbitterte Feinde, die sich gegenseitig bekämpften?

In dieser messianischen Gemeinde galten offensichtlich ganz andere Prinzipien als im Alltagsleben. Hier wurde im Kleinen genau das praktisch gelebt, worum sich Politiker und Friedensvisionäre bisher vergeblich bemüht hatten. Hier herrschte eine Harmonie und Liebe zwischen

Menschengruppen, die sich seit Jahrzehnten bekriegten und über deren Konflikt fast täglich in den Medien berichtet wurde.

Wie war das bloß möglich? Oder spielten sich hier alle nur etwas vor? Leandro nahm sich vor, David nach dem Gottesdienst darauf anzusprechen.

KAPITEL 2

Hawaii, Honolulu – 24. Juli, 22:30 Uhr

Yumiko Takahashi war von Tel Aviv aus über San Francisco nach Honolulu auf Hawaii geflogen, um dort an einem Klassentreffen ihrer Abschlussklasse teilzunehmen. Auch wenn das Klassentreffen ihr viel Spaß machte, wunderte sie sich über sich selbst: Sie hatte tatsächlich gerade einen Flug von knapp 30 Stunden auf sich genommen, nur um auf Hawaii ihre alten Klassenkameraden wiederzusehen. Genauer gesagt, um einen Klassenkameraden wiederzusehen: Martin Webber.

Als sie und Martin vierzehnjährige Schüler der St. Andrews Privatschule waren, waren sie für rund drei Jahre lang ein Paar gewesen. Und während der gesamten Zeit war es für Yumiko keine Frage gewesen, mit Martin den Richtigen gefunden zu haben.

Doch Yumiko hatte Schluss gemacht, kurz nachdem Martin mit seinen Eltern die Insel verlassen hatte, weil sie nicht bereit gewesen war, mit ihm eine Fernbeziehung zu führen. Yumiko hatte ihre Entscheidung noch viele Jahre später bereut. Doch als sie versucht hatte, mit ihm wieder in Kontakt zu treten, hatte sie erfahren, dass Martin in New York eine andere Frau geheiratet hatte. Die Enttäuschung darüber und der

Schmerz saßen tief. Irgendwie kam es ihr so vor, als hätte sie für immer ihr Glück verspielt, indem sie den Mann ihres Lebens aus fadenscheinigen Gründen aufgegeben hatte.

Erst als Yumiko Ariel Goldberg kennen- und lieben gelernt hatte, war es ihr gelungen, den Schmerz über den Verlust dieser Beziehung zu überwinden. Sie war glücklich mit Ari und freute sich darauf, eines Tages seine Frau zu sein. Trotzdem tauchte der Mann ihrer Jugend immer wieder in ihren Gedanken auf und brachte verwirrende Gefühle mit sich. Deshalb hatte sie auch, nachdem Mitschüler wegen des Klassentreffens mit ihr Kontakt aufgenommen und sie darum gebeten hatten, doch bei diesem Treffen dabei zu sein, sofort eingewilligt. Hier würde sie Martin Webber wiedersehen, könnte endlich mit ihm und ihrer Vergangenheit abschließen.

Das Wiedersehen mit den Klassenkameraden war auch sehr herzlich, doch zu ihrer Verwunderung fehlte ausgerechnet Martin. Sie konnte ihre Enttäuschung nur schwer unterdrücken - warum war Martin nicht dabei? Wen sie auch nach ihm fragte, niemand wusste, warum Martin trotz seiner Zusage nicht gekommen war. Es blieb Yumiko also nichts anderes übrig, als sich damit abzufinden. Und so unterhielt sie sich mit ihren alten Freunden über längst vergangene Zeiten und tanzte zu alten Songs, die in ihrer Schulzeit in den Charts waren.

Um kurz nach elf Uhr klingelte ihr Smartphone in ihrer Handtasche. Yumiko nahm das Gespräch entgegen und lauschte.

»Hi Yumiko! Kennst du mich noch?«

»Martin?«

»Ja, ich bin's.«

Yumiko unterbrach ihn, bevor er noch mehr sagen konnte: »Moment, ich verstehe dich nicht. Hier ist es zu laut. Warte kurz, ich gehe schnell raus.«

Vor der Tür hielt sie sich das Smartphone wieder ans Ohr: »So, jetzt ist es ruhiger. Bist du noch dran?«

»Ja, ich bin noch dran.«

»Martin, warum bist du nicht zur Party gekommen? Ich bin extra deinetwegen nach Hawaii gekommen, und du bist nicht da. Was ist los?«

»Es ist etwas dazwischengekommen«, antwortete er für Yumikos Geschmack etwas zu teilnahmslos.

»Dann komm doch wenigstens jetzt noch; die Party läuft sicherlich noch ein paar Stunden.«

»Nein, mir ist nicht nach Party zumute. Aber wie wär's, wenn wir uns an unserem Strand treffen?«

Yumiko atmete tief durch: »Das geht leider nicht, Martin. Mein Flieger geht morgen schon wieder nach Hause.«

»Ich meine auch nicht morgen, sondern noch heute Abend.«

Ein eindringlicher Klang lag in Martins Stimme, so als ob für ihn von diesem Treffen sehr viel abhängen würde. »Nun komm schon! Wir treffen uns an unserem Strand kurz vor Mitternacht. Du bist mir noch etwas schuldig.«

Yumiko zögerte: »Das stimmt, aber ich weiß nicht, Martin, ob ich dich dort alleine treffen möchte. Es ist lange her, seit wir uns das letzte Mal gesehen haben. Inzwischen bin ich verlobt.«

»Und ich bin verheiratet«, sagte Martin etwas zu schnell, was nach Yumikos Meinung nicht mehr stimmte. Als eine der besten Hackerinnen Amerikas, die im Netz unter dem ominösen Namen »Unicorn-Fly« in Hackerkreisen sehr bekannt war, hatte sie alles um die Person Martin Webber gründlich recherchiert und von einer Ehefrau hatte sie nichts mehr gefunden. Vermutlich hatte Martin sich also in der Zwischenzeit von seiner Frau getrennt, hatte Yumiko geschlussfolgert.

»Ich habe auch nicht vor, alte Kamellen wieder aufzuwärmen«, fuhr er fort. »Ich will dich einfach nur sehen und – wie gesagt, du bist mir noch etwas schuldig.«

»Wie du weißt, liegt dieser Strand weit ab vom Schuss – in der totalen Wildnis. Es ist mir irgendwie unheimlich, mitten in der Nacht dorthin zu gehen.«

»Seit wann hast du vor etwas Angst, Yumiko? Das kaufe ich dir nicht ab. Außerdem brauchst du mit deinem Leihwagen gerade mal eine knappe halbe Stunde, um dort zu sein. Es hat sich nichts verändert, außer, dass die Straße dorthin mittlerweile geteert ist.«

Yumikos Herz klopfte, als sie daran dachte, dass sich Martin ausgerechnet in der Meeresbucht treffen wollte, die sie während ihrer Beziehung wieder und wieder aufgesucht hatten. »Na gut. Wir sind erwachsen und können, glaube ich, mit so etwas umgehen. Und Angst habe ich auch nicht. Dann treffen wir uns also um Mitternacht an unserem Strand.«

»Ja. Ich werde kurz vorher dort sein.«

Gegen 23:30 Uhr verabschiedete sich Yumiko von ihren Klassenkameraden. Es war nicht allzu weit bis zu der Bucht, in der sie Martin treffen wollte. Vor allem die geteerte Straße verkürzte die Fahrt beträchtlich. Sie stellte ihren Leihwagen an einem nahe gelegenen Parkplatz ab und erreichte nach einem kurzen Fußmarsch die Bucht.

Es war schon etwas leichtsinnig, als Frau mitten in der Nacht einen einsam gelegenen Strand aufzusuchen, um dort einen Mann zu treffen, mit dem sie als Jugendliche zusammen gewesen war und den sie seitdem nicht wieder gesehen hatte. Aber Martin hatte recht, es war nicht Yumikos Art, Angst vor etwas zu haben. Außerdem hatte sie mehrere Selbstverteidigungskurse besucht und meinte zu wissen, wie man sich vor eventuellen Angreifern schützen konnte.

Als sie die Bucht erreichte, stand der Mond hoch am Himmel und erleuchtete den Strand. Sie schlenderte am Wasser entlang bis zu einer Steinmauer, die einen anliegenden Wald vom Strand abtrennte, und begab sich genau an die Stelle, an der sie sich damals von Martin verabschiedet hatte, bevor er mit seinen Eltern die Insel verlassen hatte. Hier hatte sie ihn zum letzten Mal gesehen. Yumiko schaute auf die Uhr. Gleich würde sie Martin wiedersehen, ganz allein, und vielleicht endlich Gelegenheit haben, die Vergangenheit zu bereinigen. Ihr Herz klopfte. Alte Gefühle stellten sich ein, als ihr der vertraute Salzgeruch in die Nase stieg. Was wäre wohl aus ihr und aus Martin geworden, wenn sie mit diesem besonderen Menschen, dem Mann ihrer jungen Träume, damals nicht Schluss gemacht hätte?

Dann endlich sah sie ihn. Er kam auf sie zu und grinste, wie er es schon als Jugendlicher immer getan hatte. Nein, nicht ganz. Irgendetwas war anders. Doch Yumiko blockte dieses kurz aufkeimende Gefühl ab und blickte in seine wunderschönen blauen Augen. Sie wollte einfach, dass alles wie früher war, wollte Nähe zu ihm spüren. Und tatsächlich kam ihr die Szene, dieser Mann, wieder so vertraut vor. Sie wollte diesen Zauber am liebsten für immer festhalten.

Doch plötzlich verschwand Martins Grinsen. Seine Miene veränderte sich. Die soeben noch sanften Züge seines Gesichts verhärteten sich. Mit versteinerten Augen schaute er sie an, griff hinter sich in seine rechte Hosentasche und zog einen metallenen Gegenstand heraus.

Yumiko erstarrte. Sie sah, wie Martin eine Handfeuerwaffe auf sie richtete. Sekunden später zog er den Lauf der Pistole durch und feuerte auf sie. Instinktiv machte Yumiko eine Bewegung zur Seite, sodass die Kugel sie verfehlte und ein paar Zentimeter neben ihr einen Ziegel in der Mauer zerfetzte.

Schlagartig erwachte Yumiko aus ihrer romantischen Gedankenwelt. Während ein beißender Geruch von Schießpulver in ihre Nase stieg und ihre Ohren von dem durchdringenden Knall dröhnten, hörte sie sich selbst schreien: »Martin! Was tust du?«

Doch dann schnürte ihr das nackte Grauen die Kehle zu, als ihr schlagartig bewusst wurde, dass Martin, der Mann, zu dem sie sich auf eine eigenartige Weise immer noch hingezogen fühlte, gerade dabei war, sie umzubringen.

KAPITEL 3

Israel, am See Genezareth – 25. Juli, kurz vor 13:00 Uhr

Der Gottesdienst war inzwischen vorbei und die meisten Besucher hatten das Gemeindehaus verlassen. Doch David, Janina, Lion und Jackie unterhielten sich angeregt mit Johannes, dem Pastor der Gemeinde. Leandro stand etwas abseits und hörte zu, bis ein etwa dreißigjähriger Mann mit schwarzen, lockigen Haaren auf ihn zukam und ihn begrüßte: »Shalom, Herr Bugatti. Darf ich mich vorstellen? Mein Name ist Salomon Stern. Ich gehöre zu dieser Gemeinde. Schön, Sie hier zu treffen.«

»Ganz meinerseits!«, sagte Leandro zögernd und etwas erstaunt. »Woher kennen Sie meinen Namen?«

»Ich bin ein Freund von Ariel Goldberg. Er hat mich heute Morgen angerufen und mir gesagt, dass Sie kommen würden.«

Leandro runzelte die Stirn: »Interessant. Aber warum erzählt Ari Ihnen ausgerechnet von mir? Immerhin sind wir mit fünf Personen gekommen.«

»Das erkläre ich Ihnen gerne. Ich bin mit Ari schon lange im Gespräch über ein Forschungsprojekt.«

»Worum geht's?«, fragte Leandro, der immer noch misstrauisch war.

»Ich bin Leiter einer Forschungseinrichtung hier in Israel. Um es kurz zu machen - wir sind gerade an einem sensationellen Projekt dran, bei dem Sie uns mit Ihrer Expertise sehr weiterhelfen könnten.«

Leandro war erstaunt: »Sie wissen, woran ich die letzten Jahre gearbeitet habe?«

Salomon sprach nun beinahe im Flüsterton: »Ja. Und wenn das stimmt, was ich in dem Dossier über sie gelesen habe - und dieses war sehr detailliert -, dann sind Sie für uns die Lösung aller Probleme.«

Leandro schaute finster drein und schüttelte den Kopf: »Kein Bedarf! Ich möchte mit dem, woran ich in den letzten Jahren gearbeitet habe, nichts mehr zu tun haben.«

Leandro dachte mit Grauen daran zurück, dass er erst vor Kurzem noch, ohne es zu wissen, für PENTATRAXON in einem unterirdischen Labor an programmierbaren Viren gearbeitet hatte, mit deren Hilfe Gilbert Winter die totale Kontrolle über das menschliche Denken erlangen wollte. Nein, er hatte kein Interesse, seine Arbeit in irgendeiner Weise fortzusetzen, auch nicht für die Israelis.

Salomon Stern schaute Leandro freundlich an: »Machen Sie sich keine Sorgen, Herr Bugatti. Bei unserem Projekt geht es nicht um programmierbare Viren. Nein, ich bin davon überzeugt, dass wir niemals von Gott gesetzte Grenzen überschreiten dürfen, indem wir seine Schöpfung manipulieren. Bei unserem Projekt geht es um etwas, das Leben retten soll. Um ehrlich zu sein - wer das Dossier über Sie gelesen und Ihre eigenen Veröffentlichungen studiert hat, weiß, dass Sie ein Genie im Bereich der Biochemie und der Humanbiologie sind.«

»Na, übertreiben Sie mal nicht.«

Der Mann lächelte: »Nein, ich übertreibe nicht. Ich bin vielmehr fest davon überzeugt, dass Gott Ihnen einen brillanten Verstand gegeben hat. Alles, was Sie anpacken, gelingt Ihnen auch. Noch einmal - wir brauchen Sie dringend, aber ich kann mir auch vorstellen, dass wir Ihnen eine neue Aufgabe, eine neue Perspektive und neue Herausforderungen für Ihren brillanten Geist bieten können. Ich mache Ihnen deshalb einen Vorschlag. Besuchen Sie unsere Einrichtung und schauen Sie sich an, worum es geht. Und dann entscheiden Sie ganz in Ruhe, ob Sie bei uns einsteigen wollen. Hier ist meine Visitenkarte. Rufen Sie mich an. Dann vereinbaren wir einen Termin.«

Leandro nahm das Kärtchen entgegen. »Sie sind echt hartnäckig.

Aber so läuft das bei mir nicht. Bevor ich überhaupt bereit bin, Ihre Einrichtung zu besuchen, möchte ich erst einmal genau erfahren, woran Sie arbeiten. Dann können wir weitersehen.«

Es entwickelte sich ein längeres Gespräch zwischen den beiden. Zum Schluss verabschiedete sich Leandro von Salomo und klopfte ihm auf die Schulter: »Also gut. Ich werde kommen und mir die Sache mal vor Ort anschauen. Hört sich für mich sehr interessant an.«

»Das freut mich wirklich, Leandro.«

Salomon Stern verließ den Saal. Leandro gesellte sich zu seinen Freunden, die sich immer noch angeregt mit dem Pastor der Gemeinde unterhielten, und hörte stillschweigend zu.

Nach einiger Zeit schaute Johannes auf seine Armbanduhr: »Ich glaube, es wird Zeit. Meine Frau wartet bestimmt schon ungeduldig mit dem Mittagessen auf mich.«

Doch jetzt schaltete sich Leandro dazwischen, dem eine Frage auf der Seele brannte: »Eine kurze Frage noch. Wie ist es möglich, dass hier in dieser Gemeinde Araber und Juden friedlich beisammen sein können?«

Johannes grinste verschmitzt: »Für mich ist das auch immer wieder ein Wunder. Und diese Frage lässt sich auch so einfach nicht beantworten. Doch eins kann ich schon mal vorwegsagen: Der Grund ist Jesus Christus, der Messias. Seine Liebe verbindet uns. Er schafft dort Frieden, wo es nach menschlichen Maßstäben unmöglich scheint.«

Lion hätte zu gern gehört, was Johannes noch dazu zu sagen hatte, doch ein dringendes Bedürfnis zwang ihn, die Sanitärräume des Gebäudes aufzusuchen.

Als er die Herrentoilette wieder verließ, fiel sein Blick durch das gegenüberliegende Fenster, das einen phänomenalen Blick auf den See Genezareth bot. Er trat näher an das Fenster heran, sah den See, die Uferstraße und das anliegende Gemeindehaus. Das also war der See Genezareth, der immer wieder in den biblischen Geschichten vorgekommen war, die ihm seine Mutter als Kind erzählt und vorgelesen hatte. Wie friedlich er dalag, wie hell die Sonnenstrahlen die Wasseroberfläche zum Glitzern brachten! Er wollte sich gerade wieder vom Fenster abwenden, als er plötzlich stutzte. Was war das? Nicht weit vom Gemeindehaus entfernt stand ein schwarzer BMW. Er schaute genauer hin und erschrak. Es war dasselbe Fahrzeug, das sie auf dem Hinweg verfolgt hatte. Und neben dem Fahrzeug standen zwei Männer. Der eine hatte ein kantiges Gesicht und rote Haare - »Sieht aus wie ein typischer Ire«, dachte Lion. Der andere war ein ungewöhnlich großer Mann mit blonden Haaren. Beide schauten aus einer Deckung heraus in Richtung des Gemeindehauses und beobachteten den Ausgang.

Lion nahm sein Smartphone zur Hand, aktivierte die Kamera, zoomte die beiden Männer so nah heran, dass man ihre Gesichter gut erkennen konnte, und machte ein paar Fotos von ihnen und dem BMW. Endlich hatte er den eindeutigen Beweis, dass er recht gehabt hatte. Jemand verfolgte sie. Während er zu den anderen zurückkehrte, überlegte er, was die Männer von ihnen wollten. Auch wenn er es nicht sicher wusste, die beiden mussten zu PENTATRAXON gehören. Wer sonst sollte ihnen vor einem Gotteshaus auflauern? Doch wie hatte die Geheimorganisation sie aufgespürt?

KAPITEL 4

Hawaii – in der Nacht vom 24. auf den 25. Juli

Noch bevor Martin die Waffe erneut auf sie ausrichten konnte, schlüpfte Yumiko durch eine Öffnung in der Mauer hindurch und brachte sich aus dem direkten Schussfeld. Doch sie wusste, dass es nur eine Frage der Zeit war, dass Martin sie erwischen würde.

Voller Verzweiflung rief sie zu ihm hinüber: »Martin! Was ist in dich gefahren? Warum willst du mich umbringen?«

Doch der Mann, den sie einst geliebt hatte, antwortete nicht. Stattdessen marschierte er auf die Maueröffnung zu, die Waffe im Anschlag, den Finger am Abzug, um einen zweiten, diesmal tödlichen Schuss abzugeben.

Yumiko drehte sich um und rannte um ihr Leben. Sie gelangte zu einem nahe gelegenen exotischen Wald aus Lichtnussbäumen, Brotfruchtbäumen und Kokospalmen. Schon früher hatten sie sich hier versteckt und sich ihre gemeinsame Zukunft ausgemalt.

Martin folgte ihr auf dem Fuß. Dabei schoss er immer wieder. Yumiko lief im Zickzack, um nicht getroffen zu werden. Links und rechts von ihr schlugen die Geschosse ein. Plötzlich spürte sie einen stechenden Schmerz im linken Arm. Yumiko schrie laut auf, fasste sich mit der rechten Hand am Arm und stellte fest, dass sie blutete. Doch es blieb ihr keine Zeit, wenn sie nicht wollte, dass der nächste Treffer nicht nur ein Streifschuss war. Sie rannte weiter, immer tiefer in den Wald hinein, so schnell sie konnte. Martin hatte aufgehört zu schießen, folgte ihr aber unentwegt und holte dabei schnell auf. Yumiko hatte im Internet recherchiert, dass Martin nach wie vor ein sehr guter Sportler war und ihr vermutlich körperlich deutlich überlegen sein würde. Wenn nicht gleich ein Wunder passierte, würde er sie sehr bald eingeholt haben.

Da erinnerte sie sich an eine kleine Höhle in einer Felswand, nicht weit vom Strand entfernt. Vielleicht konnte sie sich darin verstecken. Oder spielte ihr verängstigtes Gehirn ihr gerade einen Streich? Gewährte ihr diese Höhle wirklich Sicherheit? Martin kannte doch diese Höhle genauso gut wie sie. Als Jugendliche hatten sie die Höhle zusammen erkundet, sich dabei Gruselgeschichten erzählt und überlegt, wo man sich am besten verstecken könnte. Martin kannte jeden Winkel, jedes Versteck ebenso wie sie. Vielleicht hatte er sie aber auch vergessen. So wie er vermutlich vieles an Erinnerungen und Erfahrungen hier auf der Insel gelassen hatte, als er damals weggezogen war. Diese Höhle war für Yumiko die einzige Chance, die sie hatte.

Die Hackerin erreichte die Höhle knapp vor ihrem Verfolger und verschwand darin. Sie folgte dem Gang ins Innere, bis sie von völliger Dunkelheit umhüllt wurde. Ein modriger Geruch stieg ihr in die Nase, der vermutlich von Fledermäusen stammte, die sich hier tummelten. Der Geruch war ihr schon als Jugendliche aufgefallen, aber jetzt empfand sie ihn intensiver. Inständig hoffte sie, dass Martin sie in der Dunkelheit nicht finden würde.

Panik stieg in ihr hoch, und sie hatte das Bedürfnis, sich irgendwo festzuklammern. Doch da war nichts, wo sie sich hätte festhalten können. Es gab keinen Halt und keine Hilfe. Sie war auf sich allein gestellt, und niemand würde ihr helfen.

Plötzlich hörte sie sich selbst leise beten – ja, zum ersten Mal in ihrem Leben betete sie, obwohl Gott für sie bisher überhaupt keine Rolle gespielt hatte. Sie war immer stolz darauf gewesen, kein religiöser Mensch zu sein. Mehr noch – sie liebte ihre Unabhängigkeit, dieses Gefühl, selbst für alles verantwortlich zu sein, das Leben ohne Hilfe von außen anzupacken und zu gestalten, und zwar nach ihren eigenen Regeln.

Waren es die vielen Gespräche und Gebete, die sie von David, Janina, Jackie und auch Lion mitbekommen hatte? Oder war es die Angst, die sie jetzt schwach werden ließ, der Blick ins Angesicht des Todes?

Sie schaute sich um und sah vom Höhleneingang her einen Lichtstrahl, der von Martins Smartphone-Taschenlampe stammen musste. Sie atmete tief durch und tastete sich an der Felswand entlang, immer weiter in die Höhle hinein, bis sie einen Felsvorsprung erreichte, den sie noch von früher kannte.

Hinter diesem Vorsprung gab es einen Spalt, durch den sie sich in einen kleinen Hohlraum hineinzwängte, der gerade mal Platz für eine Person bot. Sie presste sich an die Felswand, hoffte, ihre Silhouette würde mit den Formen der Felsen verschmelzen, und lauschte. Hoffentlich konnte sich Martin nicht mehr an dieses Versteck erinnern!

Ihr Herz raste vor Anspannung und sie hörte sich selbst laut atmen. Ihre Wunde am linken Arm schmerzte, doch die Blutung war nicht stark. Modrige Luft trieb weiter in ihre Nase hinein und legte sich beißend auf ihre Lungen. Ein dicker Kloß setzte sich in ihrem Hals fest und löste bei ihr das Gefühl aus, gleich ersticken zu müssen. Ihr wurde schwindelig. Blut schoss in ihren Kopf, ihre Schläfen begannen zu pulsieren und ihr Kopf fühlte sich an, als ob er gleich zerplatzen würde.

Plötzlich hörte sie Schritte neben sich und sah den Schein von Martins Smartphone-Lampe. Yumiko wurde geblendet; nur verschwommen sah sie die Waffe, die auf sie gerichtet war. Martin trat einen kleinen Schritt zurück, damit er besser zielen konnte.

Yumiko schloss die Augen. Sie hatte sich immer gefragt, wie es sich anfühlen würde, wenn es Zeit war zu sterben. Jetzt wusste sie es. Eine tiefe Traurigkeit überfiel sie - das war's also.

* * *

Israel, am See Genezareth – 24. Juli, nach 13:00 Uhr

Lion stürmte den Gang entlang, stieß die Türen des Gottesdienstsaals auf und rief aufgeregt: »Leandro, schau mal!«

Leandro, der sich gerade von Johannes verabschieden wollte, blickte erstaunt zu Lion. Dieser hielt ihm das Display seines Smartphones vor die Nase, auf dem eines der soeben geschossenen Fotos zu sehen war.

Entsetzt starrte Leandro Lion an: »Woher hast du das Foto?«

»Soeben mit meinem Smartphone gemacht. Kennst du den Mann etwa?«

Leandro wurde kreidebleich, er hatte das Gefühl, seine Beine würden gleich einknicken. Kaum hörbar flüsterte er: »Den Mann auf dem Bild kenne ich. Er wird der Hüne genannt. Er ist ein Killer von PENTATRAXON, der in Colorado versucht hat, mich umzubringen.«

»Aber was macht dieser Killer am See Genezareth?«, fragte Jackie nach, die Antwort eigentlich schon wissend.

»Er will uns umbringen«, murmelte Leandro immer noch benommen vor Angst. »Was soll ein Auftragskiller sonst vorhaben?«

»Aber dazu hätte er doch sicherlich schon vorher reichlich Gelegenheit gehabt«, gab David zu bedenken. »Ein Profi wie er hätte doch einfach einen Sprengsatz an unserem Auto anbringen können.« Plötzlich stockte er und schaute erschreckt durch ein Fenster auf den Parkplatz, wo ihr Wagen stand: »Was ist, wenn er bereits einen Sprengsatz dort angebracht hat?«

Janina schaute ihn mit großen Augen an: »Meinst du wirklich?!«

»Alles ist möglich«, wisperte Leandro. »So etwas wäre zumindest seine Arbeitsweise. Er hat in Colorado versucht, mich mit einer Bombe im Fahrzeug zu beseitigen. Und nachdem ich die Explosion meines Ferraris mit viel Glück überlebt habe, hat er mich mit einem Killertrupp gejagt, um anschließend mit einer Rakete das Haus in die Luft zu jagen, in dem ich mich mit David versteckt hatte. Der fackelt nicht lange.«

Janina bibberte vor Angst: »Also in dieses Auto steige ich unter keinen Umständen mehr ein!«

»Ich auch nicht«, schloss sich ihr Jackie an. »Aber was machen wir jetzt?«

Johannes, der alles kopfschüttelnd mit angehört hatte, unterbrach sie: »Kann mir mal einer erklären, was hier los ist?«

Lion übernahm die Erklärung und weihte den Pastor kurz in alles ein, was in dieser Situation notwendig zu wissen war, ohne jedoch Details zu nennen.

Johannes starrte die Gäste an: »Das ist ja furchtbar! Dann seid ihr in Lebensgefahr. Kann ich euch irgendwie helfen?«

»Gibt es hier einen Hinterausgang, der von der Straße her nicht einsehbar ist?«, fragte Lion.

Johannes nickte: »Ja, da vorne. Los, folgt mir!«

Lion hielt ihn auf: »Warte! Wir müssen damit rechnen, dass man uns auch dort auflauert. Das sind Profis. Die überlassen nichts dem Zufall.«

Leandro lief alleine zur Tür, schaute vorsichtig hinaus und fluchte: »Mist! Du hast recht, Lion. Da stehen zwei Männer und erwarten uns bereits. Wir sitzen in der Falle!«

»Dann sollten wir uns ganz schnell etwas anderes einfallen lassen«, raunte Jackie verzweifelt. »Ich habe nämlich die Befürchtung, dass die Typen gleich hier eindringen werden, um mit uns kurzen Prozess zu machen.«

Johannes zog seinen Gemeindehausschlüssel hervor, lief zur Eingangstür, verschloss sie und kehrte mit schwerem Atem und Schweißperlen auf der Stirn zu den anderen zurück.

Lion schaue ihn an: »Ich fürchte, das wird sie nicht aufhalten.«

Doch der antwortete ihm nicht. Stattdessen hob er die Hände und fing laut an zu beten.

Leandro schüttelte verständnislos den Kopf und fluchte leise.

* * *

Hawaii – 25. Juli, kurz nach Mitternacht

Yumiko hatte die Augen geschlossen und wartete darauf, dass Martin abdrückte. In ihrem Kopf breitete sich totale Leere aus, gepaart mit einem monotonen Pfeifton, der sie wie eine Blase zu umhüllen schien.

Dann hörte sie sich selbst sagen: »Worauf wartest du noch? Drück endlich ab!«

Doch es kam nichts. Kein lauter Knall. Kein Schmerz.

Die Sekunden verstrichen und kamen Yumiko wie eine Ewigkeit vor. Zaghaft öffnete sie ihre Augen. Martin stand noch immer vor ihr, den Finger am Abzug.

Doch plötzlich senkte er die Waffe – sein Smartphone glitt aus seiner Hand und fiel hinunter. Vom Boden aus leuchtete die Lampe weiter und gab ein fades Licht auf die Umgebung ab.

Yumiko sah in sein Gesicht. Martin starrte sie verwirrt an.

Eine unheimliche Stille lag in der Luft – eine knisternde Spannung.

Seine Augen flackerten, verdrehten sich, und mit leiser Stimme flüsterte er: »Wo bin ich?«

Dann ließ er die Waffe fallen und sackte zusammen.

KAPITEL 5

Israel, am See Genezareth – 24. Juli, gegen 13:15 Uhr

Der Hüne beobachtete aus der Deckung heraus den Eingang zum Gemeindehaus, aus dem schon lange keine Gottesdienstbesucher mehr herausgekommen waren. Wo blieben sie nur? Irgendetwas stimmte nicht, das sagte ihm sein Jägerinstinkt, der ihn bisher noch nie im Stich gelassen hatte. Es wurde höchste Zeit, dass sie in den Saal eindrangen, um endlich den Auftrag abzuschließen. So eine günstige Gelegenheit würden sie so schnell vermutlich nicht wieder bekommen.

Er wandte er sich an den Iren, der direkt neben ihm stand: »Wie sieht es mit der Verstärkung aus?«

»Zehn Mann und jeder auf seinem Posten. Alles unter Kontrolle.«

»Sehr gut, dann gehen wir jetzt rein und schnappen sie uns.«

Sie verließen ihre Deckung, liefen geduckt zum Eingang des Saals, der bereits abgeschlossen war. Innerhalb weniger Sekunden hatten sie die Tür geöffnet und betraten kurz darauf den Saal.

Doch der war leer.

Der Hüne schaute den Iren an: »Sie müssen einen Hinterausgang genommen haben.«

»Unmöglich! Dann wären sie Charly und Nick direkt in die Arme gelaufen«, widersprach der.

»Dann müssen sie noch hier sein. Los, hol die beiden rein, wir durchkämmen zu viert das Gebäude, die anderen sollen draußen Wache halten.«

Kurz darauf durchsuchten vier Männer mit vorgehaltenen Waffen systematisch das komplette Gemeindehaus - allerdings ohne fündig zu werden.

»Die können sich doch nicht in Luft aufgelöst haben?«, rätselte der Ire.

Grinsend schüttelte der Hüne den Kopf und zeigte wortlos auf eine unscheinbare Tür direkt hinter der Kanzel, die sie bis dahin übersehen hatten: »Dort geht es lang.«

Hinter der Tür führte eine Wendeltreppe in den Keller. Sie folgten der Treppe, liefen durch einen langen Gang und erreichten eine Luftschutzraumtür, die fest verschlossen war.

Charly hämmerte frustriert mit der Faust dagegen und fluchte laut: »Von innen verschlossen! Los, wir brechen sie auf!«

Der Hüne schüttelte den Kopf: »Vergiss es! So eine Tür kannst du nicht einfach aufbrechen.«

Nach einer kurzen Gedankenpause wandte sich der Hüne an den Iren: »Warum nehmen wir nicht etwas von dem Sprengstoff, den du unter dem Toyota platziert hast?«

Der grinste gehässig: »Gute Idee. Eine kleine Menge des Sprengstoffs richtig gesetzt, reicht aus und die Tür fällt aus dem Rahmen.«

Ohne weitere Worte zu verlieren, verließ der Ire den Keller, um den Sprengstoff zu holen.

Im Luftschutzbunker des Gemeindehauses hatte Lion über den Hörer einer Türlautsprechanlage alles mit angehört.

Mit ernster Miene wandte er sich an die anderen: »Sie wollen die Tür aufsprengen.«

* * *

Hawaii – 25. Juli, gegen 00:15 Uhr

Yumiko starrte durch den Felsspalt hindurch auf Martin, der vor ihr auf dem Boden lag. Schnell nahm sie seine Waffe in die Hand und richtete sie auf ihn, bereit, sofort abzudrücken, falls es notwendig sein würde. Doch Martin rührte sich nicht. Sie quetschte sich durch den Spalt und zwang sich, ruhig zu atmen, um nicht zu hyperventilieren. Dann hob sie Martins Smartphone auf und beleuchtete den regungslosen Mann. Was war mit ihm? Warum war er zusammengebrochen?

Ungeachtet der Tatsache, dass er sie wenige Minuten zuvor hatte umbringen wollen, hielt sie ihre Hand unter seine Nase – er atmete, wenn auch kaum spürbar. Sie ergriff seine Hand und fühlte seinen Puls, während sie weiter die Waffe auf ihn gerichtet hielt, den Finger am Abzug. Was hatte er gesagt, kurz bevor er zusammengebrochen war? *Wo bin ich?*

Seltsam – seine Stimme hatte verzweifelt geklungen, so als ob er gerade aus einem bösen Albtraum aufgewacht und im Wachzustand die Orientierung verloren hätte. Was bedeutete das?

Yumiko rief sich noch einmal Martins Blick in Erinnerung, kurz bevor er zusammengebrochen war. Und sie sah darin wieder die weichen Züge, die sie als Jugendliche immer so geliebt hatte. Sollte sie warten, bis er wieder zu sich kam und ihn darauf ansprechen, was vorgefallen war?

Nein, auf keinen Fall! Wer garantierte ihr, dass er nicht erneut versuchen würde, sie umzubringen? Womöglich wäre sie selbst dann gezwungen abzudrücken.

Sie wollte schon gehen, da fiel ihr Blick auf eine kleine Ledertasche, die neben Martin auf dem Boden lag. Sie hob die Tasche auf – es handelte sich um ein Smartphone-Case, das man am Gürtel befestigen konnte. Sie steckte die Tasche in ihren Rucksack, zog diesen auf ihren Rücken und verließ schnell die Höhle. Draußen angekommen, lief sie zurück zum Wasser und von dort aus zwei Kilometer am Strand entlang einen kleinen Umweg bis zum Parkplatz, auf dem sie ihren Leihwagen abgestellt hatte. Als sie ihn sah, atmete sie erleichtert auf. Geschafft – sie war in Sicherheit!

Sie nahm den Schlüssel des Fahrzeugs aus der Tasche und drückte auf den Türöffner.

Plötzlich wurde es taghell. Eine Bombe explodierte und zerriss mit einer unglaublichen Wucht das Fahrzeug. Ein gleißendes Inferno erhellte die Nacht gefolgt von einer ungeheuren Druckwelle, die den gesamten Parkplatz mit ihrer zerstörerischen Kraft vollständig erfasste und alles um das Fahrzeug herum vernichtete.

* * *

Israel – 24. Juli, gegen 13:30 Uhr

Janina zeigte auf ein rotes Nottelefon, das an der Wand hing, und schaute David mit verzweifeltem Blick an: »Das Ding ist defekt! Kriegst du das nicht irgendwie zum Laufen?«

David nahm den Hörer in die Hand, betätigte die Wahltasten und schaute auf: »Das Gerät ist uralt, aber ein Versuch ist es wert.«

Er nahm sein Taschenmesser in die Hand, klappte einen Schraubenzieher aus und versuchte angestrengt, die verrosteten Schrauben der Abdeckhaube zu lösen – ohne Erfolg.

Währenddessen überwachte Lion weiterhin über den Freisprecher die Gespräche der Gegner. Der Rest der Gruppe suchte verzweifelt nach einem Schlüssel für eine Stahltür, die der Eingangstür, durch die sie den Bunker betreten hatten, schräg gegenüberlag.

»Ich verstehe das nicht. Warum ist diese Tür überhaupt verschlossen?«, wollte Leandro wissen, der direkt neben der Stahltür stand. »Die Panzertür zum Gemeindehaus ...«, und dabei zeigte er auf die Tür, durch die sie soeben in den Raum hineingelangt waren, »... stand doch auch offen.«

Johannes schaute ihn an: »Ganz einfach – der Bunker, in dem wir uns gerade befinden, gehört noch zu unserem Gemeindehaus. Dahinter führt ein langer Gang zu einem Luftschutzraum, der zu einem Ferienhaus am See gehört. Deshalb ist die Tür verschlossen.«

»Und was macht dich so sicher, dass es in diesem Raum überhaupt einen Schlüssel für die Stahltür gibt?«, fragte Jackie nach.

Johannes zuckte mit den Schultern: »Das Ferienhaus gehört Moshe, einem Mitglied unserer Gemeinde. Ich weiß, dass er einen Schlüssel irgendwo hier im Gemeindebunker aufbewahrt, habe aber keine Ahnung, wo.«

Lion hörte plötzlich eine Schlagbohrmaschine. Anscheinend brachten sie gerade Löcher in der Wand an, um darin die Sprengsätze zu platzieren. Er drehte sich zu den anderen um: »Dieser Killer ist schon dabei, die Sprengsätze an der Tür anzubringen. Wenn ihr nicht ganz schnell diesen blöden Schlüssel findet, sind wir geliefert.«

»Na, dann beweg doch mal deinen Hintern und hilf uns bei der Suche«, schlug Janina mit leicht patzigem Unterton vor.

Lion verließ seinen Platz an der Panzertür und schaute sich die noch verschlossene Stahltür aus der Nähe an: »Also wenn ihr mich fragt, dann ist das ein ganz gewöhnliches ...«, der Rest seiner Worte ging im Gewummer der Schlagbohrmaschine unter.

Alle schauten ihn fragend an. Lion ignorierte sie und schnappte sich stattdessen ein paar uralte Stromkabel, die in einer Ecke herumlagen. Er wählte eines davon aus und legte die anderen wieder zur Seite.

»Was hast du vor?«, fragte Johannes. »Vielleicht kann ich dir weiterhelfen.«

Lion packte sein Taschenmesser aus und fing an, den steifen Draht zu bearbeiten: »Ich versuche, einen Dietrich herzustellen, mit dem sich das Schloss öffnen lässt. Zum Glück ist das Schloss ein gewöhnliches Zimmertürschloss und hat deshalb nur einen geringen Sicherheitsstandard. Ich hab mal beobachtet, wie mein Dad mit so was eine Tür geöffnet hat.«

Kurz darauf führte er den Dietrich ins Schloss ein und versuchte, es damit zu öffnen. Doch es gelang ihm nicht. »Mist! Das funktioniert nicht. Ach man, bei meinem Dad sah das so einfach aus.«

David schob Lion zur Seite und nahm ihm den Dietrich aus der Hand: »Lass mich mal ran!«

Schnell schob er eine Erklärung nach: »Als Handwerker habe ich so was auch schon mal gemacht.«

Und tatsächlich – innerhalb weniger Sekunden gelang es ihm, das Schloss zu öffnen.

Leandro riss sofort die Tür auf: »Los, raus hier! Ich habe das Gefühl, dass die Panzertür hinter uns in wenigen Augenblicken in die Luft fliegt.«

Alle stürmten durch die Stahltür in den Gang. Lion, der als Letzter den Raum verließ, zog sie hinter sich zu. Keine Sekunde zu früh, denn in diesem Augenblick gab es hinter ihm ein lautes Getöse. Eine Explosion riss die Panzertür aus dem Rahmen.

Der Gang machte nach zwanzig Metern einen scharfen Bogen nach rechts und endete vor einer weiteren Tür, die zum Bunker des Nachbarhauses führte. Jackie erreichte sie zuerst.

Auch diese Tür war verschlossen. »David!«, rief sie verzweifelt in den Gang hinein. »Los, beeil dich! Wir brauchen dich hier!«

David lief wie die anderen den engen Gang entlang und drängte sich schließlich an ihnen vorbei zur Tür. Doch beim Versuch, auch dieses Schloss zu öffnen, hatte er unerwartete Probleme. Das Schloss war verrostet, der Schließmechanismus ließ sich nicht mehr bewegen.

* * *

»Eine saubere Sprengung«, beglückwünschte sich der Ire selbst, nachdem sich der Rauch im Treppenhaus ein wenig gelegt hatte.

Zwei der Männer versuchten, die gesprengte Panzertür mitsamt Rahmen aus der Wand herauszuziehen, während die anderen von ihnen mit vorgehaltenen Waffen im Treppenhaus standen und der Hüne noch einmal seinen Befehl wiederholte: »Wir machen kurzen Prozess. Außer dem Mädchen lassen wir keinen am Leben!«

Es dauerte noch ein paar Minuten, bis die Panzertür zu Boden krachte und der Weg in den Bunker frei wurde. Sofort schaltete einer der Männer einen starken Strahler an, der den mit Rauch verhangenen Bunker in gleißendes Licht tauchte. Die anderen drangen ein und sicherten sofort den Raum.

»Niemand da!«, stellte Nick fest.

Der Hüne schaute sich im Bunker um und entdeckte schräg gegenüber der zerstörten Panzertür eine weitere Tür, die aus dem Bunker hinausführte: »Dort sind sie lang!«

David wurde nervös. Er wusste, dass ihr Überleben am seidenen Faden hing. Ihre Gegner waren sicherlich schon in den Bunker eingedrungen. Wieder und wieder versuchte er, den Konus des Schlosses zu bewegen, doch es gelang ihm einfach nicht.

Jackie schickte ein Stoßgebet zum Himmel und schaute dabei zur Decke. Ihr Blick fiel auf einen Spalt, der sich direkt über der Tür befand.

Sie griff in den Spalt hinein und zog einen Schlüssel heraus. »Geh zur Seite, David! Ich habe den Schlüssel gefunden.«

Sie schob ihn ins Schloss, und mit etwas Kraftanstrengung gelang es ihr, das Schloss zu öffnen.

Lion, der hinter ihr stand, riss die Tür auf und betrat den dahinter liegenden Bunker des Nachbarhauses. Die anderen folgten ihm auf den Fuß.

Die Männer öffneten die Stahltür und schauten in den vor ihnen liegenden Gang hinein, der nach einigen Metern einen Bogen nach rechts machte. Der Hüne ging voran und bedeutete seinen Männern, ihm zu folgen. Der Hüne leuchtete mit seiner Taschenlampe auf die Stahltür, hinter der sich der Schutzraum des anderen Hauses befand. Ohne Worte marschierte er mit großen Schritten darauf zu. Die anderen folgten ihm.

Jackie versuchte unterdessen mit dem Schlüssel die Tür von innen wieder zu verschließen. Doch ohne Erfolg. Das Schloss klemmte.

»Lass mich mal ran!«, raunte David ihr zu und schob sie zur Seite. Mit viel Gefühl gelang es ihm, die Tür abzuschließen, wissend, dass sie damit nur wenig Zeit gewinnen würden.

Und tatsächlich – in diesem Augenblick wurde von der anderen Seite her die Klinke heruntergedrückt.

Der Hüne wandte sich an den Iren: »Los, lauf zurück zum Gemeindehaus und sag den anderen, dass die Bande versucht, durch eines der Nachbarhäuser zu entkommen. Und gib ihnen unsere jetzigen Koordinaten. Sie sollen Fenster und Türen des Hauses in Schach halten und sie sofort abfangen, sobald sie das Gebäude verlassen.«

* * *

Hawaii – 25. Juli, 00:30 Uhr

Yumiko öffnete die Augen. Wo war sie? Was war passiert?

Sie lag am Boden – neben ihr eine Steinmauer, die den Parkplatz vom Strand abtrennte. Beißender Rauch lag in ihrer Nase. Ihr Kopf brummte und ihr Körper schmerzte.

Sie richtete sich auf und sah über die Steinmauer hinweg auf den etwa dreißig Meter entfernten Parkplatz, der hell erleuchtet war. Erleuchtet von einem Feuer. Ihr Fahrzeug brannte lichterloh.

Langsam kamen die Erinnerungen zurück.

Die Tatsache, dass sie noch lebte, hatte sie wahrscheinlich dieser Mauer zu verdanken und dem Umstand, dass sie noch weit genug vom Auto entfernt gewesen war. Sie hatte den Türöffner gedrückt und damit eine am Fahrzeug angebrachte Bombe gezündet. Aber sie hatte ihn aus einiger Entfernung gedrückt, nämlich noch vom Strand aus. Die Druckwelle der Explosion hatte sie zwar erfasst, sogar umgehauen, aber durch den Schutz der Mauer hatte diese sie nicht töten können.

Ja, sie lebte! Aber wie lange noch? Sie stand ohne Fahrzeug da und musste damit rechnen, dass Martin nicht alleine gekommen war, um sie zu ermorden. Oder dass er bald wieder zu sich kommen und seine Tat zu Ende bringen wollte. Sie musste weg von hier. So schnell es ging!

Yumiko schaute sich unsicher um, konnte jedoch keinen anderen Menschen oder verdächtige Bewegungen und Schatten entdecken.

Sie betrat den Parkplatz, lief an dem brennenden Autowrack vorbei, den Weg entlang zur Straße. Ohne noch einmal zu dem Ort des Grauens zurückzublicken, wandte sie sich in Richtung Stadt. Während sie ging, holte sie ihr Smartphone aus dem Rucksack und versuchte zu telefonieren. Aber es gab kein Netz in dieser Wildnis und die nächste Ortschaft war mindestens zehn Meilen entfernt.

Wie es aussah, musste sie die Strecke zu Fuß bewältigen. Genügend Zeit dafür hatte sie, ihr Flug ging erst um acht Uhr morgens. Glücklicherweise hatte sie ihr Gepäck im Hotel gelassen, sonst wäre es mit dem Leihwagen zerstört worden. Dennoch musste sie wachsam sein. Sie wusste schließlich nicht, ob Martin nicht Komplizen hatte, die ihr auf dem Weg oder im Hotel auflauerten.

* * *

Israel – 24. Juli, gegen 13:30 Uhr

Leandro betrat das Erdgeschoss des Ferienhauses. Alles war still. Die anderen folgten ihm.

»Niemand da«, flüsterte Jackie.

Lion lief sofort zum Fenster und lugte vorsichtig hinaus: »Kann sein, dass wir draußen bereits erwartet werden.«

Leandro nickte: »Hier bleiben können wir auch nicht. Die Stahltür im Keller wird diese Typen nicht lange aufhalten. Wir müssen das Haus verlassen, solange noch Zeit dazu ist.«

»Und dann?«, fragte Janina kritisch. »Ohne Fahrzeug kommen wir nicht weit.«

Lion blickte immer noch angestrengt nach draußen: »Mist, da vorne kommen sie. Einer von ihnen sieht sogar zu uns herüber.«

Leandro wandte sich an Johannes: »Gibt es hier noch einen Hinterausgang?«

»Keine Ahnung - vielleicht dort«, antwortete er und zeigte auf einen Balkon.

Lion rannte zur Balkontür, riss sie auf und schaute hinaus. In diesem Augenblick war vom Keller her eine Explosion zu hören.

Alle zuckten zusammen und Leandro schrie: »Los! Raus hier. Sie sind drin!«

* * *

Hawaii – 25. Juli, 00:30 Uhr

Nach hundert Metern blieb Yumiko stehen. Was war das? Sie zögerte und rührte sich nicht vom Fleck. Irgendetwas sah sie vor sich. Aber sie konnte nicht erkennen, was es war. Sie wartete. Nach einiger Zeit trat der Mond hinter einer Wolke hervor und beleuchtete die Straße.

Nicht weit von ihr entfernt stand ein Fahrzeug am Straßenrand.

Warum war es nicht auf dem Parkplatz, sondern hier am Straßenrand abgestellt worden? Und wem gehörte es? Wurde sie bereits erwartet - von jemandem, der sie ermorden wollte?

Yumiko versteckte sich hinter einem Baum und schaute sich das Fahrzeug genau an. Es war ein Chrysler. Niemand saß drin.

Sie verließ ihre Deckung und näherte sich langsam dem Chrysler. Vielleicht gehörte er Martin. Ja, so musste es sein - wie sonst hätte Martin zu diesem Strand gelangen können. Ohne Fahrzeug war das fast unmöglich.

Als sie den Chrysler erreichte, ärgerte sie sich, dass sie keinen Schlüssel hatte.

Sie wollte sich schon wieder abwenden, als sie sich an Martins Gürteltasche erinnerte, die sie ja mitgenommen hatte. Vielleicht hatte sie Glück und es befand sich ein Autoschlüssel darin.

Schnell nahm sie ihren Rucksack von ihrem Rücken, holte die Gürteltasche heraus und schaute hinein. Unter zahlreichen unwichtigen Gegenständen entdeckte sie einen Autoschlüssel. Sie wollte den Türöffner drücken, zögerte jedoch. Die Erinnerung an die Explosion ihres Fahrzeugs flammte in ihr auf und ließ sie erneut zusammenzucken.

Sie besann sich und versuchte, ihre Emotionen unter Kontrolle zu bringen. Martin würde niemals an sein eigenes Fahrzeug eine Bombe anbringen. Trotzdem wollte sie lieber vorsichtig sein. Sie näherte sich zaghaft dem Auto, steckte vorsichtig den Schlüssel ins Schloss und öffnete, nachdem sie einmal tief Luft geholt hatte, die Tür. Nichts passierte. Sie setzte sich zögernd auf den Fahrersitz und legte ihren Rucksack auf dem Beifahrersitz ab. Sie zog die Tür zu und verriegelte das Fahrzeug von innen. Sie schloss die Augen und atmete noch einmal tief ein. Anschließend öffnete sie ihren Rucksack, holte Martins Waffe heraus und legte sie griffbereit neben sich auf den Sitz. Dann steckte sie den Autoschlüssel ins Schloss. Sie öffnete das Fenster, drehte den Schlüssel im Zündschloss, startete den Motor, legte den Gang ein und gab Vollgas.

* * *

Israel – 25. Juli, 13:30 Uhr

Der Hüne trat die Tür ein, die durch die Sprengung stark beschädigt war. Mit vorgehaltener Waffe drang er in den Luftschutzkeller des Ferienhauses ein. Die anderen folgten ihm. Ihr Blick fiel schnell auf die gegenüberliegende Panzertür des Schutzraums. Sofort liefen zwei Männer darauf zu, stellten sich mit erhobenen Waffen rechts und links daneben und der Hüne öffnete sie. Ihr Blick fiel auf eine Treppe, die vermutlich ins Erdgeschoss des Hauses führte. Die Männer stürmten die Treppe hinauf, die Waffen im Anschlag und ließen sich mit aller Kraft gegen die Tür am oberen Ende der Treppe fallen. Krachend gab diese nach.

Der Hüne lief sofort auf ein Fenster zu, das zur Straße gewandt war, und schaute hinaus. Sein Blick fiel auf drei seiner Männer, die den Eingang des Ferienhauses beobachteten. Der Hüne gab ihnen ein kurzes Zeichen.

Er wandte sich um: »Los! Alles absuchen! Unsere Ziele müssen noch hier sein.«

»Vielleicht jagen wir nur Phantome«, mutmaßte der Ire zweifelnd. »Bis jetzt haben wir nur leere Räume vorgefunden.«

Der Hüne schüttelte den Kopf und zeigte auf seine Nase: »Mein Jagdinstinkt sagt mir, dass sie noch hier sind. Ich rieche sie förmlich.«

Während seine Leute systematisch alle Zimmer des Hauses absuchten, betrat der Anführer durch eine angelehnte Tür den Balkon und schaute auf den See. Er entdeckte eine Wendeltreppe, die vom Balkon aus hinunterführte.

* * *

David pfiff durch die Zähne, als er die letzte Stufe der Wendeltreppe verließ: »Ein Bootshaus ...«

»... und ein Motorboot«, vervollständigte Jackie den Satz und sprang in das Boot hinein, wo Lion bereits versuchte, den Motor zum Laufen zu bringen.

Ohne ein Wort zu verlieren, schob Leandro die beiden jedoch beiseite. Ein Griff, und ein PS-starker Bootsmotor heulte auf: »Kann mal einer das Tor zum See öffnen!«, schrie er David zu, der sich als Einziger noch immer im Bootshaus befand.

Der schaute sich um, entdeckte einen roten Hebel an der Wand und legte ihn um. Mit knarrendem Geräusch öffnete sich das Rolltor, das den Innenraum des Bootshauses vom See abtrennte.

Leandro drückte den Steuerhebel nach vorne, und sofort setzte sich das Motorboot in Bewegung. David hatte mit einem so schnellen Ablegen des Bootes nicht gerechnet. Doch geistesgegenwärtig sprang er vom Rand aus ins Boot hinein, das sofort Fahrt aufnahm und aufs Tor zuraste.

In diesem Augenblick trat der Hüne ins Bootshaus, legte sofort sein Gewehr an und feuerte eine Salve auf das Boot ab, das sich mittlerweile unter dem halb geöffneten Rolltor befand.

Instinktiv warfen sich David, Jackie, Janina, Johannes und Lion auf den Boden, während Leandro in geduckter Haltung das Boot unter dem Rolltor hindurchsteuerte. Mehrere Kugeln schlugen direkt neben dem Boot im Wasser ein. Eines der Geschosse zerschmetterte die Frontscheibe des Motorbootes. Doch sie schafften es aus dem Bootshaus hinaus. Auf dem See riss Leandro sofort das Steuer des Motorboots nach rechts herum und brachte es aus der Schusslinie heraus.

Der Hüne fluchte laut, wandte sich um und rannte die Wendeltreppe wieder hinauf: »Los! Sofort in die Fahrzeuge! Sie fahren mit einem Motorboot Richtung Süden! Nehmt die Uferstraße und fangt sie ab.«

Dann wandte er sich an den Iren: »Und wir besorgen uns ein Motorboot.«

KAPITEL 6

Hawaii – 25. Juli, zwischen 00:45–01:45 Uhr

Nachdem Yumiko endlich ein Mobilfunknetz hatte, telefonierte sie mit Ariel und informierte ihn über alles, was vorgefallen war. »Was soll ich denn jetzt machen, Ari? Soll ich zur Polizei gehen?«

»Bloß keinen Staub aufwirbeln! Du meldest den Leihwagen als gestohlen und nimmst wie geplant das Flugzeug nach San Francisco. Bitte sei vorsichtig!«

Yumiko beendete das Gespräch, fuhr zum Hotel und holte ihr Gepäck. Sie stellte Martins Auto unabgeschlossen in einer Tiefgarage in der Nähe ab, ließ seine Gürteltasche im Auto – wer konnte wissen, ob sich darin nicht noch ein Peilsender befand, über den sie aufgespürt werden konnte. Sie rechnete mittlerweile mit allem. Anschließend fuhr sie mit drei verschiedenen Taxen zum Honolulu International Airport, suchte dort die Toilette eines Schnellrestaurants auf, um eine in Israel entwickelte Gesichtsmaske aufzutragen, die ihre Gesichtszüge vollständig veränderte. Perücke und Kontaktlinsen vervollständigten den neuen Look.

Als sie nach getaner Arbeit in den Spiegel schaute, lächelte sie eine hübsche Brasilianerin an. Yumiko war mit dem Ergebnis zufrieden. Sie holte aus einem Geheimfach in ihrem Koffer gefälschte Ausweispapiere hervor, und checkte nur wenige Minuten später an einem Online-Terminal unter dem Namen Cristina Almeida für den Flug nach San Francisco ein.

* * *

Israel, auf dem See Genezareth – gegen 14:00 Uhr

»Das ging gerade noch einmal gut«, stellte Johannes aufatmend fest. »Niemand ist hinter uns!«

»Wir müssen aber damit rechnen, dass man uns nachsetzt«, warnte Lion. »Unser Motorboot ist nicht das Schnellste, und wenn unsere Gegner auf der Uferstraße Gas geben, werden sie uns ziemlich schnell überholen und abfangen, sobald wir anlegen.«

»Vielleicht wäre es besser, nicht am Ufer zu bleiben, sondern auf die andere Seite des Sees zu fahren«, schlug David vor.

Jackie widersprach: »Ich weiß nicht. Neben dem Ferienhaus war eine Anlegestelle, an der ein paar ziemlich schnittige Motorboote lagen. Ich traue dem großen Typen zu, dass er sich eines davon schnappt und damit die Verfolgung aufnimmt.«

David warf einen Blick zurück: »Stimmt! Und bei dem Tempo, das unser Boot fährt, hätten wir gegen ein schnelleres Boot keine Chance, die andere Seite zu erreichen.«

Janina, deren lange blonde Haare im Fahrtwind wehten, stöhnte auf und zeigte in Richtung Uferstraße: »Seht ihr die drei Autos dort? Die fahren in einer irren Geschwindigkeit.«

»Ja, von dem Strafzettel könnte die Polizei ein Betriebsfest feiern«, meinte Lion sarkastisch.

»Lion hat recht. Sieht so aus, als ob sie unbedingt an uns vorbeikommen wollen«, rief Johannes laut.

»Schon geschehen«, japste Janina. »Die werden uns erwarten, sobald wir irgendwo anlegen.«

»Eines der Fahrzeuge fällt zurück und hält genau unser Tempo«, stellte Jackie fest. »Die beobachten, was wir tun.«

Leandro, der das Motorboot steuerte, schaute in den Rückspiegel: »Und die gute Nachricht ist: Soeben hat weit hinter uns ein Motorboot abgelegt und folgt uns. Die nehmen uns so richtig in die Zange.«

Lion wandte sich an Johannes: »Wie weit ist es noch bis Tiberias?«

Der überlegte: »Ein Katzensprung – etwa knapp zwei Kilometer noch. Wieso?«

»In Tiberias verlässt die Straße doch den Uferbereich. Zumindest habe ich das von der Hinfahrt noch in Erinnerung. Da verlieren sie uns erst einmal aus den Augen. Außerdem ist es eine größere Ortschaft. Wir sollten dort anlegen und versuchen, zu Fuß zu entkommen.«

Leandro behielt das nachfolgende Motorboot im Blick und gab Gas: »Das Boot hinter uns holt auf. Hoffentlich schaffen wir es noch bis Tiberias.«

Sie erreichten den Rand der Stadt. Und wie Lion richtig in Erinnerung behalten hatte, machte die Uferstraße einen Bogen, weg vom Ufer, sodass sie nicht mehr im Blickfeld ihrer Gegner waren.

»Okay, eine kleine Chance haben wir«, rief Lion den anderen zu, das ihnen folgende Motorboot dabei fest im Blick, das immer mehr aufholte. Leandro raste auf einen kleinen Jachthafen zu und kurz vor einem Anlegesteg drosselte er das Tempo und einer nach dem anderen sprang aus dem Boot. Leandro verließ seinen Platz am Steuer, hechtete an den Steg und lief sofort los. Nur anhand des Krachens konnten sie ahnen, dass ihr Motorboot gerade in mindestens ein anderes Boot gefahren war.

* * *

Während der Ire das Steuer des von ihnen entwendeten Motorbootes auf Kurs hielt, schaute der Hüne durch ein Fernglas nach vorne. Was er sah, gefiel ihm nicht. Doch anstatt sich zu ärgern, schaute er auf eine Karte im Display des Bordcomputers, die er sich nach Betreten des Bootes geladen hatte, und überlegte, welche Fluchtchancen sich seinen Gegnern boten. Nach einer kurzen Analyse der Situation glaubte er sicher zu wissen, welchen Weg seine Ziele einschlagen würden.

Sofort nahm er das Smartphone zur Hand, durch das er mit seinen Komplizen in ständiger Verbindung stand: »Alle herhören: Unsere Ziele haben in Tiberias in der Nähe der St. Peters Church das Motorboot verlassen. Dort gibt es einen Parkplatz, den ihr mit den Fahrzeugen erreichen könnt.

»Wir sind in einer Minute dort!«, meldete sich einer seiner Männer zu Wort.

Der Hüne fuhr fort: »Sehr gut! Wir brauchen mit dem Motorboot etwas länger und nehmen sie vom Wasser her ins Visier. Zieht einen großen Kreis um den Weg, der von der Promenade zum Parkplatz führt, und riegelt alles drum herum ab. Wir müssen auf Nummer sicher gehen, dass sie uns nicht schon wieder entwischen. Und haltet unbedingt den Zugang zur Kirche frei.«

»Warum das?«, fragte Charly, einer der Fahrer nach.

Der Hüne lachte gehässig: »Sollten sie in die Kirche hineingehen, sitzen sie in der Falle. Dort können wir sie in Ruhe fertigmachen, ohne dass es jemand merkt.«

* * *

»Und wie geht es jetzt weiter?«, keuchte Janina völlig außer Atem, als sie in Tiberias einen nahe am See gelegenen Parkplatz erreicht hatten, der bis auf den letzten Platz zugeparkt war.

Leandro zeigte auf ein Hotel, das sich hinter einer Kirche befand: »Wir müssen es unbedingt bis zu diesem Hotel schaffen. Dort haben wir die besten Chancen. Ich habe nämlich das dumpfe Gefühl, dass unsere Verfolger gleich hier auftauchen werden.«

In diesem Augenblick hörten sie quietschende Reifen. Direkt bei der Einfahrt zum Parkplatz hielt ein Fahrzeug am Straßenrand. Zwei weitere Fahrzeuge folgten und blieben ebenfalls stehen.

»Los, in Deckung!«, zischte Leandro leise.

Sofort verschanzten sie sich zwischen zwei Autos

Nur wenige Meter von ihnen entfernt öffneten sich die Autotüren und insgesamt zehn Männer sprangen heraus, schauten sich um und schwärmten aus. Einer der Männer blieb bei den Fahrzeugen. Seltsamerweise schien sich keiner von den Ausschwärmenden für die Kirche oder den Weg dorthin zu interessieren.

»Die ziehen einen großen Ring um uns«, stöhnte Jackie leise, die glaubte, die Strategie der Gegner erkannt zu haben. »Hier kommen wir nicht mehr weg.«

»Jackie hat recht«, ächzte auch David. »Sie werden gleich den ganzen Parkplatz absuchen. Und wenn wir hier noch lange hocken, entdecken sie uns!«

»Der Mann an den Fahrzeugen schaut gerade weg. Wir sollten schleunigst in die Kirche hineingehen, solange es noch möglich ist«, schlug Janina vor.

Lion runzelte die Stirn: »Die Kirche ist total eingezwängt zwischen zwei Gebäuden. Sollen wir da wirklich reingehen? Könnte eine Mausefalle sein.«

Alle schauten zur St. Peters Church hinüber.

* * *

Der Hüne erreichte den Anlegeplatz und verließ mit dem Iren zusammen das Boot: »Wie sieht es bei euch aus?«

Nach und nach bestätigte einer nach dem anderen seine aktuelle Position. Jeder der Männer wusste genau, was zu tun war.

»Alles abgeriegelt«, meldete auch Charly. »Sie müssen sich hier irgendwo in der Nähe versteckt haben. Ich rieche sie förmlich.«

Alle warteten darauf, den Ring zu schließen.

Nick, der, nachdem er mit einem Fernglas den Parkplatz abgesucht hatte, wieder fahrbereit in seinem Fahrzeug saß, entdeckte plötzlich fünf Personen, die zur Kirche liefen. Eine von ihnen, ein auffallend hübsches Mädchen mit langen, lockigen braunen Haaren, drehte sich um und schaute zum Parkplatz zurück. Nick identifizierte sie sofort als Jaqueline Arielle Bordeaux.

Grinsend nahm er das Smartphone zur Hand: »Die Vögel sind im Nest! Dein Plan geht auf. Das Mädchen ist auch dabei.«

»Sehr gut. Dann sitzen sie in der Falle«, stellte der Hüne zufrieden fest. »Bleib, wo du bist, und lass sie nicht aus den Augen. Wir sind in zwei Minuten dort.«

* * *

Johannes betrat als Erster die winzige katholische Kirche mitten in Tiberias. »Wie klein die ist«, flüsterte er andächtig. »Und es scheint, dass keiner außer uns da ist.«

Leandro, der hinter Johannes die Kirche betreten hatte, schaute sich ebenfalls um. Mit seinem geübten Blick hatte er in Sekundenbruchteilen erfasst, dass es außer dem Eingang keine weiteren Ausgänge, Fluchtmöglichkeiten oder Verstecke gab. Entsetzt starrte er die anderen an: »Das ist tatsächlich eine Mausefalle! Wir müssen umkehren, solange es noch geht.«

Vorsichtig öffnete David die Tür der Kirche einen Spalt und schaute hinaus. Sein Blick traf sich mit dem eines breitschultrigen Mannes, der dreißig Meter vom Eingang entfernt stand und diesen beobachtete. Nick, der mitten auf dem breiten Fußweg zur Kirche stand, legte spottend mit einem Militärgruß die Hand an seine Stirn, zeigte dann mit zwei angelegten Fingern auf David, die Hand zu einer Pistole formend, und deutete damit an, dass er ihn gleich erschießen würde.

Bleich im Gesicht und zitternd vor Angst schloss David die Tür wieder und stammelte leise: »Draußen werden wir bereits erwartet. Lion hatte recht. Wir sitzen in der Falle.«

»Wo ist er überhaupt?«, fragte Janina unsicher.

»Er ist draußen geblieben«, klärte sie Jackie auf. »Bei den Autos. Ich habe es auch erst gemerkt, als wir schon am Eingang der Kirche waren.«

Leandro schaute sich in der Kirche um. Es gab rechts an den Seitenwänden Fenster, die aber mit Holzplatten verschlossen waren. Vermutlich wurden gerade neue Fenster eingebaut, deshalb die Platten. Er rannte auf eines der Fenster zu und versuchte, das Holz zu lösen, doch er schaffte es nicht. »Helft mir mal!«

Sofort eilten David und Johannes zu ihm und versuchten, die solide Holzplatte zu lösen.

»Da schaut, das Brett ist an mehreren Stellen mit Torx-Schrauben angeschraubt«, stellte David mit einem Kennerblick fest. »Mit etwas Zeit und einem passenden Schraubenzieher könnten wir diese Platte lösen.«

»Und beides haben wir nicht«, wisperte Leandro mutlos.

Jackie öffnete erneut die Eingangstür und schaute durch einen kleinen Spalt hinaus: »Der Typ da draußen hat mittlerweile eine Waffe gezückt und zielt auf den Eingang der Kirche. Er rührt sich nicht und wartet wahrscheinlich noch auf Verstärkung.«

Johannes setzte sich auf eine der Bänke in der Kirche und fing an zu beten. David, Jackie und Janina stellten sich zu ihm und beteten spontan mit.

Leandro dagegen ließ seinen Kopf resigniert gegen die kalten Steine der Kirchenmauer sinken. Das war also das Ende.

KAPITEL 7

Kibbuz in Israel, Hauptquartier »Aris Nest« – 25. Juli, gegen 14:15 Uhr

Ariel erhielt eine verzweifelte Sprachnachricht und pfiff leise durch die Zähne: »Tiberias.«

Mit gläsernen Augen schaute er auf, weil ihm bewusst wurde, dass er seinem Neffen und seinen Freunden wohl nicht mehr helfen konnte.

* * *

Israel, Tiberias – 25. Juli, gegen 14:20 Uhr

Leandro ächzte. Die anderen beteten noch immer und ihm fiel einfach nichts ein, wie sie sich aus dieser Falle befreien konnten. Erneut ging er zur Kirchentür und schielte hinaus.

Plötzlich hörte er vom Parkplatz her einen Motor laut aufheulen, Reifen quietschten und Sekunden später sah er, wie ein silberner VW Scirocco auf den draußen wartenden Angreifer zuraste. Das Fahrzeug erfasste Nick, der nicht mit so etwas gerechnet hatte. Er wurde über die Motorhaube geschleudert und fiel mit voller Wucht zu Boden, wo er regungslos liegen blieb.

Der Scirocco raste auf die Kirche zu und machte kurz davor eine Vollbremsung und gleichzeitig eine gekonnte Drehung um hundertachtzig Grad. Lion kurbelte das Fenster herunter: »Los, alle einsteigen! Viel Zeit bleibt uns nicht!«

Leandro schrie in die Kirche hinein: »Lion ist da! Er hat ein Auto! Los, kommt!«

Innerhalb weniger Sekunden verließen alle die Kirche und stiegen zu Lion in den Wagen, außer Johannes.

»Los! Beeil dich, Johannes!«, schrie Janina laut.

Mit gläsernen Augen und einem aschfahlen Gesicht schüttelte Johannes seinen Kopf: »Ich steige da auf keinen Fall ein! Fahrt ohne mich!«

»Wir lassen dich hier nicht einfach zurück«, widersprach ihm David.

Johannes, dem vor Angst und Anspannung speiübel war, winkte erneut ab, drehte sich um und schloss leise betend die Eingangstür zur Kirche.

Janina schaute Leandro entsetzt an: »Unternimm etwas - bitte!«

»Wir können ihn nicht dazu zwingen, mitzukommen«, antwortete der ihr und wandte sich an Lion: »Fahr los!«

Ohne zu zögern, trat Lion aufs Gaspedal. Die Reifen quietschten, der Wagen beschleunigte. Mit hohem Tempo fuhr er an dem immer noch auf dem Boden liegenden Nick vorbei zum Parkplatz zurück.

Plötzlich tauchten mehrere bewaffnete Männer vor ihnen auf. Doch Lion ließ sich nicht beeindrucken, erhöhte sogar die Geschwindigkeit und raste auf sie zu.

Der Hüne fasste sich als Erster und zielte mit seiner Waffe aufs Fahrzeug. Doch das war schon zu nah, ihm blieb keine Zeit mehr, abzudrücken. Fluchend warf er sich zur Seite, wie die anderen auch. Der Scirocco raste an ihnen vorbei über den Parkplatz hinweg auf die Straße zu. Dort angekommen, bog er ab.

Die völlig überraschten Männer sprangen auf, rannten zum Parkplatz und nahmen mit zwei Fahrzeugen sofort die Verfolgung auf.

Der Hüne wandte sich im Laufen an einen seiner Männer, Charly: »Du bleibst hier und kümmerst dich um Nick. Danach überprüfst du die Kirche, ob noch jemand dort ist.«

Er lief zum dritten Fahrzeug, das bereits mit laufendem Motor auf ihn wartete.

Leandro, der genau hinter Lion saß, klopfte diesem anerkennend auf die Schultern: »Wie hast du das geschafft?«

Der schaute in den Rückspiegel und sah zwei Fahrzeuge, die ihnen in dichtem Abstand folgten: »Was genau meinst du?«

Janina schüttelte fassungslos den Kopf: »Was für eine Frage! Mann, du hast uns gerade das Leben gerettet!«

»Abwarten!«, murmelte Lion, als er sah, dass sich die Verfolger nicht abschütteln ließen.

Leandro griff seine Frage noch einmal auf: »Mal abgesehen davon, dass du einen irren Fahrstil draufhast - wie konntest du das Auto überhaupt zum Laufen bringen?«

Lion zuckte mit den Schultern: »War ganz einfach: Tür mit einem Draht öffnen, einsteigen, Zündung kurzschließen und losfahren. Oder was meinst du? Macht man bei uns in Texas mit den Oldtimern immer so, wenn man mal den Schlüssel verlegt hat.«

Leandro blieb beharrlich: »Und wie hast du die elektronische Wegfahrsperre überlistet? Ohne Transponder geht da doch gar nichts.«

Lion antwortete ihm nicht, sondern konzentrierte sich auf die Straße.

David, der Eigentümer eines uralten VW Käfers war, musste grinsen: »Der Scirocco ist uralt und hat diesen elektronischen Schnickschnack noch nicht. Aber wenigstens hat er ordentlich Zunder unter der Motorhaube. Ich schätze, das Teil ist kräftig aufgemotzt worden und hat bestimmt über zweihundert PS.«

Jackie, die auf dem Beifahrersitz neben Lion saß, konnte es nicht fassen: »Also ihr Kerle habt ja wirklich eine Schraube locker. Statt euch über so einen Schrott den Kopf zu zerbrechen, solltet ihr euch lieber Gedanken machen, wie wir diesen Killern entkommen können. Also ehrlich!«

Dann schloss sie die Augen und dachte nach.

* * *

Nick war wieder zu sich gekommen. Sein Kopf schmerzte höllisch und seine Rippen taten ihm bei jeder Bewegung weh. Vermutlich hatte er sich mindestens eine davon gebrochen. Doch darauf konnte und wollte er jetzt keine Rücksicht nehmen. Sie hatten einen Auftrag zu erledigen. Mühsam rappelte er sich mit Charlys Hilfe hoch und betrat mit ihm die Kirche.

Ganz vorne in der ersten Reihe saß ein Mann, den Blick zum Kreuz gerichtet.

Charly und Nick marschierten den Gang entlang, stellten sich hinter ihn und richteten die Waffe auf ihn.

Johannes, der sich ein hinter der Kanzel hängendes Priestergewand angezogen hatte, drehte sich zu ihnen um und schaute sie zornig an: »Also ihr Touristen seid ja schon ganz schön verrückt. Die Typen eben wollten doch tatsächlich ein Picknick machen, hier in der Kirche! Und wenn man euch so anschaut, könnte man meinen, dass ihr Räuber und Gendarm mit mir spielen wollt. Lasst uns lieber ein Vaterunser miteinander beten, und dann könnt ihr wieder gehen.«

Charly und Nick schauten ihn verwundert an – dann fingen sie schallend an zu lachen.

»Was sind Sie denn für ein Vogel?«, fragte Nick.

»Sieht man das nicht? Ich bin Hirte, ein Pfarrer. Und wer sind Sie?«

Charly klopfte ihm grinsend auf die Schulter: »Zwei Pilger, die sich verirrt haben, nichts für ungut, Pfaffe.«

Dann wandten sie sich von Johannes ab und verließen, immer noch lachend, die Kirche.

* * *

Lion stöhnte: »Das Auto hat zu viel Gewicht. So können wir sie niemals abhängen.«

Leandro drehte sich um, schaute durch das Heckfenster hinaus und versuchte Lion zu ermutigen: »Sei mal nicht so pessimistisch, Lion. Wenn du weiterhin einen so irren Speed draufhast, haben wir eine Chance.«

»Irrer Speed – aber ohne Hirn!«, stöhnte Lion. »Schaut! Ich bin einen großen Bogen gefahren. Da vorne ist wieder der See Genezareth. Ich hatte gehofft ...«

»... von der Polizei geschnappt zu werden?«, keuchte Janina, der wegen der hohen Geschwindigkeit der Angstschweiß auf der Stirn glänzte.

»Nein, sondern dass wir aus dem Ort rauskommen, Richtung Westen. Jetzt sind wir bald wieder am Ausgangspunkt angekommen.«

Leandro versuchte, ihm Mut zu machen: »Macht nichts! Immerhin hast du es mit deiner Kamikaze-Fahrweise geschafft, einen Vorsprung von fünfzig Metern herauszuholen. Das soll dir mal einer nachmachen!«

Jackie, der schnelles Fahren überhaupt nichts ausmachte, sondern eher noch ihre Fähigkeit zum kreativen Denken ankurbelte, öffnete die Augen: »Ich hab's! Wir müssen uns aufteilen.«

»Und wie stellst du dir das vor?«, fragte David nach.

»Unsere Verfolger haben es doch vermutlich in erster Linie auf Lion und mich abgesehen. Warum machen wir es nicht so: Lion biegt irgendwo ab, ihr springt aus dem Fahrzeug und versteckt euch und Lion und ich fahren alleine weiter?«

Lion nickte: »Gute Idee. Dadurch wären wir leichter und hätten bessere Chancen, sie abzuhängen – vor allem wenn es den Berg hoch Richtung Westen geht.«

Janina zeigte aus dem Fenster hinaus: »Schaut mal, da vorne ist wieder das große Hotel am See. Dort kannst du uns rauslassen. Im Hotel haben wir doch gute Chancen, uns zu verstecken.«

Lion bog an der nächsten Kreuzung ab, verlangsamte für einen kurzen Moment das Tempo, sodass Janina, David und Leandro herausspringen konnten, gab dann aber sofort wieder Vollgas.

Während Lion mit Jackie davonfuhr, versteckten sich die anderen hinter einem parkenden Auto, sodass sie von der Straße aus nicht gesehen werden konnten.

Keine Sekunde zu früh, denn schon bogen die Verfolger ebenfalls um die Kurve und setzten dem silbernen Scirocco sofort hinterher.

Leandro, David und Janina verharrten in gebückter Haltung am Straßenrand, bis die Autos verschwunden waren. Dann eilten sie zum Hotel und betraten die Lobby. So sahen sie nicht, dass ein drittes Fahrzeug um die Kurve schoss.

Der Hüne dagegen sah Janinas Silhouette von hinten, wie sie als Letzte den Eingang zum Hotel passierte. Sofort stieß er den Fahrer des Wagens an: »Halt an! Die haben sich aufgeteilt. Ich wette, dass nur noch zwei von ihnen im Scirocco sitzen. Der Rest will sich hier im Hotel verstecken!«

Augenblicklich informierte er seine Leute in den anderen Fahrzeugen über die neue Entwicklung. Dann las er eine Nachricht, die Gilbert Winter ihm gerade auf sein Smartphone geschickt hatte:

> »Keine Sonderbehandlung mehr für das Mädchen. Gleiches Vorgehen auch für sie. Bitte alle notwendigen Maßnahmen einleiten.«

»Endlich freie Bahn«, grinste er gehässig. Zwar wunderte er sich über den Sinneswandel seines Auftraggebers, war aber über dessen Entscheidung sehr erleichtert. Jetzt durfte er endlich das tun, was er am besten konnte: Töten, und zwar ohne Kompromisse.

Dann wandte er sich an den Iren: »Ihr folgt den dreien ins Hotel. Ich muss noch schnell ein paar dringende Angelegenheiten regeln und komme gleich nach.«

Wie geheißen verließen der Ire und zwei weitere Männer das Fahrzeug und rannten aufs Hotel zu.

Der Hüne blieb sitzen und telefonierte mit einem seiner Kontaktleute bei der israelischen Polizei. Er hatte einen teuflischen Plan. Andere würden die Drecksarbeit für sie übernehmen.

KAPITEL 8

Israel, Tiberias – 25. Juli, gegen 14:30 Uhr

Hinter der Empfangstheke des Caesar Premier Hotels stand Ibrahim. Seit über dreißig Jahren stand er jeden Tag hier. Er kannte jedes Zimmer. Jeden Winkel des Hotels. Und jeden Gast, der hier eincheckte. Er liebte das Hotel. Und seine Gäste, für die er alles tat, damit sie sich wohlfühlten. Und seine Gäste liebten ihn. Denn Ibrahim hatte eine ganz besondere Gabe. Er konnte sich alle Namen, Gesichter und Zimmernummern auf Anhieb merken und richtig zuordnen. Darauf war er sehr stolz.

Gerade wischte er mit einem Tuch über die Theke der Rezeption. Nachher würden neue Gäste kommen, denen er, wie allen anderen Gästen auch, den bestmöglichen Empfang bereiten wollte. Plötzlich stutzte er.

Drei junge Leute, zwei Männer und eine hübsche blonde Frau, eilten in die Lobby und grüßten ihn im Vorbeilaufen. Einer von ihnen schaute den Portier mit freundlichen Augen und unschuldiger Miene an: »Ach, könnten Sie uns bitte die Post aufs Zimmer bringen lassen? Wir haben es recht eilig. Vielen Dank!«

Noch bevor Ibrahim irgendetwas erwidern konnte, waren sie bereits im Treppenhaus verschwunden. Völlig verwirrt ließ Ibrahim sich auf einen Stuhl hinter der Rezeption sinken. Zum ersten Mal in seinem Leben konnte er sich an die Gesichter und Namen nicht mehr erinnern. Was war nur los mit ihm?

In diesem Moment betraten drei Männer die Lobby und rannten, ohne ihn zu grüßen, an ihm vorbei.

»He, das geht so aber nicht!«, rief Ibrahim ihnen nach.

Ein Mann mit roten Haaren und sehr harten Gesichtszügen, der wie ein typischer Ire aussah, drehte sich um und forderte, bevor er mit den anderen beiden im Treppenhaus verschwand: »Bitte sorgen Sie dafür, dass niemand auf unser Zimmer kommt, wir haben etwas Dringendes zu erledigen. Sie kriegen auch extra Trinkgeld dafür.«

Ibrahim stand abrupt auf, musste sich jedoch sogleich wieder hinsetzen. Seine Beine drohten ihm zu versagen. Er nahm ein Taschentuch zur Hand, tupfte damit seine Stirn ab und schüttelte frustriert den Kopf. Auch von diesen drei Männern fielen ihm weder Name noch Zimmernummern ein. Irgendetwas stimmte nicht. Er nahm seine Brille ab, putzte sie sorgfältig und murmelte leise: »Ich werde wohl alt.«

* * *

Während Jackie eine Sprachnachricht verfasste, in der sie Ariel auf den neuesten Stand der Dinge brachte, steuerte Lion den Scirocco auf die Hauptstraße, die von Tiberias aus den Berg rauf Richtung Westen führte. Obwohl er alles aus dem Auto herausholte, was möglich war, gelang es ihm nicht, ihre Verfolger abzuschütteln. Stattdessen holten sie immer mehr auf.

»Von wegen zweihundert PS!«, schimpfte Lion und trat das Gaspedal durch, jedoch ohne dass der Wagen schneller wurde.

Nachdem der stärkste Anstieg überwunden war, verloren seine Verfolger ihren Vorteil zwar wieder, hielten aber trotzdem mit.

Lion bemerkte, dass die Luft im Auto stickig geworden war. Schnell kurbelte er mit einer Hand das Fenster einen kleinen Spalt herunter, sodass Luft eindrang. Doch statt frischer Luft legte sich nur Wüstenstaub in seiner Nase und auf dem Armaturenbrett nieder. Der Staub trocknete seinen Gaumen aus. Ein klammes Gefühl in der Magengrube breitete sich auf den gesamten Körper aus. Ihm fehlten mit einem Mal die aufmunternden Worte Leandros, die ihn vorangetrieben hatten. Jetzt waren Jackie und er auf sich allein gestellt.

Die Situation war unerträglich. Mal abgesehen davon, dass sie von eiskalten Killern gejagt wurden, machte es Lion Sorgen, dass sie gerade dabei waren, am laufenden Band Gesetze zu brechen. Sie hatten ein Motorboot und ein Auto gestohlen, andere Motorboote beschädigt, einen Menschen verletzt und brachten durch ihre wahnsinnige Fahrweise sich und andere in Lebensgefahr. Er schaute auf den Tacho, der über zweihundert Stundenkilometer anzeigte. Panik stieg in ihm hoch.

In diesem Moment sah er rechts vor sich ein Einsatzfahrzeug am Straßenrand. Auf der Straße stand ein Mann in Uniform und schaute in ihre Richtung. Schnell schwenkte er das Lenkrad eine Nuance herum, was bei dem rasanten Tempo sofort krasse Auswirkungen hatte. Ein Ruck ging durch das Fahrzeug. Aber es gelang Lion, den Wagen sofort wieder unter Kontrolle zu bringen.

Der Polizist, der vom Seitenstreifen aus den Verkehr beobachtete, sah, wie ein VW Scirocco in einem Affenzahn auf sich zuraste. Mit vor Schreck weit geöffnetem Mund sprang er von der Straße und trat so nah wie möglich an sein Einsatzfahrzeug heran, um nicht überfahren zu werden. Nur Sekundenbruchteile später jagte das Auto mit einer irren Geschwindigkeit viel zu dicht an ihm vorbei, gefolgt von zwei schwarzen Fahrzeugen im gleichen Tempo.

Sofort nahm er sein Funkgerät in die Hand und gab eine Meldung an seine Kollegen weiter: »Illegales Autorennen kurz hinter Tiberias auf der 77 Richtung Westen. Sofort Straßensperren aufstellen!«

Jackie war sich der Gefahr, in der sie gerade schwebten nur allzu deutlich bewusst. Dennoch genoss sie den starken Adrenalinschub, der durch das schnelle Fahren in ihr ausgelöst wurde. Der Geschwindigkeitsrausch brachte ihre Augen zum Strahlen und ließ ihre Wangen erröten. Sie wandte sich an Lion: »Hast du den Polizisten am Straßenrand gerade gesehen? Ob der wegen uns dort stand?«

»Weiß nicht! Aber selbst wenn nicht, fallen ihm bei dem Tempo, das wir drauf haben, bestimmt die Augen aus dem Kopf und vor Schreck der Unterkiefer herunter. Der ist jetzt bestimmt ganz schön sauer, dass wir so schnell Auto fahren.«

»Na dann hoffen wir mal, dass er sich nicht die Zähne ausschlägt, sonst werden wir neben Raserei und Autodiebstahl zusätzlich noch wegen Körperverletzung angeklagt.«

Lion musste unwillkürlich lachen. Sie wussten beide, dass dieser Wortwechsel eigentlich total unpassend war. Aber der schräge Humor half ihnen zumindest dabei, mit dem Stress und ihrer unkontrollierbaren Angst fertigzuwerden. Lions Anspannung lockerte sich ein wenig.

* * *

Israel, in einem Kibbuz – 14:30 Uhr

Ariel Goldberg drehte angespannt den Knopf des Empfangsgeräts. Schon hörte er ein Knacken, gefolgt von einer Nachricht, die offenbar in diesem Moment an alle verfügbaren Einheiten rund um Tiberias und Haifa herausgegeben wurde: »Achtung, auf der Nationalstraße 77 ist von Tiberias in Richtung Haifa ein silberner Scirocco in Höchstgeschwindigkeit unterwegs. Es handelt sich unseren Informationen zufolge um palästinensische Terroristen, die auf der Flucht sind. Wir vermuten, dass sie eine Bombe an Bord haben. Bitte alle erforderlichen Maßnahmen der Terrorabwehr einleiten. Aber Achtung, zwei weitere Wagen verfolgen die mutmaßlichen Terroristen, um sie, wenn möglich, von der Straße abzudrängen. Diese nicht mit unter Beschuss nehmen. Nur den Scirocco.«

Ariel, der kurz zuvor eine Sprachnachricht von Jackie abgehört hatte, lief es kalt den Rücken hinunter. Er wusste, was das für Lion und Jackie bedeutete. Und ihm fiel momentan nichts ein, wie er ihnen helfen könnte. Und auch um David, Janina und Leandro, die in einem Hotel versuchten, den Verfolgern zu entkommen, machte er sich große Sorgen. Wenn ihm nur etwas einfallen würde, wie er sie retten könnte!

* * *

Tiberias, Caesar Premium Hotel – gegen 14:30 Uhr

Gerade hatten David, Leandro und Janina den vierten Stock im Treppenhaus erreicht. Ob sie es wagen konnten, eine kurze Verschnaufpause zu machen? Vorsichtig schaute Leandro durch eine Lücke im Treppengeländer ins Erdgeschoss hinunter. Soeben betraten drei Männer das Treppenhaus und blickten nach oben. Ihre Blicke trafen sich. Sofort nahmen sie die Verfolgung auf.

»Los! Raus hier!«, keuchte Leandro. »Wir müssen schauen, ob es hier ein Zimmer gibt, das offen ist, und uns darin verstecken.«

Sie rannten durch das rechts und links mit Zimmern flankierte Stockwerk hindurch, ohne eine offene Tür zu finden. »Warum gibt es hier keine Putzfrau?«, stöhnte Janina.

»Die kann uns doch auch nicht helfen!«, überlegte David laut.

»Doch, wo Putzfrauen am Werk sind, gibt es auch offene Türen. Ich hab den Job mal in den Ferien gemacht.«

Sie erreichten ein zweites Treppenhaus am anderen Ende des Gangs und stiegen sofort weiter die Treppen hinauf, Leandro voran, gefolgt von Janina und David.

Während Leandro mit Leichtigkeit hinaufkam und sich von den anderen beiden deutlich absetzte, blieb Janina im siebten Stock völlig außer Atem abrupt stehen.

»Was ist los?«, fragte David.

»Ich kann nicht mehr, David! Lauf ohne mich weiter. Vielleicht kannst du Leandro noch einholen.«

»Das kommt gar nicht infrage! Nein, wir gehen lieber in diesen Gang hinein.«

Die beiden betraten den Gang. Auch hier waren alle Türen verschlossen und es gab keine Möglichkeiten, sich zu verstecken. Sie rannten über den mit schweren Teppichen ausgelegten Flur. Als sie ungefähr die Hälfte des Ganges hinter sich gelassen hatten, erreichten sie einen Fahrstuhl, der geöffnet war.

»Los, dort hinein!«, zischte Janina und trat sofort ein. David folgte ihr. Es handelte sich um einen Lift aus Glas, der von allen Seiten aus gut einsehbar, da er an der Außenwand des Hotels angebracht war.

»Mist, man kann uns von außen sehen!«, stellte David entsetzt fest.

Aber Janina hatte schon auf den untersten Knopf gedrückt, mit dem Ziel, in den Keller zu fahren. Bevor sie den Fahrstuhl wieder verlassen konnten, setzte er sich bereits in Bewegung.

»Hoffentlich hält der Fahrstuhl vor dem Keller nicht noch in der Lobby«, flüsterte Janina. »Ich habe das dumpfe Gefühl, dass dort einer der Kerle auf uns wartet.«

Sofort legte David den roten Notschalter um, und der Fahrstuhl kam mit einem Ruck genau zwischen zwei Stockwerken zum Stehen. »Du hast recht! Das können wir nicht riskieren.«

Unsicher standen sie keuchend und schwitzend nebeneinander, hoffend, dass keiner der Verfolger sie von draußen entdecken würde.

Ohne sich zu bewegen, blickte Janina den Hotelhof hinunter und erschrak. Sie schmiegte sich an David, legte ihre Arme um seinen Hals, zog ihn an sich und küsste ihn eng umschlungen.

David wusste nicht, wie ihm geschah und machte einfach mit. Was war bloß in Janina gefahren? Hatte sie den Verstand verloren? Zwar hatte er sich schon lange ein eindeutiges Zeichen der Zuneigung von Janina gewünscht, allerdings nicht in so einer Situation!

»Bilde dir bloß nichts ein«, hauchte Janina leise, David weiterhin eng umarmend, das Gesicht ganz nah an seinem Gesicht, so als ob sie ihn weiterhin küssen würde. »Dort unten vor dem Hotel steht der Hüne und schaut zu uns nach oben.«

David verstand. Janina versuchte, ihrem Gegner einen logischen Grund dafür zu liefern, dass der Fahrstuhl zwischen zwei Stockwerken gestoppt worden war.

»Brillant«, hauchte er. »Ein Liebespaar, das den Fahrstuhl stoppt, um nicht gestört zu werden.«

»Richtig!« Janina kicherte schelmisch.

»Also, mich hast du überzeugt. Mir hat's gefallen!«, gab David unumwunden zu.

Janina schaute David tief in die Augen: »Mir auch! Aber ich weiß gerade nicht, was daraus werden wird.«

David lächelte: »Lassen wir es auf uns zukommen.«

Er schielte nach draußen und sah, dass der Hüne weg war.

»Hoffentlich ist er auf unser falsches Spiel hereingefallen«, flüsterte Janina unsicher.

»Welches falsche Spiel meinst du?«, grinste David, legte den roten Schalter wieder um und drückte sofort auf den Knopf des nächstgelegenen Stockwerks. Nach wenigen Metern hielt der Fahrstuhl und die Tür öffnete sich.

Janina und David sprangen heraus und sahen zu ihrer Überraschung einen Hotelangestellten in etwa ihrem Alter, der gerade ein Hotelzimmer betrat, um es zu reinigen. Sie folgten ihm sofort ins Zimmer und zogen die Tür hinter sich zu.

»He! Was soll das?«, rief der junge Mann erschrocken. Ein Schild an der Brust zeigte seinen Namen, Yaron Ascoli.

Janina lächelte ihn mit der vollen Portion des ihr zur Verfügung stehenden Charmes an und flehte mit sanfter Stimme: »Yaron, bitte verrate uns nicht!« Ihre Stimme hatte dabei einen so zerbrechlichen und weichen Ton angenommen, dass David, der immer noch unter dem Eindruck von Janinas leidenschaftlicher Umarmung stand, sich sicher war, dass sie damit bei ihrem Gegenüber Erfolg haben musste.

»Davon lasse ich mich überhaupt nicht beeindrucken!«, blockte Yaron jedoch Janinas Manipulationsversuch barsch ab. »Wenn ihr in zehn Sekunden nicht das Zimmer verlassen habt, hole ich den Sicherheitsdienst.«

»Bitte nicht!«, bat David eindringlich.

»Und was sollte mich davon abhalten?«, fragte Yaron.

David warf geistesgegenwärtig einen Blick auf die Kette, die sein Gegenüber um den Hals hängen hatte: »Weil du an Jesus Christus glaubst.«

Yaron blickte ihn erstaunt an: »Woher weißt du das?«

David lächelte und zeigte auf den kleinen Kreuzanhänger, der um seinen Hals hing: »Du hast eine Kette mit einem Kreuz genau wie ich. Aber auf deinem Anhänger steht zusätzlich in griechischen Buchstaben das Wort ICHTHYS – ziemlich ungewöhnlich für einen Israeli.«

Unsicher tastete Yaron nach dem Kreuz an seiner Brust.

David sprach weiter: »Und vermutlich ist dir die Bedeutung, beziehungsweise die Bedeutungen, dieses Wortes auch bekannt. Einerseits ist ICHTHYS das griechische Wort für Fisch. Aber andererseits war es auch das Geheimzeichen der Urgemeinde der Christen in Rom und ist die Abkürzung für IESOUS CHRISTOS THEOS YIOS SOTER, also Jesus Christus, Gottes Sohn, Erlöser. Yaron, wir glauben auch an Jesus Christus genau wie du.«

Yaron drehte das Kreuz in seiner Hand.

»Und was heißt das hier auf der Rückseite?«, fragte er David.

David sah die hebräischen Zeichen und lächelte: »Yeschua, das Lamm Gottes.«

Sein Gegenüber schaute David mit großen Augen an: »Ich merke, du glaubst wirklich an Jesus Christus, sonst würdest du das alles nicht wissen. Aber warum macht ihr dann so einen Blödsinn und folgt mir aufs Zimmer?«

David zuckte mit den Schultern: »Weil wir uns nicht anders zu helfen wussten. Am besten erzähle ich dir, was passiert ist.«

»Okay, ich höre.«

»Also, wir waren heute in einer messianischen Gemeinde in der Nähe von Tiberias ...«

David erzählte Yaron in kurzen Zügen, was er wissen musste, um Janinas und seine prekäre Lage nachvollziehen zu können. Er erzählte ihm auch von Leandro, der sich weiter oben im Hotel befinden musste, und zeigte Yaron sogar ein Foto von ihm, bevor er mit den Worten schloss: »Wir wollen einfach nur überleben. Kannst du uns helfen?«

»Schon ziemlich abgefahren, was du mir da gerade erzählt hast. Aber ich glaube dir. Man merkt dir an, dass du ein ehrbarer Mann Gottes bist - im Gegensatz zu deiner Begleiterin. Solche manipulativen Flirtversuche ziemen sich nicht für eine gottesfürchtige Frau. Ich bin noch nie auf so etwas reingefallen.«

»Tut mir leid!«, erwiderte Janina beschämt. »Das wollte ich nicht.«

»Schon in Ordnung.«, sagte Yaron.

Janina war traurig über das, was Yaron über sie sagte. Sie beneidete David um seine Ausstrahlung, die Yaron anscheinend bemerkt hatte und die ja auch ihr sofort an ihm aufgefallen war, als sie ihn zum ersten Mal gesehen hatte. Und sie? Sie hatte Gott seit Jahren nur wenig Beachtung geschenkt und ihren einst so leidenschaftlichen Glauben auf die Seite geschoben - bis sie in Ägypten in Lebensgefahr geraten und gemerkt hatte, was ihr damit verloren gegangen war. Sie hatte in Ägypten eingesehen, dass sie in ihrem Leben etwas ändern musste, und hatte wieder angefangen, in der Bibel zu lesen und zu beten - und war Gott dadurch sogar schon wieder etwas nähergekommen. Es war auch für sie ein ganz großes Bedürfnis gewesen, den Gottesdienst zu besuchen und zu ihrer großen Freude hatte sie dort zum ersten Mal wieder die Nähe Gottes gespürt, so wie ganz am Anfang, als sie ihn noch fest im Herzen gehabt hatte.

Yaron fuhr fort: »Wie kann ich euch jetzt helfen?«

* * *

Leandro wunderte sich darüber, dass die anderen zurückgeblieben waren. Doch zurückgehen und nachschauen konnte er auch nicht, da er die Schritte und Rufe seiner Gegner, die Stock für Stock nach oben stürmten, nur allzu deutlich näher kommen hörte. Ihm blieb nichts weiter übrig, als zu hoffen, dass es David und Janina gelungen war, sich irgendwo zu verstecken. So fest er konnte, rüttelte er an der Tür zum obersten Stockwerk, um sie zu öffnen. Doch sie blieb verschlossen.

»VIP-Bereich«, las Leandro auf einem Schild, das an der Tür haftete und fluchte. So blieb ihm wohl nichts anderes übrig, als aufs Dach zu flüchten. Ohne zu zögern, erklomm er die letzten Treppenstufen und trat ins Freie.

Auf dem Flachdach des Hotels war ein abgetrennter Bereich mit einem Whirlpool, in dem sich mehrere Urlaubsgäste entspannten und ihn neugierig musterten.

Leandro schaute sich um. Gleich würden seine Verfolger hier oben auftauchen. Er blickte über das Geländer nach unten in die Tiefe. Einen Sprung aus dieser Höhe konnte keiner überleben. Er saß fest.

Da entdeckte er am anderen Ende des Daches eine weitere Absperrung. Unter den Augen der Badegäste, kletterte er über das Geländer aufs ungesicherte Dach und rannte bis zu dessen Rand. Von dort aus schaute er hinunter.

* * *

Auf einem Balkon im obersten Stockwerk des Hotels saßen Zacharias und Elli am Balkontisch. Händchenhaltend genossen sie den grandiosen Blick auf den See Genezareth und die im staubigen Dunst des Sees liegenden Golanhöhen.

»Elli, ich kann es kaum glauben, dass wir hier sind, hier am See Genezareth – nur wir zwei!«, sagte Zacharias vor sich hinträumend.

Elli lächelte und blickte Zacharias mit leuchtenden Augen an. Sie hatte das Gefühl, dass jetzt der richtige Zeitpunkt gekommen war, es ihrem Mann zu sagen: »Ja, noch sind wir zu zweit, Zacharias – schon bald werden wir zu dritt sein!«

»Was?«, rief Zacharias. »Was sagst du da? Das ist doch nicht möglich! Seit Jahren warten wir vergeblich darauf!«

Er schlug sich auf die Schenkel vor Freude, dann umarmte er seine Frau und drückte sie fest an sich: »Ich kann es nicht glauben.«

Er ließ sie wieder los und trat einen Schritt von ihr weg, um sie sich genauer zu betrachten. Ließ sich vielleicht schon eine kleine Wölbung unter ihrem Kleid ausmachen? Doch bevor er genau hinschauen konnte, hörten er und seine Frau direkt über sich ein Geräusch. Sekunden später sprang ein junger Mann vom Dach auf den Balkon und krachte auf den Holztisch, der unter seiner Last sofort zusammenbrach.

Leandro, vom Sturz noch ganz benommen, schaute verlegen auf: »Entschuldigung!«

Zacharias und Elli sprangen sofort zu Leandro. Während es Zacharias die Sprache verschlagen hatte, fragte Elli den Überraschungsgast voller Sorge: »Mann oh Mann! Das war ja ein Sturz! Hast du dir wehgetan?«

»Danke, alles gut«, winkte Leandro ab und raffte sich auf und verschwand durch die Balkontür ins Hotelzimmer. Sekunden später hörten Elli und Zacharias wie die Tür zu ihrem Zimmer ins Schloss fiel.

KAPITEL 9

Israel, Route 77, zwischen Tiberias und Haifa – 25. Juli, gegen 14:45 Uhr

Lion und Jackie fuhren nach wie vor in einem halsbrecherischen Tempo auf der nach Westen führenden, vierspurigen Schnellstraße 77. Der Verkehr hatte deutlich zugenommen, sodass Lion die vorschriftsmäßig fahrenden Fahrzeuge links und rechts überholen musste. Die Verfolger waren dicht hinter ihnen, konnten sie aber durch den ständigen Spurwechsel nicht unter Beschuss nehmen.

Lions Smartphone klingelte, und Jackie ging dran: »Ja?«

»Hi, hier ist Ari! Jackie, bitte sorg dafür, dass Lion mithören kann!«

Jackie drückte den Lautsprecherbutton.

»Lion! Wo seid ihr?«

»Auf der Schnellstraße 77, etwa fünfzehn Kilometer westlich von Tiberias. Wieso?«

»Soeben wurde eine Nachricht über Polizeifunk weitergegeben. Die glauben, ihr seid palästinensische Selbstmordattentäter mit einer Bombe an Bord, die bereits von einer Sondereinheit verfolgt wird.«

»Also genau das Gegenteil von dem, was Sache ist!«, rief Jackie entsetzt. »Was heißt das jetzt?«

»Sie haben die höchste Abwehrstufe der Terrorbekämpfung eingeleitet. Es werden Straßensperren aufgebaut. Und sobald sie euch mit dem silbernen Scirocco sehen, pusten sie euch von der Straße – so schnell könnt ihr gar nicht gucken.«

Lion ächzte laut auf und wechselte nebenbei wieder einmal die Fahrspur: »Verstehe, erst schießen, dann fragen. Was schlägst du vor?«

»Verlasst sofort die Schnellstraße. Und ihr müsst unbedingt den Scirocco loswerden. Fahrt nach Nazareth, dort ...«

In diesem Augenblick riss die Verbindung ab.

Lion schaute Jackie irritiert an.

Jackie zeigte aufs Smartphone: »Das Display ist schwarz. Vermutlich ist der Akku leer.«

Lion schlug frustriert aufs Lenkrad: »Ausgerechnet jetzt! Und hinter unserem Heck kleben mehrere Typen, die uns sofort wegpusten werden, sobald sie dazu Gelegenheit bekommen.«

Jackie schaute aus dem Fenster und sah auf ein Hinweisschild: »Lion! Schau! In zwei Kilometern gibt es eine Ausfahrt. Da können wir abfahren.«

»Wenn wir das machen, sind wir unseren Verfolgern schutzlos ausgeliefert. Hier auf der Schnellstraße haben wir durch den ständigen Spurwechsel größere Chancen, nicht beschossen zu werden.«

»Aber wenn wir auf der Schnellstraße bleiben, werden wir früher oder später von der Polizei unter Beschuss genommen. Du hast gehört, was Ari gesagt hat. Nein! Wir müssen hier raus.«

Plötzlich hatte Lion eine Idee. Er wechselte auf die linke Spur und drosselte gleichzeitig das Tempo so weit, dass er neben einer Lkw-Kolonne fahren konnte. Die Verfolger holten natürlich dicht auf, bereit, den Scirocco unter Beschuss zu nehmen.

»Was machst du?«, rief Jackie verzweifelt.

Doch Lion antwortete nicht. Die Ausfahrt kam immer näher. Plötzlich gab er wieder Vollgas, der Scirocco schoss nach vorne. Und in einem riskanten, halsbrecherischen Manöver gelang es ihm, das Fahrzeug durch eine schmale Lücke zwischen zwei Lkw hindurchzuzwängen und im letzten Augenblick die Ausfahrt zu nehmen.

Der Überraschungseffekt war perfekt. Die Verfolger, die mit so etwas nicht gerechnet hatten, schossen an der Ausfahrt vorbei und blieben auf der Schnellstraße, da ihnen die rechts fahrenden Lkw den Weg versperrten.

»Super gemacht!«, jubelte Jackie begeistert und klopfte Lion dabei auf die Schulter.

Lion nahm wieder Fahrt auf und beschleunigte. »Kannst du mal nachschauen, wohin die Straße führt?«, fragte er Jackie, mit dem Kopf in Richtung des Smartphones nickend.

»Geht doch nicht!«, sagte sie. »Der Akku ist doch leer und damit haben wir auch keine Navigation mehr.«

In diesem Augenblick rasten sie an einem Wegweiser vorbei, der in hebräischer und englischer Sprache verfasst war.

»Nazareth!«, riefen beide wie aus einem Munde.

* * *

Tiberias, Ceasar Premier Hotel – 25. Juli, kurz vor 15:00 Uhr

»Am besten bleibt ihr erst mal hier in diesem Appartement«, schlug Yaron vor. »Es ist zwar vermietet, aber die neuen Gäste kommen erst kurz vor Mitternacht.«

»Das sollte funktionieren«, sagte David erleichtert. »Vielen Dank, Yaron! Und wenn du unseren Freund Leandro triffst, schließ bitte auch ihm irgendein Zimmer auf - wenn dir das möglich ist.«

»Ich gebe mein Bestes«, antwortete der junge Israeli, verabschiedete sich von David und Janina und verließ den Raum.

Jetzt waren die beiden alleine. David griff zum Mobiltelefon und nahm eine Sprachnachricht auf, um Ariel auf den neuesten Stand zu bringen. Danach setzte er sich neben Janina, die vor dem Bett auf dem Boden saß. Sie schaute ihn unsicher an.

»Was ist los?«, fragte David.

Janina seufzte »Was los ist? Sie hätten uns vorhin beinahe erwischt, wir wissen nicht, wo Leandro ist und wie es Jackie und Lion geht. Und außerdem ...«

»Außerdem was?«, hakte David nach.

»Ich fühle mich total mies. In mir tobt gerade das totale Gefühlschaos. Und das hat mit dir zu tun.«

»Das musst du mir genauer erklären.« David dachte an die Szene im Fahrstuhl zurück.

»Na ja, du spürst ja sicherlich auch, dass ich im Augenblick genau zwischen euch beiden hänge, ... zwischen dir und Leandro.«

Janina stützte ihre Ellenbogen auf die Knie und legte den Kopf in ihre Hände: »Weißt du, so etwas ist mir noch nie passiert. Mein Leben lang halte ich Ausschau nach dem Richtigen, ohne dass ich ihn finde. Und dann begegne ich euch beiden in Ägypten, Leandro und dir. Ich hab mich dort schlagartig in euch beide gleichzeitig verliebt. Das ist doch krass!«

Sie schaute auf: »Kannst du das nachvollziehen?«

David überlegte, gab ihr aber keine Antwort auf ihre Frage: »Ich konnte dein Verhalten bisher nicht genau einordnen, hatte aber so etwas vermutet. Und ehrlich gesagt, bist du mir auch nicht egal.«

Janina fuhr fort: »Jeder von euch hat so etwas Besonderes an sich - ich weiß nicht, wie ich das beschreiben soll - das gewisse Etwas. Etwas, wonach ich mich schon immer gesehnt habe. Jeder von euch hat Eigenschaften, die mich anziehen. Und ich weiß nicht, wie ich damit umgehen soll.«

David schwieg, während Janina stockend weitersprach: »Als ich dich eben im Fahrstuhl geküsst habe, dachte ich mir zunächst nichts weiter dabei. Ich habe es nur getan, weil ich nicht wollte, dass man uns erkennt. Aber ...«

David schaute ihr in die Augen: »Aber?«

»Aber bei unserem Kuss habe ich etwas gespürt. Obwohl wir in höchster Gefahr schweben, war ich für einen Augenblick in einer anderen Welt.«

Niemand sagte etwas, sondern schauten aus dem Fenster auf den See Genezareth.

David zuckte mit den Schultern: »Mir hat der Kuss auch etwas bedeutet und meine Gefühle dir gegenüber sind echt. Ich habe aber ein Problem.«

Janina schaute ihn an: »Welches?«

»Na, zum einen möchte ich dich mit keinem anderen Mann teilen. Du musst dir schon hundertprozentig sicher sein, dass du mich willst und niemanden sonst. Und zum anderen möchte ich eine Frau haben, die genauso wie ich an Jesus Christus glaubt und eine lebendige Beziehung mit ihm lebt.«

»Und du meinst, dass ich das nicht tue?«, hauchte Janina entrüstet.

»Ich bin mir ehrlich gesagt nicht ganz sicher, wie wichtig dir dein Glaube ist. Manchmal kommt es mir vor, als ob bei dir der Glaube nur Nebensache ist. Manchmal sehe ich aber auch deutlich, dass da eine große Sehnsucht nach Gott vorhanden ist. Weißt du, ich möchte mit meiner Lebenspartnerin eine gemeinsame Basis haben. Und der Glaube ist etwas so Zentrales, dass ...«

»Ich glaube auch an Jesus«, fiel ihm Janina traurig ins Wort. »Es ist nur ... Ach, vergiss es!«

David schaute weiter auf den See, während er sprach: »Die Tatsache, dass du überhaupt darüber nachdenkst, dass das mit Leandro ...«, er zögerte kurz. »Du weißt schon, was ich meine.«

Janina verbarg ihr Gesicht wieder in ihren Händen und schwieg.

David setzte wieder an: »Leandro macht ja keinen Hehl daraus, dass er mit dem Glauben nichts anfangen kann. Er ist zwar kein echter Atheist, aber Christ ist er ja sicherlich nicht. Und wenn dir der Glaube etwas bedeutet, sollte es dir doch wichtig sein, einen Mann zu haben, dem der Glaube genauso wichtig ist. Oder spielt für dich so etwas keine Rolle?«

Janina schaute David frontal ins Gesicht: »Doch, schon. Aber er hat andere Eigenschaften, die mir auch wichtig sind«, seufzte sie. »Genau wie du«, schob sie schnell nach.

Dann wandte sie ihren Blick wieder ab. David schwieg, den Blick ebenfalls starr aus dem Fenster gerichtet.

Nach einiger Zeit brach Janina das Schweigen: »Ich kann dir dazu im Augenblick nichts sagen, David. Ich weiß selbst nicht, wie ich dazu stehen soll. Wie schon gesagt, in mir herrscht ein totales Gefühlschaos und ich muss versuchen, herauszufinden, was mir am wichtigsten ist und was ich eigentlich will.«

Beide schauten wieder auf den See Genezareth.

* * *

Seit Leandro das Zimmer des israelischen Ehepaars verlassen hatte, irrte er ziellos auf den Fluren des Hotels umher. Er musste damit rechnen, dass seine Gegner wussten, wo er sich befand – wahrscheinlich vermuteten sie oder hatten es sogar gesehen, dass er vom Dach aus über den Balkon eines Appartements im obersten Stockwerk in den VIP-Bereich gelangt war. Es war nur eine Frage der Zeit, bis sich seine Verfolger ebenfalls Zugang zu diesem Bereich verschafft hatten.

Am Ende des langen Flures erreichte er den Ausgang des VIP-Bereichs, der auch auf dieser Seite offenbar nur mit einer Chipkarte zu öffnen war. Die Tatsache, dass die Tür vom Treppenhaus her ebenfalls abgeschlossen war, verschaffte ihm zwar einen kleinen Zeitpuffer, mehr aber auch nicht. Es war vermutlich keine große Schwierigkeit für seine Gegner, die verschlossene Tür zu öffnen. Er drehte sich um, lief durch den langen Gang zurück und schaute sich noch einmal Zimmer für Zimmer an. Alle Türen waren verschlossen. Sollte er versuchen, eine zu öffnen und sich in einem der Zimmer verstecken? Er verwarf den Plan. Dafür fehlte ihm einfach die Zeit. Er brauchte eine andere Lösung. Schnell!

Neben der Tatsache, dass es hier anscheinend keine Möglichkeiten geben würde, sich zu verstecken, quälten ihn einige Fragen: Was war aus Janina und David geworden? Hatte man sie erwischt?

Als er am Fahrstuhl vorbeikam, überlegte Leandro, ob er damit hinunterfahren sollte, verwarf den Gedanken jedoch schnell wieder. Der Fahrstuhl war aus Glas und konnte von außen leicht eingesehen werden.

Er lief weiter den Flur entlang, bis sein Blick auf einen Raum fiel, der keine Zimmernummer hatte. Was verbarg sich wohl dahinter?

In diesem Moment hörte er hinter sich Geräusche. Jemand versuchte gerade, gewaltsam die Eingangstür zum VIP-Bereich zu öffnen. Seine Gegner waren also bereits dabei, in den Flur einzudringen. Zum Glück konnte man ihn von der Tür aus nicht sehen, weil der Gang einen Knick machte. Aber viel Zeit blieb ihm nicht mehr, bis sie ihn entdeckten. Er musste verschwinden. Jetzt! Er drückte die Klinke hinunter, die Tür öffnete sich und er trat in den stockdunklen Raum hinein. Schnell schloss er so leise wie möglich die Tür hinter sich.

* * *

Israel, auf der 754, Richtung Nazareth – gegen 15:00 Uhr

Lion und Jackie waren mit dem silbernen Scirocco inzwischen durch mehrere Ortschaften gefahren und versuchten, sich an die Geschwindigkeitsbegrenzungen zu halten, um nicht aufzufallen. Dabei hielten sie ständig Ausschau nach ihren Verfolgern oder Polizisten. Sie wussten, dass man wahrscheinlich auch hier nach ihnen suchte.

»Zu dumm, dass der Akku des Smartphones leer ist«, sagte Jackie ärgerlich. Wenn er nur einen Tick länger gehalten hätte, wüssten wir, warum Ariel uns empfohlen hat, nach Nazareth zu fahren.«

Beide dachten angestrengt nach.

»Irgendetwas sagt mir der Name Nazareth – ich weiß nur nicht was«, sinnierte Jackie.

Lion schaute sie kurz an: »Kennst du den Namen Nazareth etwa von vorher? Ich meine, kommen Erinnerungen, die durch deine Amnesie verdrängt wurden, zurück?«

Jackie zuckte mit den Schultern: »Es stimmt schon, dass ich mich an meine Vergangenheit überhaupt nicht erinnern kann. Aber trotzdem funktioniert mein Hirn ja ganz hervorragend. Es ist so, als ob nur der Teil ausradiert worden wäre, der mit mir persönlich zu tun hat – also wer ich bin, wer meine Eltern oder meine Geschwister sind, falls ich welche haben sollte; wo ich herkomme, welche Schule ich besucht habe, bevor ich damals in deine Klasse an der Black Forest Academy im Südschwarzwald gewechselt bin. Da ist ein großes schwarzes Loch in meinem Gedächtnis. Aber es gibt so viele alltägliche Dinge, die ich weiß und die einfach selbstverständlich für mich sind.«

Sie blickte wieder auf eine Landkarte von Nord-Israel, die sie im Handschuhfach gefunden hatte: »Und irgendwie kommt mir eben auch der Name Nazareth bekannt vor. Irgendetwas sagt er mir.«

Lion musste lächeln: »Es ist der Ort, in dem Jesus aufgewachsen ist – sozusagen sein Heimatort.«

»Ich dachte, Jesus kam aus Bethlehem«, hakte Jackie nach. »Zumindest habe ich das so vor einigen Tagen in der Bibel gelesen.«

»Das stimmt schon – dort ist er geboren. Aber aufgewachsen ist er in Nazareth. Er lebte dort bis zu einem Alter von etwa dreißig Jahren. Aber noch einmal zurück zu dem, was Ari gesagt hat. Warum meinte er, dass wir nach Nazareth fahren sollen?« Frustriert schlug er mit der flachen Hand aufs Lenkrad.

»Wenn wir wenigstens ein Ladekabel und ein Netzteil hätten, das an den Feueranzünder des Autos passt. Dann könnten wir bei Ari nachfragen«, überlegte Jackie laut.

»Aber wo bekommt man so etwas?«, nahm Lion den Gedanken auf.

Jackie öffnete das Handschuhfach. Vielleicht befand sie da ja etwas, das ihnen weiterhelfen konnte. Und tatsächlich! Selbst etwas verblüfft, holte sie einen englischen Reiseführer aus dem Handschuhfach und blätterte darin. Als sie nicht schnell genug fündig wurde, schlug sie den Index auf, fand dort den Namen Nazareth und blätterte zu der ersten dafür vorgeschlagenen Seite. Schnell überflog sie den Text.

»Also hier steht, dass Nazareth mehrheitlich arabisch geprägt ist. In dieser Stadt wohnen nur sehr wenig Juden«, murmelte Jackie.

»Heißt das, dass dort mehrheitlich Moslems wohnen?«, fragte Lion.

Jackie schüttelte den Kopf: »Nein, wie es aussieht, gibt es dort sehr viele arabische Christen. In der Stadt wimmelt es nur so von Kirchen. Nur ab und zu mal gibt es eine Moschee.«

»Diese Information hilft uns jetzt auch nicht weiter. Wonach suchst du eigentlich, Jackie?«

»Nach einem Elektronikgeschäft, in dem wir ein Ladegerät für dein doofes Smartphone bekommen können, wonach sonst? – Moment mal! Das hier sieht interessant aus. Im Zentrum, der Altstadt von Nazareth, gibt es einen Basar, der sich über mehrere Gassen erstreckt. Er ist sogar komplett überdacht. Ist wohl eigentlich kein Markt für Touristen, sondern eher für Einheimische. Aber ich kann mir gut vorstellen, dass wir dort ein Ladegerät für dein Smartphone bekommen werden.«

»Na, dann versuchen wir mal unser Glück.«

Kurz darauf erreichten sie Nazareth. Da auf der Landkarte keine detaillierten Straßen aufgeführt waren, fuhr Lion der Nase nach. Er bog in eine Nebenstraße hinein, die ein leichtes Gefälle hatte und schließlich immer schmaler und abschüssiger wurde.

Lion musste schmunzeln: »Das erinnert mich etwas an Italien, und zwar an die Ortschaften in den Bergen von Como. Am Tag bevor ich dich aus deiner Gefangenschaft befreit habe, bin ich dort mit meinem Mietwagen durch extrem enge Gassen gefahren und hatte immer das Gefühl, eine Beule zu verursachen oder links und rechts eingequetscht zu werden.«

Jackie schaute unsicher nach vorne: »Wie jetzt. Diese Gasse wird auch immer enger und steiler. Ich habe das Gefühl, dass wir gleich festsitzen. Bitte halt mal an.«

Der Weg war mittlerweile so schmal, dass auch Lion zu schwitzen anfing. Die Hauswände links und rechts waren nur noch Zentimeter entfernt. Es ging steil bergab um eine Kurve herum. Hinter der Kurve wurde der Weg zum Glück wieder etwas breiter. Doch plötzlich kamen sie an eine Stelle, an der es nicht weiterging.

»So dumm!«, rief Lion frustriert. »Eine Sackgasse. Hier mündet der Weg in einen Fußweg ein. Warum sagt einem das keiner?«, und meinte damit die fehlenden Hinweisschilder bei der Einfahrt in die Straße.

»Dann müssen wir wohl oder übel umkehren«, schlug Jackie vor.

Lion wollte zurücksetzen, doch dieses Manöver war für jemanden, der diese Straße nicht täglich fuhr, unmöglich zu bewältigen.

»Das schaffe ich nicht!«, rief Lion. »Zumindest nicht so schnell. Außerdem würden wir auffallen.«

»Warum lassen wir hier den Wagen nicht einfach stehen und gehen zu Fuß weiter?«, schlug Jackie vor. »Der Markt kann ja nicht weit sein. Und Ari hat ja sowieso gesagt, dass wir den Scirocco loswerden müssen.«

»Na dann«, seufzte Lion, öffnete die Beifahrertür und stieg aus.

Kurz darauf schlenderten Jackie und Lion durch die Gassen von Nazareth und stießen tatsächlich auf den gesuchten Basar, einen sogenannten Suq, den Old Market in Nazareth.

Beim Eintreten in die Marktgasse des Suq wurde es eng. Jackie und Lion zwängten sich durch die Menschenmassen hindurch. Links und rechts hingen zum Verkauf angebotene Kleidungsstücke sowie Tücher und Schmuck. Es gab aber auch Töpfe, Pfannen, Küchengeräte, Gewürze und Lebensmittel – einfach alles, was zum täglichen Leben gebraucht wurde. Nach längerem Suchen kamen sie auch an einen Stand, an dem Handys und Zubehör verkauft wurden. Lion wandte sich an den Verkäufer und zeigte auf sein Smartphone.

Der arabische Verkäufer, der nur wenige Brocken Englisch kannte, meinte zu verstehen und bot ihm zuversichtlich eine Handytasche an.

Lion schüttelte den Kopf und zeigte auf die Ladebuchse des Smartphones. Der Verkäufer erhob die Hand und nickte. Lion erklärte dem Mann auf Englisch, dass er nach einem Handynetzteil fürs Auto suchte. Doch das verstand der Verkäufer nicht. Stattdessen holte er eine Powerbank mit Ladekabel hervor und legte noch ein Netzteil für eine normale Haussteckdose dazu. Lion probierte das Ladekabel aus – es passte. Weil er nicht damit rechnete, dass er dem Händler klarmachen konnte, dass er eigentlich einen Ladeanschluss fürs Auto suchte, bezahlte er und packte die Sachen in seinen Rucksack.

Jackie schaute sich gerade einen Rock an, der ihr von einem der Händler angeboten wurde. Sie ließ ihn stehen und wandte sich ab.

»Hast du das Ladegerät?«, fragte sie Lion.

»Nicht genau das, was wir wollten. Aber dafür eine Powerbank und ein Netzteil für die Steckdose.«

»Dann hoffen wir mal, dass die Powerbank schon etwas aufgeladen ist, sonst müssen wir uns eine Steckdose suchen. Komm, wir verlassen den Basar wieder. Ich finde es ziemlich eng hier und habe immer das Gefühl, dass uns ein Taschendieb etwas stehlen könnte.«

»Könnte passieren!«, grinste Lion.

Plötzlich sah er etwa zehn Meter vor sich einen Mann, der ihm bekannt vorkam. Dann erkannte er ihn. Es war einer der Männer, die er vor dem Gottesdienstraum gesehen hatte. Man hatte sie entdeckt.

Lion packte Jackie hart am Arm.

»Aua! Du tust mir weh! Was soll das?«, beschwerte sie sich sogleich.

Doch Lion gab ihr keine Erklärung, zeigte stattdessen nach vorne: »Sie haben uns entdeckt! Wir müssen weg! Los, da lang!«

Sie drehten sich um und drängten sich zwischen den vielen Menschen hindurch in die entgegengesetzte Richtung.

Doch der Mann folgte ihnen bereits.

Lion und Jackie versuchten, sich von ihm abzusetzen, hatten aber große Mühe, sich durch die Menschenmassen zu drängen.

Jackie schaute sich um: »Der Kerl holt auf!«

»Kein Wunder, er stößt die Leute einfach rücksichtslos beiseite«, stellte Lion mit einem kurzen Blick fest und schaute wieder nach vorne, wo sich der Ausgang des Marktes befand. Doch was war das? Er erstarrte.

»Jackie!«, zischte er. »Wir haben ein Problem. Siehst du den Mann dort vorne, wo die Gasse auf eine Straße trifft?«

»Sag, dass das nicht wahr ist!«, stöhnte Jackie.

»Doch, der Kerl gehört auch dazu. Sie nehmen uns in die Zange.«

»Was machen wir denn jetzt?«, jammerte Jackie.

KAPITEL 10

Ägypten, in einem unterirdischen Wüsten-Bunker, gegenüber von Assuan – 25. Juli, gegen 15:00 Uhr

Professor Nowotny prüfte die Konstruktion, die er mithilfe der im Bunker vorhandenen Bauteile hergestellt hatte. Vor ihm lag nun eine aus Schwarzpulver, Hülsen und einigen anderen Gegenständen hergestellte kleine Rakete, die schmal genug war, dass sie durch den Lüftungsschacht passte, der vom Bunker aus nach draußen führte. Nowotny wusste, dass diese Rakete seine einzige Chance war, etwas nach draußen zu transportieren, das ihn retten konnte. Es handelte sich um einen kleinen Sender, den ihm Ariel Goldberg vor seiner Exkursion gegeben hatte.

»Diesen Sender, lieber Alexandro, kannst du aktivieren, wenn du mal in Not bist«, hatte Ariel gesagt und ihm ein kleines Kästchen in die Hand gedrückt, in dem der Sender lag.

»Und wie soll der funktionieren?«, hatte er Ariel gefragt. »Das Ding sieht ziemlich klein aus. Und ich kann mir nicht vorstellen, dass er eine große Reichweite hat.«

»Wegen der Reichweite brauchst du dir keine Sorgen zu machen. Sobald ein Mobilfunknetz in der Nähe ist, loggt er sich automatisch dort ein und sendet ein Signal an mich, durch das ich diesen Sender lokalisieren kann. Du darfst ihn aber nur aktivieren, wenn du in Not bist, und auch nur dann, wenn du dir sicher bist, dass ein Funknetz vorhanden ist. Die Batterie dieses Senders ist begrenzt und hält nur für ein paar Stunden.«

Da es im Bunker, in dem Professor Nowotny eingesperrt war, kein Funknetz gab, hatte er die Möglichkeit, Ariel mithilfe des Senders zu alarmieren, zunächst gar nicht erst in Betracht gezogen. Doch dann war ihm vor ein paar Stunden die Idee gekommen, den Sender durch das Lüftungssystem nach draußen zu bringen, mithilfe einer selbst gebauten Rakete.

Alexandro Nowotny schaute sich seine Konstruktion noch ein letztes Mal genau an. Würde das weit über fünfzig Jahre alte Schwarzpulver funktionieren, das er im Bunker gefunden hatte? Leider konnte er es nicht ausprobieren, da nicht genügend davon zur Verfügung stand. Und wenn die Rakete im Lüftungskanal explodierte, dann war's das. Aber er war bereit, das Risiko in Kauf zu nehmen. Er hatte keine andere Wahl. Er musste hier raus und Ariel erzählen, was PENTATRAXON vorhatte. Er musste es einfach schaffen, sonst war alles verloren.

Nowotny aktivierte den Sender, legte ihn in die von ihm gebaute Vorrichtung an der Spitze der Rakete, richtete diese im Lüftungskanal aus, nahm ein Streichholz zur Hand und zündete die Zündschnur an.

* * *

Israel, Tiberias, Ceasar Premier Hotel – 25. Juli, gegen 14:50 Uhr

Leandro war in einem Wäscheraum gelandet. Nachdem seine Augen sich an die Dunkelheit gewöhnt hatten, erkannte er vor sich zwei große Kisten, in denen sich gebrauchte Handtücher und benutzte Bettwäsche befanden, die hier offenbar für den Weg in die Wäscherei gesammelt wurden.

Plötzlich hörte er von draußen eine tiefe Männerstimme: »Er muss hier irgendwo sein!«

»Sollen wir jetzt etwa alle Türen aufbrechen und nach ihm suchen?«

Die Männer befanden sich offenbar unmittelbar vor der Tür des Wäscheraums.

»Nicht nötig! Wenn ich der wäre, würde ich genau hier hineingehen.«

Leandro kletterte in eine der Wäschekisten hinein, nahm ein paar alte Bettlaken und Betttücher in die Hand und legte sie hastig über sich.

In diesem Augenblick ging die Tür auf. Das Licht wurde eingeschaltet und einer der Männer trat in den Raum hinein.

Schweigen.

»Keiner drin«, sagte einer der Männer und drehte sich um, um den Raum wieder zu verlassen.

»Da wäre ich mir nicht so sicher«, murmelte der Ire und schaute auf die beiden Wäschekisten.

* * *

Israel, Nazareth – 25. Juli, gegen 15:00 Uhr

Jackie und Lion liefen die Gasse hinunter auf die Straße zu, obwohl sie dort erwartet wurden. Aber der Verfolger hinter ihnen holte schnell auf.

Nach einigen Metern tat sich rechts ein Spalt auf, eine nur sechzig Zentimeter breite Gasse, die zwischen zwei Häusern hindurchführte. Sie war menschenleer.

»Unsere Rettung«, rief Lion und schob Jackie vor sich hinein. So gut dies in der schmalen Gasse möglich war, rannten sie. Dabei stießen sie immer wieder mit den Schultern an den Wänden an, aber das bemerkten sie kaum. Nach wenigen Metern waren sie durch und erreichten eine weitere Gasse, die nicht mehr zum Basar gehörte.

»Rechts die Gasse rauf!«, forderte Lion Jackie auf, die das aber sowieso vorhatte. Denn der Weg nach unten führte zur Straße, und sowohl Jackie als auch Lion waren sich sicher, dass ihnen von dort aus in wenigen Sekunden jemand den Weg abschneiden würde.

Sie rannten die enge Gasse hinauf, stießen dabei eine Araberin um, die ihnen entgegenkam. »Entschuldigung!«, rief Lion ihr auf Englisch zu, was die Frau aber nicht davon abhielt, ihnen einen Schwall arabischer Schimpfworte nachzuschmettern.

Nach wenigen Metern bog die Gasse leicht ab, wurde steiler und ging nahtlos in Treppenstufen über. Jackie und Lion nahmen mehrere Stufen gleichzeitig.

Jackie rang nach Luft: »Ich kann nicht mehr. Können wir uns nicht irgendwo verstecken?«

»Hier gibt es nichts zum Verstecken«, japste Lion, dem auch die Puste ausging. »Wir müssen weiter.«

Jackie stöhnte, folgte Lion jedoch, bis sie nach weiteren zwanzig Metern stehen blieb und sich in die Seiten fasste.

»Es geht wirklich nicht mehr, Lion. Lauf ohne mich weiter!«

Lion hielt nun ebenfalls an und schaute sich panisch um. Etwa zwei Meter über sich entdeckte er eine Fensteröffnung. Sie gehörte zu einem baufälligen und offenbar leer stehenden Haus.

»Wir müssen dort hinein«, sagte er hastig. »Du zuerst!«

Dann verschränkte er seine Finger und formte mit seinen Händen einen Tritt. Jackie verstand sofort, trat mit dem rechten Fuß hinein, fasste an den Fenstersims, zog sich mit Lions Unterstützung zum Fenster hoch und rollte sich durch die Fensteröffnung ab, in das Haus hinein.

Lion überlegte gerade, wie er ohne Hilfe ebenfalls in das Haus gelangen konnte, als er von unten zwei Männer auf sich zueilen sah. Er war sich sicher, dass sie zwar ihn, jedoch nicht Jackie gesehen hatten.

Sofort lief er los, weiter die Treppen hinauf. Die Männer folgten ihm.

* * *

Israel, Tiberias, Caesar Premier Hotel – 25. Juli, 15:00 Uhr

Der Ire fasste in die Kiste, die direkt vor ihm stand: »Da ist er nicht«, murmelte er. »Dann eben in der anderen.«

In diesem Moment klingelte sein Handy und er nahm das Gespräch entgegen: »Ja?«

Am anderen Ende der Leitung sagte jemand etwas, aber die Verbindung war sehr schlecht.

»Moment, ich verstehe dich nicht. Einen Augenblick.«

Der Ire trat von der Wäschekammer in den Gang zurück und die Tür schwang hinter ihm langsam ins Schloss.

»Warte, ich höre dich immer noch nicht. Ich muss an eine Stelle, wo das Netz besser ist.«

Er lief den Gang in Richtung Treppenhaus. Sein Komplize blieb in der Nähe der Wäschekammer stehen, behielt die Türen und den Gang im Blickfeld und wartete auf dessen Rückkehr.

Jetzt hatte er endlich ein Funknetz: »Was ist?«

»Zwei der Zielpersonen wurden von Hotelgästen weiter unten gesehen«, informierte ihn der Hüne. »Sie sagen, die beiden hätten den Fahrstuhl angehalten, sich dort geküsst und seien dann im dritten oder vierten Stock ausgestiegen. Ich kümmere mich darum, aber wir brauchen einen von euch hier unten.«

»Jetzt halt mal die Luft an«, fauchte der Ire ärgerlich. »Wir haben unser Zielobjekt gerade eingekreist. Wenn wir unsere Arbeit hier oben erledigt haben, kommen wir runter. Vorher nicht.« Damit beendete er das Gespräch.

Leandro wusste, dass er verloren hatte. Gleich würden seine Gegner wieder in der Wäschekammer auftauchen und ihn töten. Und sie würden ihn sofort finden, wenn er noch in der Kiste steckte. Ganz abgesehen davon, dass ihm unter der Bettwäsche langsam die Luft ausging. Er streifte die Bettlaken von sich ab und kletterte aus der Kiste heraus. Er stellte sich neben die Tür. Sein Plan war es, einen der Gegner anzugreifen und ihm irgendwie die Waffe aus der Hand zu reißen. Sein Blick fiel auf die der Tür gegenüberliegende Wand, die durch das jetzt eingeschaltete Licht genau zu erkennen war. Was war das? Vor ihm in der Wand befand sich eine Öffnung.

Leandro erkannte sofort, was sich hinter dieser Öffnung verbarg: Es handelte sich um eine Röhre, durch die man Handtücher und Bettlaken aus den oberen Stockwerken nach unten in den Keller befördern konnte.

Er starrte auf die Öffnung, machte eine Bewegung nach vorne, blieb abrupt stehen und stieß leise hervor: »Mist!«

* * *

Israel, irgendwo in der Altstadt Nazareths – 25. Juli, gegen 15:00 Uhr

Lion lief Gassen und Straßen zwischen alten Mauern und Wohnhäusern der Altstadt Nazareths entlang, die Männer auf seinen Fersen. Für die vielen Blumentöpfe und den die Mauern umsäumenden Pflanzenschmuck hatte er jedoch keinen Blick übrig. Er keuchte, schmeckte Blut und war kurz davor, sich zu übergeben. Doch er durfte nicht stehen bleiben! Das wäre sein Ende! Er hoffte, dass es seinen Gegnern ebenso erging.

Er lief auf ein verschlossenes Eisentor zu, in das zwei Kreuze eingeprägt waren – wahrscheinlich handelte es sich um eine Kirche. Den Gedanken, das Tor zu öffnen und in der Kirche Zuflucht zu suchen, verwarf er allerdings direkt wieder. Zu frisch waren die Erinnerungen an die Ereignisse in Tiberias vor rund zwei Stunden, wo den anderen eine Kirche zur Falle geworden war.

Lion schickte ein Stoßgebet zum Himmel und dachte an einen Bibelvers aus dem 18. Psalm, den ihm seine Mutter beigebracht hatte:

> »Der HERR ist mein Fels, meine Festung und mein Erretter, mein Gott, meine Zuflucht, mein sicherer Ort.«
> (Psalm 18,3)

Er lief weiter die Gasse hoch, die an dieser Stelle einen leichten Bogen nach rechts nahm. Er schaute sich kurz um. Seine Gegner waren ein wenig zurückgefallen, offenbar zehrte die andauernde Verfolgung auch an ihren Kräften.

Als die Gasse von einem anderen Weg gekreuzt wurde, bog er sofort nach links ab und sah hinter der Kreuzung einen Torbogen, der zu einem Hostel in der Altstadt gehörte.

Ohne zu zögern rannte er durch das Tor, durchquerte einen idyllisch gestalteten Außenbereich bis zum Eingang des Hostels und erreichte die Rezeption, die gerade nicht besetzt war. Was für ein Glück; so würde ihm niemand zeitraubende Fragen stellen, die ihn aufhielten.

Er lief in einen hinter der Rezeption beginnenden Flur hinein und drückte die erstbeste Klinke einer Tür hinunter. Sie war offen. Schnell betrat Lion das Ferienappartement, das offenbar bewohnt war, da mitten im Raum Koffer und andere Gegenstände herumstanden. Er musste also damit rechnen, dass gleich Feriengäste auftauchen würden.

Sein Blick schweifte durchs Fenster hinaus in den Außenbereich des Hostels, wo er eine Stimme hörte, ohne dass er jemand sehen konnte: »Er muss hier irgendwo sein. Los, wir stellen das Hostel auf den Kopf, bis wir ihn gefunden haben.«

Lion schaute auf die Eingangstür, durch die er das Appartement betreten hatte. Leider fehlte der Schlüssel zum Abschließen. Dann starrte er auf eine dem Eingang gegenüberliegende Tür, hinter der er das Bad vermutete.

* * *

Israel, Tiberias, Caesar Premier Hotel – 25. Juli, nach 15:00 Uhr

Martha rückte ihre Haube zurecht, die sie über ihre Haare gespannt hatte. Jetzt musste sie nur noch die vor ihr am Boden liegenden Bettwäschen und Handtücher in die Wagen für die Wäscherei packen, dann hatte sie endlich Feierabend. Den Empfang und die Sortierung der frischen Wäsche würde die Spätschicht übernehmen.

Auf einmal hörte sie ein leichtes Zittern in der Wand, das immer stärker wurde.

Was war das? War das ein Erdbeben oder wieder einmal ein Raketenanschlag von Terroristen, die von Syrien aus Tiberias attackierten? Sie lauschte. Das Vibrieren wurde lauter und schwoll zu einem Rumpeln in der Wand an.

Plötzlich kam ein längliches Knäuel Bettwäsche aus dem Röhrensystem herausgeschossen und landete auf dem vor ihr liegenden Haufen schmutziger Laken und Bettbezüge.

Martha starrte auf das Knäuel zu ihren Füßen. Es war total ungewöhnlich, dass die schmutzige Wäsche in solch einem hohen Tempo von den oberen Stockwerken herunterkam. Normalerweise machte es auch nicht so einen Krach.

Auf einmal bewegte sich das Knäul und faltete sich selbstständig auseinander. Zuerst war ein Kopf zu sehen, danach Brust und Arme, dann der ganze Körper eines jungen Mannes, der schwer atmete und erst einmal kräftig Luft holte.

Martha starrte auf den Überraschungsgast, der vor ihr auf der Bettwäsche lag, und hielt sich vor Entsetzen die Hand vor den Mund.

Leandro raffte sich auf, nahm die Bettwäsche in die Hand, mit der er sich für den Sturz durchs Röhrensystem geschützt hatte, torkelte schwankend zu Martha hinüber, drückte sie ihr in die Hand und murmelte mit wirrem Blick: »Schmutzig«

Martha nahm ihm die Bettwäsche ab: »Danke!«

Leandro legte grüßend seine Hand seitlich an die Stirn und schwankte durch die Tür nach draußen. Ihm war vom rasanten Sturz durch das Röhrensystem total schwindelig. Doch glücklicherweise hatte er sich nicht verletzt.

Martha steckte Leandros Bündel in den Wagen für die Wäscherei und schob diesen zum Ausgang des Kellers. Die restliche Bettwäsche am Boden vergaß sie.

Am Hintereingang angekommen, ließ sie sich rücklings auf eine Bank fallen, holte tief Luft und rückte abermals ihre Haube zurecht.

* * *

Israel, irgendwo in Nazareth – 25. Juli, gegen 15:30 Uhr

Erik und Paul, zwei der Männer, die von dem Hünen als Verstärkung angeheuert worden waren, marschierten zum Empfang des Hostels, der soeben wieder durch einen Mitarbeiter besetzt worden war. Beide waren von der Verfolgungsjagd noch ganz außer Atem.

Paul zog seine Pistole aus dem Halfter und richtete sie auf den Kopf des Mitarbeiters.

Der riss die Hände hoch und kreischte panisch: »Was wollt ihr von mir?«

Paul grinste ihn gehässig an: »Nur den Zentralschlüssel! Nun gib ihn her, dann lassen wir dich am Leben.«

Zitternd drehte sich der Mitarbeiter um, nahm einen Schlüssel in die Hand und gab ihn Paul.

»So ist's brav.«, frotzelte der und zeigte, mit der Waffe in der Hand, auf eine offene Besenkammer gegenüber der Empfangstheke: »Und jetzt gehst du dort hinein, machst die Tür zu und verhältst dich schön ruhig. Dann passiert dir nichts.«

Der Mitarbeiter gehorchte, bibbernd vor Angst. Nachdem er die Tür zur Besenkammer zugemacht hatte, schloss Paul mit dem Zentralschlüssel von außen ab und blickte zu Erik: »Wo fangen wir an?«

Erik zeigte auf die erste Tür im Gang. Es war die Tür, durch die Lion kurz zuvor das Zimmer betreten hatte. Auch er nahm seine Waffe in die Hand. Paul öffnete die Zimmertür und stieß sie auf.

Mit den Waffen im Anschlag betraten sie das Zimmer und suchten es mit ihren Augen ab. Ihr Blick fiel sofort auf die Badezimmertür. Erik drückte die Klinke nach unten. Sie war verschlossen.

Er klopfte hart an die Tür und befahl: »Aufmachen!«

Als sich nichts rührte, nahm er Anlauf und trat mit voller Wucht die Tür ein.

Direkt vor ihm saß ein Mann auf der Toilette, senkte seine Zeitung, in der er gerade gelesen hatte, und rief empört: »Besetzt!«

Erik starrte den Mann fassungslos an: »Wir suchen nach einem Verbrecher und dachten, dass er sich hier versteckt hält.«

Der Mann schnaufte ärgerlich: »Sehe ich aus wie ein Verbrecher? Und jetzt machen sie gefälligst die Tür zu! Sehen sie nicht, dass sie stören?«

In diesem Moment nahm Erik auch den unangenehmen Gestank wahr, der sich vom Bad aus im ganzen Zimmer verteilte. Er rümpfte angewidert die Nase und zog hastig die Tür zu.

Sie verließen das Appartement und nahmen sich die anderen Zimmer vor.

Lion, der sich im einzigen Schrank des Appartements versteckt hatte, atmete erleichtert auf und verließ leise sein Versteck. Er öffnete das Fenster und schaute hinaus, ob sich jemand im Innenhof aufhielt. Dann kletterte er hinaus in den Hof, lief in gebückter Haltung nahe der Hauswand entlang, damit ihn niemand sehen konnte, und verließ den Hof des Hostels. So schnell ihn seine Beine trugen, kehrte zu der Stelle zurück, wo er sich von Jackie getrennt hatte. Er schaute sich um, ob ihn jemand beobachtete. Seine Verfolger schienen ihn immer noch im Hostel zu suchen. Er entdeckte einen kleinen hervorstehenden Absatz in der Wand, der gerade groß genug war, dass er mit der Fußspitze Halt finden konnte. Er stellte den Fuß darauf, drückte sich ab und bekam den Fenstersims zu fassen. Er zog sich hoch, kletterte durch das Fenster und fiel neben Jackie auf den Fußboden.

»Lion«, flüsterte sie überrascht. »Du hast es geschafft.«

Bevor Lion ihr erzählen konnte, was er gerade erlebt hatte, zog Jackie ihn fest an sich und küsste ihn.

Nach einer längeren Umarmung ließ sie ihn los und lächelte: »Ich hatte so Angst um dich, Lion. Ich dachte schon, dass ich dich nie wiedersehen würde. Erzähl! Was ist passiert?«

»Klar, aber vorher sollten wir etwas weiter ins Haus hineingehen. Nicht, dass uns unsere Verfolger genau wie ich wieder zurückkommen und uns hier finden. Außerdem müssen wir das Smartphone mit der Powerbank aufladen, damit wir Ari anrufen können. Ich hoffe, die hat genügend Saft.«

Während sie weiter ins Haus hineingingen, schloss Lion die Powerbank an das Smartphone an und stellte fest, dass sie zumindest nicht ganz leer war. Bereits wenige Minuten später war das Telefon soweit wieder funktionstüchtig, dass sie kurz mit Ariel telefonieren konnten.

»Und wie gesagt: Bleibt bitte so lange an Ort und Stelle, bis ihr von Rouven, meinem Freund in Nazareth, abgeholt werdet. Er wird spätestens in einer Viertelstunde bei euch sein.«

»Ist er zuverlässig?«, wollte Lion wissen.

»Ich vertraue ihm und er weiß, was zu tun ist.«

»Hast du etwas von den anderen gehört? Weißt du, wie es ihnen geht?«, fragte Jackie unsicher nach.

»David und Janina verstecken sich momentan in einem Appartement des Hotels. Aber ich habe leider keine Ahnung, ob es Leandro geschafft hat.«

»Hast du schon eine Idee, wie du auch ihnen helfen kannst?«

»Ein paar Freunde aus meiner Mossad-Zeit sind unterwegs. Aber sie brauchen noch mindestens zwanzig Minuten, bis sie dort eintreffen wer ...«

In diesem Augenblick war der Akku des Smartphones schon wieder leer und das Gespräch wurde unterbrochen. Aber Jackie und Lion wussten jetzt alles, was sie wissen mussten.

* * *

Israel, Tiberias, Caesar Premier Hotel – 25. Juli, nach 15:00 Uhr

»Der Knilch weiß doch was«, dachte der Hüne, der von seinem Standort am Eingang zum Treppenhaus gerade Yaron beobachtete, wie dieser den langen Flur entlanglief. Selbst über diese Entfernung erkannte er in den Augen des Hotelangestellten Unsicherheit.

Als Profikiller von PENTATRAXON war er in jeder Hinsicht hervorragend geschult und hatte auch einen Blick dafür entwickelt, wenn andere versuchten, etwas vor ihm zu verbergen. Und dieser junge Mann hatte etwas zu verbergen, das wusste er.

Er verließ seinen Posten und schritt gemächlich auf Yaron zu, ging dicht an ihm vorbei und rempelte ihn an. »Sorry!«, sagte er zu Yaron.

»Kein Problem!«, wisperte der und ging schnell weiter, ohne zu merken, dass ihm der Hüne gerade die Zentralschließkarte entwendet hatte.

* * *

Nachdem Leandro den Keller über einen Nebenausgang verlassen hatte, fand er sich im Poolbereich des Hotels wieder. Zwar konnte man vom Hotel aus den Badebereich gut überblicken, andererseits hatte er hier vielleicht eine realistische Chance unerkannt in dem Gewimmel der Badegäste unterzutauchen.

Damit er in seinen Klamotten nicht auffiel, riss er sich schnell die Kleider vom Leib und versteckte diese unter einem Busch. Dann lief er in seiner Boxershort zwischen den Badegästen hindurch zu einem der Pools, stieg hinein und tauchte ab. Er tauchte wieder auf und sah zwei seiner Verfolger den Schwimmbadbereich betreten. Sie schauten sich um und kamen direkt auf sein Becken zu.

* * *

Janina und David schauten vom Appartement aus über den See Genezareth hinweg zu den Golanhöhen, das Grenzgebiet zu Syrien.

»Hier am See sieht alles so friedlich aus.«, sinnierte Janina. »Kannst du dir vorstellen, dass hinter diesen Hügeln Syrien liegt, wo gerade Bürgerkrieg herrscht?«

David schüttelte den Kopf: »Ja, es ist echt verrückt. Nur ein paar Kilometer weiter, und die Welt sieht komplett anders aus. Aber auch hier in Israel steht der Friede leider auf sehr wackligen Beinen. Israel ist umgeben von Extremisten oder extremistischen Gruppierungen, die keinen Hehl daraus machen, dass sie den Staat Israel auslöschen wollen. Mit dieser Realität müssen die Menschen in diesem Land jeden Tag leben. Und ständig wird Israel vom Gaza-Streifen oder von einem anderen Land aus mit Raketen beschossen.«

»Krass!«, stieß Janina hervor. »Wie schaffen es die Leute, mit so etwas zu leben?«

»Wenn du dauernd im Kriegszustand lebst, gewöhnst du dich in gewisser Weise daran und versuchst, Normalität in deinen Alltag zu bringen.«, stellte David fest.

Janina grinste: »Genau wie wir eben.«

David nickte: »Stimmt! Anstatt uns vor Angst in die Hosen zu machen, küssen wir uns im Fahrstuhl, unterhalten uns über die Liebe und reden anschließend über ganz normale Sachen. Nur schade, dass du ...«

»Genug jetzt«, unterbrach ihn Janina, die ahnte, was David sagen wollte und fuhr mit ihrem Finger sanft über Davids Lippen. Dann gab sie ihm einen Kuss auf die Wange und hauchte: »Nicht alles kaputtreden, David.«

Der zuckte mit den Schultern, stand auf, öffnete das Fenster und schielte hinaus. Plötzlich hörte er vom Nachbarbalkon her ein Geräusch. Für den Bruchteil einer Sekunde sah er eine Gestalt, die ihm sofort bekannt vorkam.

Er schrak zurück. Mit gläsernen Augen starrte er Janina an: »Im Nachbarzimmer ist der große Typ! Und ich glaube, er wird gleich hier auftauchen.«

* * *

Leandro legte sich mit dem Rücken an den Beckenrand und versuchte, eine entspanne Haltung einzunehmen. Es war ein unangenehmes Gefühl, seine Verfolger nicht mehr im Blick zu haben. Aber andererseits war das die einzige Chance für ihn, nicht entdeckt zu werden. Seine Gegner rechneten ja damit, dass ihre Zielpersonen Angst hatten. Sie waren darauf trainiert, in Menschenansammlungen genau die Leute zu entdecken, die Angst zeigten.

Er beschloss, an etwas Angenehmes zu denken - aber ihm fiel nichts ein. Doch dann dachte er an das Mädchen, in das er sich seit ihrem ersten Zusammentreffen in Ägypten Hals über Kopf verliebt hatte.

»Janina«, flüsterte er unhörbar leise vor sich hin. Er schloss die Augen und dachte an ihr sympathisches Lächeln, ihre langen blonden Haare und ihre hübschen blauen Augen.

Sofort entspannten sich seine Gesichtszüge und sein ganzer Körper, ein Lächeln umspielte sogar seine Mundwinkel und es gelang ihm, die Gefahr hinter sich zu ignorieren.

In diesem Moment schlenderten zwei Männer, die ihre Pistolen am Hosenbund verbargen, in langen Hosen und T-Shirts und mit schweren Boots an den Füßen zwischen den Pools hindurch und schauten sich jeden der Badegäste genau an. Ihr Blick fiel auch kurz auf Leandro, der nach wie vor die Augen geschlossen hatte und völlig unbeteiligt das Wasser zu genießen schien.

»Hier ist er nicht«, hörte er einen der Männer hinter sich sagen.

Leandro hörte, wie sie an ihm vorbeiliefen, wie sich ihre Schritte entfernten und sah dann, wie sie kurz darauf den Poolbereich wieder verließen.

KAPITEL 11

USA, irgendwo in Illinois – 25. Juli, 07:30 Uhr

Gilbert Winter betrat einen geheimen unterirdischen Tempel, der sich mitten in einer Metropole im Bundesstaat Illinois befand, zwölf Stockwerke unter der Erde, unter einem Wolkenkratzer.

Es war dunkel um ihn. Nur ein paar Kerzen brannten und beleuchteten ein paar uralte magische Symbole. Über dem ganzen Raum lag eine gespenstische Atmosphäre. Es roch nach Weihrauch und Kerzen.

Plötzlich trat ein Mann mit einer schwarzen Robe vor und schaute ihn mit hypnotischem Blick an.

Gilberts Herz begann zu rasen. Der Mann, der ihm gegenüberstand, war nicht irgendwer. Es war der oberste Priester von PENTATRAXON. Und immer, wenn Gilbert mit ihm zu tun hatte, spürte er einen Kloß im Hals. Beim Klang seiner Stimme stellten sich ihm die Nackenhaare auf, und er bekam eine Gänsehaut. Obwohl Gilbert eigentlich niemand war, der sich schnell von Gefühlen leiten ließ, spürte er, dass von diesem Priester eine starke geistige Kraft ausging, die danach strebte, von ihm Besitz zu ergreifen.

»Khor«, wisperte Gilbert, »du wolltest, dass ich zu dir komme?«

»Setz dich, Gilbert. Ich muss dir etwas mitteilen.«

Zaghaft nahm Gilbert auf einem Stuhl Platz, der mit Hunderten von Schlangen- und Drachensymbolen verziert war, gesäumt von Sternsymbolen, die zu leben schienen.

Khor stellte sich hinter Gilbert und legte ihm seine schweren Hände auf seine Schultern. Dann sprach er weiter: »Du bist verkrampft, Gilbert. Ich spüre, dass dein Geist ruhelos ist. Sei still und höre auf meine Stimme!«

Gilbert Winter wusste, was diese Formulierung aus dem Mund des obersten Priesters von PENTATRAXON bedeutete. Ihm lief ein kalter Schauer den Rücken hinunter. Panik überfiel ihn und es gelang ihm nur schwer, sich unter Kontrolle zu halten. Und das hatte seinen Grund: Khor stellte ihm ein Ultimatum, bei dem alles auf dem Spiel stand – ja mehr noch, bei diesem Ultimatum ging es für Gilbert selbst um Leben oder Tod. Der Meister war anscheinend sehr unzufrieden mit ihm. Sein Leben hing in diesem Augenblick am seidenen Faden. Alles, was jetzt gesagt wurde, musste kompromisslos und ohne Widerspruch hingenommen und umgesetzt werden. Der kleinste Fehler würde für ihn den Tod bedeuten.

»Gilbert! Ich höre immer mehr Klagen über dich. Unsere Bruderschaft ist sehr unzufrieden. Sie haben mich darum gebeten, endlich durchzugreifen.«

»Sprich weiter, Meister«, flüsterte Gilbert leise, wie von ihm erwartet wurde.

»Mit deinen schlecht durchdachten und brutalen Aktionen riskierst du, dass wir alles verlieren, was unsere Väter, die geistigen Eliten der Jahrhunderte, aufgebaut haben. Du hast viel Staub aufgewirbelt, den Staub der Geschichte.«

»Was soll ich tun, Meister?«

»Pfeif‹ deine Bluthunde zurück. Sofort! Du weißt, was ich damit meine.«

»Verstanden. Zu Befehl, Meister!«

»Weißt du, Gilbert – wir müssen die Menschen von unserem Plan überzeugen. Wir dürfen sie manipulieren, ja, aber wir werden sie letztendlich dazu bringen, dass sie nach seiner Umsetzung schreien, dass sie selbst alles tun wollen, damit er in Erfüllung geht. Das erreichen wir jedoch niemals durch Gewalt. Stattdessen müssen wir die Menschen verändern, ihnen unsere Gedanken einpflanzen, bis sie glauben, es wären ihre eigenen Gedanken. Wir müssen sie zu Weltbürgern machen, die sich nahtlos in unseren Plan einfügen. Dazu ist es elementar, genau wissen, was sie denken, und das meine ich wörtlich. Wir müssen die Gedanken der Menschen lesen können, um sie in die gewünschte Richtung lenken zu können. Und wir müssen genau wissen, wer unsere Feinde sind, denn Starrsinnige haben in unserem Reich keinen Platz. Das Reich wird kommen, und dann, erst dann werden wir die Starrsinnigen, die darin ihren Platz nicht einnehmen wollen, auslöschen.«

»Aber wie können wir jetzt schon gegen unsere Feinde vorgehen?«, begehrte Gilbert auf und dachte dabei an die Gruppe um Lion Daniels und Leandro Bugatti.

»Wir bieten ihnen ihr Leben an. Und sie werden unser Angebot annehmen und den Waffenstillstand akzeptieren.«

»Ich habe verstanden, Meister. Und welche Gedanken hast du über mich?«

»Ich werde dir noch eine einzige Chance geben, Gilbert. Wenn du diese nutzt, darfst du deine Position in unserer Bruderschaft behalten. Wenn nicht, weißt du, was geschehen wird.«

* * *

Israel, Tiberias, Caesar Premier Hotel – 25. Juli, gegen 15:10 Uhr

Der Hüne stand vor dem Appartement, in dem sich David und Janina befanden. In seiner linken Hand befand sich die Chipkarte, die er Yaron kurz zuvor abgenommen und mit der er alle Türen der gesamten Hotelanlage öffnen konnte.

In diesem Augenblick vibrierte sein Smartphone in der Hosentasche. Er zog es genervt heraus und nahm das Gespräch an: »Ja?«

»Rückzug!«

Der Hüne fluchte und zischte ins Telefon hinein: »Nein, Gilbert. Ich lasse mich nicht wie einen Hund einfach so zurückpfeifen. Ich werde den Auftrag zu Ende bringen, jetzt, und niemand kann mich aufhalten. Ich bin so nah dran!«

Plötzlich hörte er auf der anderen Seite der Leitung eine Stimme, die er nur einmal in seinem Leben gehört hatte: »Brioso, mein Guter, hörst du mich? Du kennst mich. Ich habe dich in den Orden unserer Bruderschaft eingeführt.«

Der Hüne erschrak: »Ich höre, Meister.«

Mit einer klaren Autorität in der Stimme, die keinen Widerspruch zuließ, sprach Khor weiter: »Gilbert hat dich um etwas gebeten, mein Lieber, und ich weiß, dass du ihm seinen Wunsch nicht abschlagen wirst.«

»Ja Meister, zu Befehl. Ich werde seinen Wunsch erfüllen.«

Damit war das Gespräch zu Ende und der Hüne wusste, was zu tun war.

* * *

David und Janina hatten sich im Schrank versteckt. Doch nachdem sie circa eine halbe Stunde gewartet hatten, krochen sie wieder heraus.

»Warum kam er nicht in das Zimmer? Ob er weg ist?«, überlegte Janina unsicher.

Plötzlich hörten sie ein Piepen, das anzeigte, dass sich jemand mit der passenden Chipkarte Zugang zum Zimmer verschaffte. Hatte Yaron nicht gesagt, die Bewohner des Appartements kämen erst gegen Mitternacht? Oder war der Hüne doch noch da und fand sie nun schutzlos mitten im Zimmer stehend? Janina und David zuckten zusammen. Die Tür öffnete sich langsam.

Yaron trat zusammen mit Leandro ein.

Leandro grinste: »Ihr guckt, als hätte man euch auf frischer Tat ertappt. Aber alles gut! Sie sind weg.«

David schüttelte den Kopf: »Das glaube ich nicht. Das muss ein Trick sein.«

»Nein«, beruhigte ihn Leandro. »Kein Trick. Sie sind wirklich verschwunden. Ich habe eben noch vom Pool aus beobachtet, wie der Hüne seine Männer zusammengerufen hat.«

»Sie sind in ihre Autos gestiegen und weggefahren«, bestätigte auch Yaron. »Dafür sitzen jetzt in der Lobby ein paar Typen, die aussehen wie Mossad-Mitglieder, und beobachten das Hotel.«

»Das müssen Aris Freunde sein!«, rief Janina erfreut aus und fügte für Leandro erklärend hinzu: »Wir haben kurz mit Ari telefoniert und er hat versprochen, dass er Freunde vom Mossad schickt.«

Leandro lächelte: »Ariel hat mal wieder für alles gesorgt. Wir können uns jetzt einfach zurücklehnen und ihn machen lassen. Und wie schön, dass ich jetzt endlich wieder mit euch zusammen sein kann.«

Dabei schaute er Janina direkt ins Gesicht und zwinkerte ihr zu. Sie strahlte ihn an und zwinkerte verschwörerisch zurück.

Sehr zum Ärger von David.

* * *

Ägypten, in einem unterirdischen Bunker in der Wüste – 25. Juli, gegen 15:00 Uhr

Professor Nowotny schaute wieder und wieder durch den Lüftungsschacht nach oben. Er hatte es tatsächlich geschafft!

Die Rakete hatte den Weg ins Freie gefunden. Der Sender lag draußen und tat hoffentlich seinen Dienst.

Jetzt hing alles davon ab, dass Ariel Goldberg die Notfrequenz auch bemerkte und ihm Hilfe schickte.

* * *

Hawaii, Honolulu International Airport – 25. Juli, gegen 04:00 Uhr

Yumiko fühlte sich nicht sicher. Irgendetwas lag in der Luft. Sie schaute sich um. Der Flughafen war zu dieser Zeit nicht stark frequentiert. Ein paar gestrandete Passagiere lungerten in den wenigen zu dieser Stunde geöffneten Schnellrestaurants rum. Ein paar andere versuchten, es sich auf den Sitzen, die in kleinen Gruppen über das gesamte Gebäude verteilt waren, bequem zu machen. Eine dumpfe Ruhe lag über den Hallen. Yumiko schaute auf die Uhr. Noch vier Stunden, dann würde ihr Flieger starten. Sie blickte wieder hoch und erschrak.

Ein Mann mit dunkler Sonnenbrille betrat die Halle. Es war Martin.

Wie hatte er es vom Strand aus so schnell hierherschaffen können? Als sie ihn verlassen hatte, war er doch ohnmächtig gewesen. Und sie hatte sein Auto genommen. Woher wusste er, dass sie bereits am Flughafen wartete? Oder vermutete er das nur, weil er sie in ihrem Hotel nicht mehr angetroffen hatte?

Yumiko wandte sich ab, drehte dem Eingang des Terminals und damit Martin selbst den Rücken zu. Doch dann fiel ihr ein, dass sie ihr Aussehen ja verändert hatte. Wenn sie sich nicht verdächtig benahm, würde Martin sie niemals erkennen können.

Und tatsächlich - Martin lief an ihr vorbei, ohne Notiz von ihr zu nehmen.

Erleichtert atmete Yumiko auf. Dennoch beschloss sie, sich lieber unter die anderen Wartenden zu mischen und ebenfalls in einem Restaurant zu warten, bis das Boarding für den Flug nach San Francisco begann. Vor ihr lag ein langer Flug.

Als Yumiko viel später endlich im Flugzeug saß, war an Schlaf überhaupt nicht zu denken, obwohl sie todmüde war. Eigentlich waren die Voraussetzungen zum Einschlafen hervorragend: Sie saß ganz allein in der ersten Klasse, niemand störte sie. Nur eine Stewardess ließ sich ab und zu sehen, bereit, sich um ihre Wünsche zu kümmern.

Yumiko schloss erneut die Augen. Immer wieder liefen vor ihrem inneren Auge die schrecklichen Szenen am Strand und in der Höhle ab. Warum nur hatte Martin versucht, sie umzubringen? Was war in ihn gefahren? Martin war doch immer ein anständiger, ja sanftmütiger Mensch gewesen, der keiner Fliege etwas zuleide tun konnte. Oder hatte sie sich so sehr in ihm getäuscht? Vielleicht hatte er sich in den letzten Jahren komplett verändert. War er an eine Sekte oder religiöse Gemeinschaft geraten und dort so manipuliert, so umgekrempelt worden, dass er alles, was ihm vorher einmal wichtig gewesen war, aufgegeben hatte?

Sie schaute aus dem Fenster auf den weiten Horizont, wandte sich wieder ab, schloss die Augen und sah Martin in Gedanken sofort vor sich.

Yumiko fröstelte. Dieser Blick! Martin hatte sie angeschaut, wie in Trance - kalt und gefühlslos - wie eine ferngesteuerte Maschine.

Nein, das war nicht er selbst gewesen, da war sie sich sicher. Irgendjemand musste die völlige Kontrolle über ihn gewonnen haben. Ja, jemand musste ihn manipuliert und in eine Killermaschine umfunktioniert haben. Und diese Killermaschine verhielt sich wie ein Terminator, der nur ein Ziel kannte: Sie zu töten.

»Martin, was haben sie mit dir gemacht?«, flüsterte sie leise.

Wer war zu so etwas überhaupt in der Lage? Yumiko fiel dazu nur ein Name ein: Gilbert Winter.

Gehörte nicht auch er einem geheimen Orden an, in dessen Auftrag Menschen Dinge taten, die unvorstellbar grausam waren? Und hatte nicht genau dieser Gilbert Winter in verschiedenen geheimen Labors auf sehr unterschiedliche Art und Weise bereits versucht, Menschen durch Gehirnwäsche so zu manipulieren, dass sie genau das taten, was er, was PENTATRAXON wollte? Auch Jackie war ein Beispiel dafür. Glücklicherweise war es Lion noch rechtzeitig gelungen, sie aus den Fängen von Gilbert zu befreien. Aber ihre Amnesie war geblieben.

War man etwa dahintergekommen, dass sie mit Lion und Leandro zusammenarbeitete? Sie hatte bisher im Verborgenen gearbeitet und alle Spuren sorgfältig verwischt, die Rückschlüsse dazu hergeben konnten.

Sie beschloss, der Sache auf den Grund zu gehen, sobald sie zurück bei Ariel und den anderen im Kibbuz war.

Nach einigen Minuten fiel sie in einen unruhigen Schlaf.

Nach ungefähr einer Stunde schrak sie aus dem Schlaf auf. Irgendetwas war anders. Sie vernahm hinter sich eine Bewegung. Jemand stand hinter ihr.

Yumiko wollte aufspringen, aber in diesem Moment drückte eine kräftige Hand sie mit roher Gewalt in den Sitz zurück. Mit der anderen Hand hielt ihr die Person Mund und Nase zu, sodass sie keine Luft mehr bekam.

Sie versuchte, ihrem Gegner in die Hand zu beißen. Ihr Biss ging aber nur in ein feuchtes Tuch hinein, das die Person ihr aufs Gesicht drückte. Yumiko schlug verzweifelt um sich; sie glaubte, ersticken zu müssen.

Durch ihre Attacken lockerte die Person den Griff ein wenig, und Yumiko gelang es, einen kräftigen Atemzug in ihre Lungen zu ziehen. Doch statt frischer Luft drang ein beißender Geruch in ihre Nase ein, der sich sofort in ihrem Atmungssystem ausbreitete. Ihr wurde schwindelig. Kurz darauf verlor sie das Bewusstsein.

KAPITEL 12

Israel, in einem Kibbuz – 25. Juli, gegen 18:00 Uhr

Man hätte meinen können, die Gäste, die an dem kleinen Pool lagen und sich auf den Liegestühlen ausruhten, hätten einen weiteren entspannten und faulen Ferientag verbracht. Doch dem war nicht so.

Lion, Leandro, David, Janina und Jackie waren die dramatischen Stunden des Tages noch immer ins Gesicht geschrieben. Nun erzählten sie, was genau vorgefallen war. Ariel Goldberg und Lions Familie, Mutter Amelie, Vater Bernie und Schwester Alina, die sich nach den dramatischen Ereignissen der letzten Wochen ebenfalls noch im Kibbuz aufhielt, lauschten gespannt. Sie konnten kaum glauben, was sie hörten.

Als niemand mehr etwas zu sagen hatte, unterbrach Amelie die Stille mit einem Seufzer: »Wann wird das endlich aufhören, Ari? Wann werden wir endlich wieder normal leben können?«

Ariel zuckte mit den Schultern: »Das hängt davon ab, was du unter normal verstehst. Yumiko und ich arbeiten bereits an einem Plan, wie wir Gilbert Winter so unter Druck setzen können, dass er uns in Ruhe lässt. Aber im Augenblick ist daran noch nicht zu denken, wie die Geschehnisse von heute gezeigt haben. Gilbert ist einfach unberechenbar und nutzt jede Flanke aus, die wir ihm bieten.«

»Dann wird es langsam Zeit, dass wir angreifen!«, geiferte Lion, der einfach nicht hinnehmen wollte, dauernd in der Defensive zu sein. »Wo ist Yumiko eigentlich?«

»Sie ist zu einem Klassentreffen nach Hawaii geflogen. Sie ist aber schon wieder auf dem Rückflug und wird morgen hier ankommen.«

Amelie fiel etwas im Blick ihres Bruders auf, was sie vermuten ließ, dass mehr hinter seinen Worten steckte: »Was ist los, Ari?«, fragte sie nach. »Du brauchst vor uns keine Geheimnisse zu haben.«

»Ich will euch damit nicht auch noch belasten. Zumindest nicht heute.«

Alle schauten auf und starrten Ariel fragend an.

»Na gut, ich sage es euch, aber verlangt nicht von mir, dass ich euch Details nenne.« Ariel Goldberg holte tief Luft; die folgenden Worte fielen ihm sichtlich schwer: »Jemand hat versucht, Yumiko umzubringen. Sie ist nur ganz knapp entkommen. Näheres wird sie euch dann morgen selbst erzählen, wenn sie wieder da ist.«

Alle waren sprachlos.

»Weißt du, wer dahintersteckt?«, hakte Janina nach.

»Ja und nein. Der Attentäter war ein alter Schulfreund, der aus irgendeinem Grund zu einem kaltblütigen Killer avanciert ist.«

»Ein Schulfreund?«, rief David verwundert. »Das ist ja völlig abgefahren!«

»Das kannst du laut sagen. Yumiko hat ihm eigentlich vertraut. Es war ein Schock für sie, das könnt ihr euch vorstellen. Aber seine Motive sind völlig unklar. Aus Eifersuchtsgründen hat er das sicherlich nicht getan. Da muss es einen anderen Grund geben. Im Augenblick wissen wir nicht damit umzugehen. Und mehr möchte ich dazu jetzt auch nicht sagen.«

»Ist sie jetzt wenigstens in Sicherheit?«, fragte Bernie nach.

»Könnte man so sagen. Sie hat mit einer Maske ihr Aussehen verändert und unter einer anderen Identität eingecheckt. Sie sitzt bereits im Flieger nach San Francisco. Aber weil sie dort umsteigen muss, braucht sie fast vierundzwanzig Stunden, bis sie in Tel Aviv ankommt.«

Plötzlich schaute Ari auf seine Smartwatch. Er sprang auf: »Ich muss mal schnell rein und etwas nachsehen; bin gleich zurück.«

Sobald Ari aus ihrem Sichtfeld verschwunden waren, sprachen die anderen wild durcheinander. Was hatte es mit dem Mordanschlag auf Yumiko auf sich? Wieso wollte sie ein alter Schulfreund plötzlich umbringen? Hatte er sie etwa zu dem Klassentreffen gelockt? Warum bewältigte Yumiko die Strecke überhaupt mit einem Linienflieger und flog nicht selbst? Nur Leandro beteiligte sich nicht daran, sondern folgte Ariel.

Ariel Goldberg eilte schnellen Schrittes in die Überwachungszentrale, die er einige Jahre zuvor selbst eingerichtet hatte. Von der Funktionalität her entsprach sie in allem einer Zentrale vom Mossad, dem Geheimdienst, für den er einige Jahre zuvor noch gearbeitet hatte.

Ariel schaute auf einen Bildschirm, über dem eine rote LED als Warnsignal blinkte. Das Display zeigte einen Kartenausschnitt in Ägypten an und in der Mitte davon den Standort des Senders.

Leandro betrat den Raum und stellte sich hinter ihn: »Was ist das?«

»Ein Sender, der seit mehreren Stunden einen Notruf sendet«, antwortete Ariel. »Ich habe es aber eben erst bemerkt.«

Leandro schaute sich den Kartenausschnitt auf dem Bildschirm an und pfiff durch die Zähne: »Krass! Das ist doch die Stelle, wo das Lager von Janina und ihrem Professor von Söldnern überfallen und Professor Nowotny umgebracht wurde!«

»Gut beobachtet«, lobte Ariel.

»Und was hat es damit auf sich?«, hakte Leandro nach.

»Es ist der Sender, den ich meinem Freund Nowotny gegeben habe, bevor er nach Ägypten aufgebrochen ist.«

Leandro winkte ab. »Bestimmt hat ihn ein Nomadenkind gefunden und ihn versehentlich aktiviert.«

Ariel schüttelte den Kopf: »Völlig unmöglich. Um mit diesem Sender einen Notruf absenden zu können, müsste der Finder per Spracheingabe den richtigen Code eingeben und wissen, wie das Ding funktioniert.« Er machte eine Gedankenpause. »Nur ein Mensch auf der Welt kannte außer mir den Code.«

Leandro schaute Ariel mit weit geöffnetem Mund an: »Meinst du Alexandro Nowotny?«

Ariel nickte: »Ja. Aber Tote können nicht sprechen und aktivieren wohl kaum ein Notrufsignal.«

* * *

Im Flugzeug nach San Francisco – 25. Juli, vormittags

Yumiko wachte auf. Ihr Mund war mit einem Knebel verschlossen und ihre Hände mit Schnüren, vermutlich Schnürsenkel, gefesselt. Neben ihr saß ein Mann.

Sie schaute ihn an, aber ihr Blick war von der Bewusstlosigkeit noch so unscharf, dass sie nicht auf Anhieb erkennen konnte, wie er aussah.

Sie lehnte sich in den Sitz zurück und versuchte, die Unschärfe zu überwinden, indem sie blinzelte. Es funktionierte. Langsam stellte sich ihre Sehschärfe wieder ein.

Sie blickte den Mann an. Es war Martin Webber.

Das Blut schoss ihr in den Kopf, und sie versuchte, die Schnürsenkel von ihren Händen abzustreifen, was jedoch nicht sofort funktionierte.

Martin schaute ihr erfreut in die Augen: »Yumiko! Endlich bist du aufgewacht. Ich finde, dein neues Outfit steht dir nicht so gut. Im Original gefällst du mir besser. Moment, ich nehme dir den Knebel ab, damit wir uns unterhalten können.«

Er machte sich vorsichtig daran, den Knebel zu lösen, dann hielt er inne. »Aber denk erst gar nicht daran zu schreien. Ich will dir auf keinen Fall wieder wehtun müssen. Nein, lass uns miteinander reden. Bist du damit einverstanden?«

Yumiko schaute ihn gequält an. Martin meinte völlig ernst, was er da sagte. Sie überlegte. Was hatte sie schon zu verlieren, wenn sie mit ihm redete? Sie konnte doch nur Zeit gewinnen. Und vor allem war es wichtig, dass sie den Knebel loswurde. Also nickte sie.

Martin zog ihr den Knebel heraus.

»Warum tust du es nicht einfach?«, fauchte Yumiko leise. »Was soll das makabre Spiel? Worauf wartest du noch?«

Martin schüttelte den Kopf und schaute sie betrübt an: »Ich bin nicht hier, um dich umzubringen, Yumiko. Ich muss mit dir reden. Und ich bitte dich, dass du mir die Gelegenheit dazu gibst, denn für mich hängt von diesem Gespräch alles ab.«

* * *

Israel, in einem Kibbuz – 25. Juli, gegen 18:15 Uhr

»Und was bedeutet das jetzt?«, fragte Lion, nachdem Ariel und Leandro zu ihnen zurückgekehrt und Ariel von dem Sender und dem Signal erzählt hatte. »Heißt das, Alexandro Nowotny lebt noch?«

Janina schüttelte den Kopf: »Das ist völlig unmöglich! Ich habe mit eigenen Augen gesehen, wie der Professor erschossen wurde. Der Söldner hat aus kurzer Distanz abgedrückt. Er wurde vom Geschoss regelrecht umgepustet und ist rückwärts ins Zelt gefallen. Anschließend haben die Söldner das Zelt mit ihren Maschinenpistolen durchlöchert, das kurz darauf explodiert ist. So etwas kann man nicht überleben!«

Ariel suchte auf seinem Smartphone eine Nachricht heraus und zeigte sie Janina: »Lies mal!«

Janina las den ersten Satz der Nachricht laut vor: »Es gibt immer noch keine Spur von der Leiche des Professors.«

Sie schaute auf: »Das sagt ja überhaupt nichts! Die Söldner haben alle Spuren des Anschlags beseitigt, bevor sie das Lager geräumt haben. Ich bin mir absolut sicher, dass sie den Professor irgendwo vergraben haben.«

Ariel schüttelte den Kopf: »Dieser Bericht ist kein Zeitungsartikel, sondern eine WhatsApp-Nachricht, auf die Yumiko gestoßen ist. Sie stammt von einem der Söldner, die das Lager überfallen haben. Im weiteren Text wundert er sich darüber, dass sie nach der Explosion keinerlei Überreste des Professors gefunden haben.«

Janina starrte Ariel mit großen Augen an: »Aber ...« Sie brach ab.

»Beim Mossad gibt es eine Grundregel. Und ich habe sie immer sehr ernstgenommen«, erklärte Ariel.

»Wie lautet die Grundregel?«, wollte Alina wissen.

»Solange es keine Leiche gibt, muss man davon ausgehen, dass der feindliche Agent noch lebt. In diesem Fall haben wir es zwar mit einem Freund zu tun, doch auch für die gilt diese Annahme. Ich kann mir auch nicht ansatzweise vorstellen, wie Alexandro das Massaker überlebt haben könnte. Aber dennoch müssen wir der Sache auf den Grund gehen, und zwar ohne Verzögerung, solange der Sender noch aktiv ist. Wer von euch ist bereit, mit mir zusammen noch heute Nacht einen Abstecher nach Ägypten zu machen?«

* * *

Yumiko starrte Martin fragend an: »Martin, was redest du für einen Unsinn? Wir haben uns gestern Abend an unserem Strand getroffen. Aber du hast eine Pistole gezückt und versucht, mich zu ermorden. Mein Auto ist vor meiner Nase explodiert. Und hier im Flugzeug hast du mich betäubt und gefesselt. Du hältst mich gefangen. Was soll das alles? Warum tust du das?«

Martin schüttelte wehmütig den Kopf: »Du wirst mir meine Geschichte sicherlich nicht glauben, aber ich erzähle sie dir trotzdem. Ich bin heute Nacht in einer Höhle aufgewacht, ohne zu wissen, wie ich dorthin gekommen bin.«

»Du hast versucht, mich zu töten, Martin.« Yumikos Stimme schwoll an. »Du wolltest mich umbringen! Leugne es nicht!«

Martin ging nicht darauf ein: »Ich weiß nicht, was mit mir los ist, Yumiko. Seit Monaten geschehen Dinge, die ich mir nicht erklären kann. Es fing damit an, dass ich morgens aufwachte und mich schlapp fühlte, so als ob ich die ganze Nacht unterwegs gewesen wäre. Das passierte nicht nur einmal, sondern die Fälle häuften sich.«

Yumiko horchte auf: »Sprich weiter.«

»Ich bin der Sache nachgegangen und habe festgestellt, dass Dreck an meinen Schuhen war. Und dann habe ich jeden Winkel meiner Wohnung unter die Lupe genommen und versteckt in einer Kiste Kleidung gefunden, die gerade erst benutzt worden war. Es war meine eigene Kleidung, und ich selbst hatte sie offenbar getragen, und zwar kurz zuvor. Sogar einen Blutfleck habe ich darauf gefunden. Aber ich konnte mich an nichts erinnern.«

Yumiko schwieg, und Martin sprach weiter: »Und nachdem ich wieder einmal Spuren eines nächtlichen Ausgangs entdeckte hatte, ohne dass ich mir einen Reim darauf machen konnte, beschloss ich, etwas zu unternehmen.«

»Was?«

»Ich habe mir mehrere Micro-Action-Cams gekauft und sie an verschiedene Kleidungsstücke angebracht. Die Dinger reagieren auf Bewegung und sehen so aus wie ein Knopf.«

»Und dann?«

»Nichts passierte. Ich habe die Kameras gecheckt, aber es gab keine weiteren Ereignisse mehr, die mir verdächtig vorkamen. Ich bin dann von San Francisco aus, wo ich wohne, zum Klassentreffen nach Honolulu geflogen und habe in einem Hotel eingecheckt. Von dem, was dann passiert ist, habe ich keine Erinnerungen mehr bis zu dem Zeitpunkt, als ich in dieser Höhle aufgewacht bin.«

»Willst du etwa behaupten, dass du dich auch nicht mehr daran erinnern kannst, dass du mich angerufen und zum Strand gebeten hast?«, fragte Yumiko ungeduldig. »Du lügst doch! Martin, du lügst wie gedruckt. Und die Tatsache, dass du mich hier als Geisel festhältst, bestätigt mir das.«

»Und warum habe ich dich dann jetzt nicht hier sofort umgebracht? Ich hätte doch einfach ein paar Tropfen in dein Getränk schütten können.« Martin nickte mit dem Kopf in Richtung des Wassers, das auf einem der kleinen Tablets vor Yumiko stand. »Was meinst du, warum mache ich mir die Mühe, mit dir zu reden? Überleg doch mal, Yumiko. Was hättest du gesagt, wenn ich bei dir aufgetaucht wäre und dich um ein Gespräch gebeten hätte?«

Yumiko schwieg und Martin fuhr fort: »Das, was ich gerade gemacht habe, war die einzige Chance, die ich hatte. Du hättest mir sonst niemals zugehört.«

»Wer bist du Martin?«

»Ja, die Frage darfst du stellen. Sie ist berechtigt. Ich dachte bis vor Kurzem, ich wüsste wer ich bin. Seit ein paar Jahren arbeite ich für einen amerikanischen Geheimdienst. Und das, was ich mit dir gemacht habe, ist im Außendienst für mich nichts Ungewöhnliches, leider.«

»Dass du mich knebelst, mich fesselst und betäubst, ist für dich nichts Ungewöhnliches?! Du bist ein Ungeheuer, Martin!«

In Yumikos Augen klang das, was Martin sagte, ziemlich wirr, dennoch hatte sie den Eindruck, dass er die Wahrheit sprach.

»Ich weiß, was du jetzt denkst. Du denkst ich bin ein Psychopath, ein Verrückter. Nein, Yumiko. Ich bin ein Agent mit einer Spezialausbildung. Und manchmal greife ich zu ungewöhnlichen Methoden, um Leute zum Reden zu bringen. Es tut mir leid, was ich mit dir getan habe, aber ich wusste mir nicht anders zu helfen. Wenn ich es nicht getan hätte, wären wir uns nie mehr begegnet. Und irgendwie habe ich das Gefühl, dass nur mit dir zusammen Licht ins Dunkel kommen wird, in mein Dunkel.«

Er schaute auf ihre Hände: »Moment, ich löse dir schnell noch die provisorischen Fesseln. Noch einmal, es tut mir wirklich leid, was ich mit dir gemacht habe. Du wirst mich wahrscheinlich dein Leben lang dafür hassen.«

»Kann sein«, bestätigte Yumiko und schaute interessiert dabei zu, wie Martin geschickt den Seemannsknoten an den Schnüren löste. Sie rieb sich ihre Hände. »Wie hast du mich überhaupt gefunden?«

»Ich wusste, dass du von San Francisco aus angereist bist. Und das hier war der erste Flug, der von Hawaii wegging. Ich war mir sicher, dass du im Flugzeug sein musstest.«

»Und dann hast du schnell noch denselben Flug gebucht?«

»Genau, die Maschine ist ja fast leer. Zunächst einmal habe ich mich unter einem Vorwand in die zweite Klasse gesetzt und mich umgeschaut. Das Bordpersonal hat das akzeptiert.«

»Aber wie hast du mich erkannt? Ich sehe doch komplett anders aus.«

»Schon vergessen? Ich arbeite für den Geheimdienst, Yumiko. Außerdem bist du die einzige Person in der ersten Klasse. Darüber hinaus sind diese israelischen Masken so genial, dass wir beim CIA mittlerweile auch damit arbeiten. Weil du beim Auftragen einen kleinen Fehler gemacht hast, ist mir sofort aufgefallen, dass das nicht dein richtiges Gesicht sein kann.«

Yumiko tastete entsetzt ihr Gesicht ab.

»Keine Sorge, es wird niemandem sonst auffallen«, beruhigte Martin sie. »Wenn man nicht genau hinsieht, denkt man, dein Make-up ist ein bisschen verschmiert. Aber ich hatte genügend Zeit, dich beim Schlafen genauer zu betrachten.«

Die Stewardess kam. Martin schaute unsicher zu Yumiko, wie sie jetzt reagieren würde. Doch Yumiko tat so, als ob nichts passiert wäre, und bestellte für sich und Martin einen Kaffee.

»Danke! Du wirst es nicht bereuen.« Martin atmete erleichtert auf.

»Ich bin nur neugierig. Glaub ja nicht, dass ich dir glaube oder gar vertraue. Wer garantiert mir, dass du nicht im nächsten Augenblick wieder die Kontrolle über dich verlierst und mich umbringst?«

Martin drehte seinen Kopf von Yumiko weg und zeigte auf einen Punkt, der sich am obersten Wirbel seines Halses befand: »Sieh mal!«

Yumiko zog die Stirn kraus: »Was ist das? Sieht aus wie eine Verletzung, die du dir bei deinem Aussetzer in der Höhle zugezogen haben könntest!«

»Stimmt genau. Aber an dieser Stelle steckte ein Chip. Er funktioniert nicht mehr. Ich vermute, dass dieser Chip etwas mit dem Kontrollverlust zu tun hat, den ich in den letzten Monaten immer wieder erlebt habe – und gestern Nacht.«

Martin zeigte ihr einen Chip in der Größe eines Fingernagels.

»Du meinst, du wurdest über den Chip gesteuert?«

»Überleg mal – der Chip war direkt an einen neuralen Punkt meiner Wirbelsäule angeschlossen. Ich habe mir das vor ein paar Stunden im Spiegel genau angeschaut. Außerdem weiß ich, dass in einem Labor eines amerikanischen Geheimdienstes Versuche laufen, in denen mit so etwas herumhantiert wird. Was sonst könnte die Ursache sein?«

»Ich weiß nicht. Es gibt auch andere Möglichkeiten, jemanden zu manipulieren.«

»Ich zeig dir noch etwas.« Martin kramte eine kleine Kunststoffbox aus seiner Hosentasche hervor, öffnete sie und holte eine Micro-SD-Karte heraus.

»Auf dieser Karte sind die Aufnahmen von heute Nacht. Ich habe sie mir inzwischen mehrmals angeschaut und konnte nicht glauben, was ich da sah. Yumiko! Ich habe tatsächlich versucht, dich umzubringen. Das hier ist der Beweis! Und ich war es auch, der eine Bombe an dein Fahrzeug angebracht hat. Aber ich kann mich an rein gar nichts erinnern.«

»Also gut. Nehmen wir mal an, du wurdest ferngesteuert. Was hat dich davon abgehalten, mich zu töten?«

»Ich habe mich am Hals gestoßen. Auf dem Film ist gut zu erkennen, dass ich kurz zurückgewichen bin. Beim anschließenden Sturz muss ich wohl an den Felskanten entlanggeratscht sein, was den Chip offenbar beschädigt hat. Kurze Zeit später bin ich dann zu mir gekommen.«

»Klingt logisch. Aber was macht dich so sicher, dass er wirklich kaputt ist? Könnte ja auch nur eine kurzfristige Störung sein. Und vielleicht werden wir in diesem Augenblick gerade abgehört.«

»Nein, Yumiko, er funktioniert nicht mehr.«

»Und warum ist er dir bis heute nie aufgefallen?«

»Er war direkt unter der Haut und von außen nicht erkennbar. Und wer betrachtet sich schon seinen Nacken genauer? Nachdem ich den Film angeschaut hatte, habe ich an meinen Hals gepackt, um meine Verletzung zu befühlen, und dabei habe ich gemerkt, dass da etwas nicht stimmt, dass in der Wunde etwas drinsteckt. Erst dachte ich, es sei ein kleiner Felssplitter oder ein Steinchen, aber dann hab ich den Chip rausgeholt. Ich habe ihn sofort in Säure getaucht. Aber ich gehe davon aus, dass er schon vorher kaputt war.«

»Das klingt sehr aufwendig. Kannst du dir vorstellen, wer dahintersteckt?«

»Nicht so wirklich, aber ich hab eine Ahnung, wo er mir eingesetzt wurde.«

»Und wo?« Yumiko wurde hellhörig.

»Vor einigen Monaten war ich in einem Labor in San Francisco. Es ist so geheim, dass ich mit verbundenen Augen dorthin gebracht wurde. Es sollten dort im Rahmen meiner Tätigkeit beim Geheimdienst verschiedene Tests mit mir gemacht werden. Und als ich das Labor wieder verließ, hab ich mich noch sehr gewundert, daran erinnere ich mich, denn es war deutlich mehr Zeit verstrichen, als die paar Tests gedauert haben.«

»Kannst du dich an irgendetwas erinnern, das Rückschlüsse auf den Standort des Labors zulässt. Oder kannst du dich an Personen erinnern?«

»Sie haben natürlich alles getan, dass ich nichts mitbekomme. Aber durch meine Spezialausbildung weiß ich natürlich, wie man trotzdem Rückschlüsse ziehen kann. Es war auf jeden Fall unterirdisch, irgendwo in einem der Nationalparks, die San Francisco umgeben, ich meine erkannt zu haben, dass wir über die Golden Gate Bridge gefahren sind, aber Genaueres weiß ich leider nicht. Ich habe allerdings einen Mann gesehen – nicht sehr deutlich, denn es war über eine zweifache Spiegelung einer Scheibe. Dieser Mann war meiner Meinung nach kein Niemand. Ich bin mir sicher, dass er eine entscheidende Rolle in dem Labor gespielt hat.«

Yumiko hatte einen Blitzgedanken. Schnell holte sie ihr Smartphone hervor und lud ein Foto, das sie in ihrer Galerie gespeichert hatte. »War es zufälligerweise dieser Mann?«

Martin erstarrte und nickte: »Ja, ich erkenne ihn wieder. Woher hast du das Foto?«

Yumiko antwortete ihm nicht. Stattdessen betrachtete sie selbst das Foto, als würde sie es zum ersten Mal sehen.

Es zeigte Gilbert Winter.

* * *

Im Luftraum über Ägypten – 26. Juli, 00:00 Uhr

Leandro und Lion, die bereits Erfahrung mit Fallschirmsprüngen in der Dunkelheit hatten, machten sich zum Absprung über dem Zielgebiet bereit.

Ariel, der am Steuer des Kleinflugzeugs saß und sie von Israel aus in die Nähe von Assuan geflogen hatte, öffnete die Absprungvorrichtung und gab ihnen das Signal: »Drei, zwei, eins, Absprung!«

Lion und Leandro stürzten in die Tiefe. Dunkelheit umgab sie, hüllte sie völlig ein.

Doch schon nach einem recht kurzen Fall konnten ihre Nachtsichtgeräte die Dünen unter ihnen ausmachen. Sie landeten westlich von Elephantine nur wenige Meter neben der Ausgrabungsstätte, an der wenige Wochen zuvor Alexandro Nowotnys Lager von Söldnern überfallen worden war.

»Welcher Spinner ist eigentlich auf die wahnwitzige Idee mit den Fallschirmen gekommen?«, fragte David, der neben Ariel saß und den Sprung der beiden mit einem Nachtsichtgerät verfolgte.

»Dreimal darfst du raten.«

»Lion? Dachte ich's mir doch! Auf so eine blöde Idee kann nur er kommen.«

»Also so blöd finde ich seine Idee nicht, sonst hätte ich sie niemals aufgegriffen. Wie du weißt, haben wir nur ein enges Zeitfenster, um den Sender zu finden, der nicht mehr lange aktiv sein wird.«

»Trotzdem – so ein Nachtsprung ist höchst riskant. Außerdem müssen die beiden damit rechnen, dass die ägyptische Abwehr sie schnappt. Die werden wohl kaum begeistert sein.«

»No risk, no fun«, murmelte Ariel und leitete den Landeanflug auf dem Aswan International Airport ein.

Kurze Zeit später setzte das Privatflugzeug auf der Landebahn auf.

* * *

Lion und Leandro rafften die Fallschirme zusammen.

Leandro grinste: »Erinnert mich an den nächtlichen Absprung vor ein paar Wochen in Colorado.«

»Stimmt! Und da hast du es tatsächlich fertiggebracht, den Fallschirm abzufackeln.« Lion grinste ebenfalls.

»Hier ist alles still. Hoffentlich wurden wir von niemandem beobachtet. Ich habe keine Lust, der Polizei zu erklären, was wir hier tun.«

»Du meinst wegen des illegalen Grenzübertritts? Die würden gar nicht erst diskutieren, sondern uns erst einmal einsperren. Darauf kannst du Gift nehmen«, winkte Lion ab. »Lassen wir uns also lieber nicht erwischen. Hast du das Peilgerät?«

Leandro holte aus seiner Tasche ein Peilgerät und schaltete es ein. Sekunden später war ein roter Punkt zu sehen: »Der rote Punkt blinkt ziemlich diffus und nur noch kurz. Was bedeutet das?«

»Vermutlich, dass die Sendeleistung nachgelassen hat. Wenn der Sender ausfällt, werden wir ihn nur sehr schwer finden können.«

»Stimmt, das wäre, als wenn wir die Nadel im Heuhaufen suchen müssten. Also wenn ich mich nicht täusche, dann liegt der Sender etwa zweihundert Meter in dieser Richtung.« Leandro deutete mit der Hand in die Dunkelheit.

Die beiden jungen Männer streiften das Seilzeug der Fallschirme ab, schalteten ihre Taschenlampen ein und marschierten schnurstracks in die angepeilte Richtung.

Lion blieb stehen und schaute sich um. »Hier müsste er sein.«

Auch Leandro leuchtete den Boden ab: »Da liegt etwas.«

Lion bückte sich und hob einen Gegenstand auf: »Ist nur eine Silvesterrakete.«

Leandro leuchtete mit der Taschenlampe darauf und beide untersuchten den abgefackelten Feuerwerkskörper. Lion wollte ihn schon wieder wegwerfen, doch Leandro hielt ihn auf: »Warte! Schau, hier oben ist etwas Seltsames.«

An der Spitze der Rakete war eine kleine schwarze Kunststoffdose befestigt, in der man den Film einer analogen Kamera verstauen konnte. Lion öffnete den Deckel und schaute hinein.

»Bingo!«, jubelte er. »Da ist der Sender und ein zusammengefaltetes Papier.«

Er nahm das Papier aus der Dose und faltete es auseinander. Sein Blick fiel auf einen handgeschriebenen Text. Er überflog ihn: »Das hat Professor Nowotny geschrieben. Er ist hier, unter uns, in einem Bunker.«

Lion und Leandro suchten nach dem Luftschacht, den der Professor in seiner Nachricht erwähnt hatte. Als sie ihn fanden, riefen sie hinein. Nach mehrmaligem lauten Rufen hörten sie unter sich den Hall einer kaum wahrnehmbaren Stimme, verstanden allerdings nicht, was diese sagte.

»Da ist tatsächlich jemand unten!«, stellte Lion aufgeregt fest. »Hört sich so an, als ob er in einer Höhle oder einem antiken geheimen Gang festsitzt?«

Leandro überlegte: »Möglich. Aber dieser Lüftungsschacht wurde künstlich angelegt – deutet eher auf etwas aus neuerer Zeit hin.«

»Was denkst du, was da unten ist?«

»Vielleicht ein geheimer Raum oder ein Bunker. Ich weiß es nicht.«

»Nehmen wir mal an, es ist so, wie du sagst. Dann muss es doch auch einen Eingang oder eine Luke geben«, sinnierte Lion. »Warum schauen wir uns nicht um und suchen danach?«

»Stopp!«, sagte Leandro. »Zeitverschwendung, wenn du mich fragst. Ich glaube, dass der Einstieg verschüttet ist, sonst hätten ihn die Söldner ja sofort gefunden. Wir sollten zuerst mit der Person da unten Kontakt aufnehmen.«

»Durch diese lange Röhre hindurch funktioniert die Kommunikation aber nicht.«

»Dann müssen wir uns halt etwas einfallen lassen.«

Lion zückte sein Funkgerät: »Warum probieren wir es nicht hiermit?«

Leandro nahm ebenfalls sein Funkgerät zur Hand: »Ein Versuch ist es wert. Aber wie bringen wir eines der beiden Geräte heil hinunter?«

»Mit Nadel und Faden!«, kicherte Lion, holte ein Seil aus seinem Rucksack und faltete es auseinander. »Das habe ich für den Fall mitgenommen, dass wir klettern müssen.«

Leandro grinste: »Du bist ein wahrer Krämer!«

Wenige Minuten später ließen sie Leandros Funkgerät durch den Luftschacht hinab. Sofort sprach Lion ins Funkgerät hinein: »Hallo, ist da jemand?«

Die beiden lauschten gespannt. Plötzlich hörten sie durch das Funkgerät hindurch eine Stimme: »Ja, ich höre Sie. Bitte helfen Sie mir!«

Lion und Leandro schauten sich mit großen Augen an.

»Gerne, aber bitte sagen Sie uns, wie und vor allem, mit wem wir es zu tun haben.«

»Mein Name ist Alexandro. Alexandro Nowotny.«

* * *

Drei Stunden später gelang es ihnen, gemeinsam mit Ariel und David, die mit einem Jeep dazugekommen waren, den komplett verschütteten Eingang zum Bunker zu finden und freizulegen.

Ariel öffnete die Luke und schaute als Erster hinein: »Hallo, Alexandro! Hörst du mich? Ich bin's, Ariel. Geht es dir gut?«

Unten im Bunker stand Professor Nowotny, der mehr als zwölf Tage in seinem unterirdischen Gefängnis ausgeharrt hatte. Er schaute zu Ariel hinauf, brachte kein Wort über die Lippen und weinte vor Freude.

* * *

Nach der Landung in San Francisco verabschiedeten sich Yumiko und Martin voneinander.

»Ich hoffe, du hast Verständnis, dass wir uns hier voneinander trennen«, sagte Yumiko.

Martin zuckte mit den Schultern: »Ich hab es nicht anders erwartet und würde an deiner Stelle genauso handeln. Doch ich hoffe, dass wir bald voneinander hören werden.«

»Das verspreche ich dir, Martin. Ich melde mich. Aber ich muss erst in Ruhe über alles nachdenken. Solange musst du auf der Hut sein! Jetzt, nachdem du den Chip entdeckt und entschärft hast, bist du für Gilbert

Winter und seine Organisation ein Sicherheitsrisiko. Du musst davon ausgehen, dass er dich schnellstmöglich beseitigen lassen will.«

»Mach dir um mich keine Sorgen, Yumiko. Ich habe vorgesorgt.«

Nachdem sich Yumiko Takahashi und Martin Webber voneinander verabschiedet hatten, machte Yumiko sich endlich auf den Heimweg nach Israel.

Doch um zu vermeiden, dass man ihr nachstellen konnte, änderte sie ihre Rückflugpläne komplett. Zunächst einmal nahm sie Kontakt zu einem Geheimdienstfreund von Ariel auf, der sie von oben bis unten auf Wanzen und Abhörgeräte überprüfte und ihr neue Ausweispapiere beschaffte. Außerdem half er ihr dabei, ein zweites Mal ihr Aussehen zu ändern.

Als alle Maßnahmen abgeschlossen waren, checkte sie unter dem Namen Dawina Cissek ein und nahm einen Inlandsflug vom Flughafen Oakland nach New York, von wo aus sie über Frankfurt nach Tel Aviv weiterreiste.

48 Stunden später als ursprünglich geplant, kam sie am Ben-Gurion-Flughafen in Tel Aviv an und wurde von Ariel erleichtert in die Arme geschlossen.

KAPITEL 13

Israel, Aris Nest in einem unbekannten Kibbuz – 31. Juli, 17:30 Uhr

Ariel Goldberg blickte in die Runde der Teilnehmer, die sich im Konferenzraum ›Aris Nest‹ eingefunden hatten: Lion Abraham Daniels, Jaqueline Arielle Bordeaux, Yumiko Takahashi, Leandro Bugatti, David Grand, Janina Adams, Amelie und Bernie Daniels, Alina Daniels sowie Alexandro Nowotny. Was waren sie nur für eine bunte Truppe!

Dankbarkeit lag auf Ariels Gesicht, als er zu dem Archäologie-Professor blickte: »Und jetzt übergebe ich das Wort an Professor Alexandro Nowotny, der in Deutschland, genauer gesagt in Freiburg, seinen Lehrstuhl hat. Er ist seit Jahren ein guter Freund von mir und ich bin überglücklich und immer noch ein bisschen sprachlos, dass er lebt und jetzt hier bei uns ist.«

Professor Nowotny lächelte in die Runde: »Noch einmal möchte ich Ihnen allen danken, für das, was Sie für mich getan haben. Dieses Erlebnis hat uns und unsere Leben miteinander verbunden, deswegen hoffe ich, es ist für alle in Ordnung, wenn ich Ihnen das Du anbiete. Ich bin Alexandro.«

Alle im Raum nickten eifrig. Janina versuchte unsicher den Blick ihres Professors zu erhaschen, den sie ja durch ihre Unachtsamkeit und mangelnde Verschwiegenheit erst in diese schreckliche Lage gebracht hatte. Nowotny sah Janinas fragenden Ausdruck, erwiderte den Blick und lächelte - kaum merklich. Aber Janina reichte es. Sie hatte auf die drängendste Frage ihrer Seele durch dieses Lächeln die Antwort bekommen: Der Professor hatte ihr vergeben.

»Weil nicht jeder hier in alles eingeweiht ist, fasse ich noch einmal die Fakten zusammen: Wie ihr schon wisst, haben Frau Adams, äh Janina und ich in Ägypten einen geheimen Tempel entdeckt, in dem wir einen Stern mit dem Namen PENTATRAXON gefunden haben. Der Tempel und das Sternsymbol sind für die Geheimgesellschaft, mit der wir es zu tun haben, das zentrale Symbol ihrer Identität. Nachdem wir es gefunden hatten, wurden wir sofort auf die Abschussliste gesetzt, und eine bewaffnete Einheit von Söldnern hat versucht, Janina und mich umzubringen, glücklicherweise ohne Erfolg. Was ich bisher nur Ari verraten habe: Ich habe diese Schatulle entdeckt, und zwar im PENTATRAXON-Tempel, auf einem Altar.«

Der Professor nahm das schimmernde Kästchen in die Hand und hielt es für alle sichtbar hoch.

»Zunächst gelang es mir nicht, sie zu öffnen. Doch irgendwann hatte ich Erfolg und fand darin eine Buchrolle aus Leder, die einen Text enthielt, der einen tiefen Einblick in die Pläne dieser Geheimorganisation gibt. Bei dem Text handelt es sich um eine Zeremonie oder eine religiöse Proklamation des obersten Priesters von PENTATRAXON, der sich mit diesem Schreiben an einen alten ägyptischen Gott gewandt hat.«

»Also ein religiöser Fanatiker«, stellte Leandro verächtlich fest.

»Ja und nein«, antwortete der Professor. »Der zweite Teil des Textes ist nicht mehr religiöser Natur, sondern ein bis ins Detail beschriebener Aktionsplan, den die Anhänger vom PENTATRAXON-Orden offenbar aktuell Schritt für Schritt umsetzen wollen.«

»Was steht drin?« Alina konnte die Spannung kaum noch aushalten.

Nowotny holte die Buchrolle aus seiner Tasche und rollte sie vor sich auf dem Tisch aus.

Lions Vater Bernie, der neben Alexandro saß, fuhr zaghaft mit dem Finger über das geschmeidige Leder: »Das ist Büffel-Leder. Ziemlich ungewöhnlich für Menschen unserer Zeit, aus so etwas eine Buchrolle anzufertigen und darauf einen Aktionsplan zu verfassen.«

Der Professor nickte: »Ja, das stimmt. Aber man muss bedenken, dass wir es mit Menschen zu tun haben, die nicht in jeder Hinsicht rational denken. Das sieht man daran, dass der Priester – er nennt sich Khor – diese Buchrolle einem alten ägyptischen Gott geweiht hat. Aber ich lese die Proklamation und den Text am besten mal vor:

›Den Visionären von Babylon gewidmet:

Ich, Khor, oberster Priester des heiligen PENTATRAXON-Ordens, möchte ...‹«

Alle im Raum lauschten, was Professor Nowotny ihnen vorlas. Und je mehr er las, umso ernster wurden die Gesichter der Zuhörer. Jedem war klar, dass der Verfasser dieses Plans kein religiöser Spinner war, sondern konkret vor Augen hatte, was er sich vorstellte und wie er es umsetzen konnte.

Nachdem Alexandro geendet hatte, starrten alle mit versteinerter Miene vor sich hin. Lions Mutter Amelie sprach aus, was die anderen in diesem Augenblick dachten: »Unfassbar! Wenn sie damit Erfolg haben, dann ...«

Alle nickten. Jeder wusste, was Amelie sagen wollte.

* * *

USA, Kalifornien, in einem Café am Pazifik – 31. Juli, 08:00 Uhr

Gilbert Winter stellte seine Kaffeetasse auf den schweren Mahagoni-Tisch und blickte aus dem Fenster. Von seinem Platz aus hatte er einen unverbauten Blick auf den Pazifik. Jill Aapio, die neben ihm saß, blickte ebenfalls hinaus.

Ein älterer Mann, der wie sie zum PENTATRAXON-Orden gehörte, saß ihnen gegenüber. Artus Kingsley hatte sie eingeladen, um ihnen ihren neuen Auftrag zu erläutern.

Gilbert vertraute Artus vollständig, nicht zuletzt, weil dieser ihn Jahre zuvor in die geheime Gesellschaft des Ordens eingeführt hatte.

Nachdem Gilbert seinen Tischpartnern offen sein Leid darüber geklagt hatte, wie es ihm mit Khor im Tempel ergangen war, schaute ihn Jill amüsiert an: »Du kennst den Meister. Er ist immer wieder für Überraschungen gut. Aber mach dir nichts daraus. Die Tatsache, dass er dich bei seinem Projekt dabeihaben will, zeigt, dass er dich immer noch schätzt.«

Gilbert schaute Jill und Artus mit glühendem Zorn in den Augen an: »Ich kann das leider nicht so sehen. Vor ein paar Wochen noch hat er – ich darf ja nicht einmal seinen Namen außerhalb eines Tempels aussprechen – mir persönlich befohlen, Lion Daniels Familie zu entführen, um dadurch Jaqueline zurückzubekommen. Und noch vor ein paar Wochen war er begeistert von den Projekten, die ich am Laufen hatte. Ich war für ihn der große starke Mann unserer Organisation, der eine blendende Zukunft vor sich hatte. Und jetzt – jetzt will er von all dem nichts mehr wissen und pfeift mich stattdessen wie einen Hund zurück, genau in dem Augenblick, wo ich kurz davor war, das ganze Pack zu beseitigen. Ich hätte nur noch den Sack zubinden müssen und Leandro Bugatti, Lion Daniels, Jaqueline Arielle Bordeaux und diese dumme Studentin – wie hieß sie noch gleich – ach ja, Janina Adams –, ich hätte sie alle ausschalten können.«

»Was für eine Begründung hatte er, dass du es nicht tust?«, fragte Artus erstaunt.

»Er hat meine ›rüden Methoden‹ kritisiert und prophezeit, dass wir mit brachialer Gewalt nur das Gegenteil von dem erreichen, was wir wollen. Ich würde den ›Staub der Geschichte‹ aufwirbeln und alles aufs Spiel setzen, was unsere Vordenker, die alten Visionäre, aufgebaut hätten. Er ist tatsächlich der Meinung, dass meine, wie er sie nennt, aggressiven und kriminellen Methoden, die ich in den Orden eingebracht hätte, zu nichts führen würden. So ein Meinungsumschwung ist mir unbegreiflich, Artus. Wie ist das möglich, dass er so schnell seine Meinung ändern kann?«

»Ach, ich verstehe das alles schon lange nicht mehr«, fuhr Jill dazwischen, während sie ihren Kaffee schlürfte. »Mal abgesehen davon, dass mir dieser uralte Plan ziemlich egal ist, solange ich ein volles Bankkonto habe und Gesetze und Regeln übertreten darf, ohne dass man mir etwas anhaben kann. Aber ich habe mich schon immer gefragt, wie man daran glauben kann, ganz ohne Eroberungen die Welt unter Kontrolle bringen zu können.«

Jetzt übernahm Artus das Wort: »Ihr wirkt auf mich sehr verunsichert und zweifelt anscheinend auch an den Entscheidungen des Meisters. Kritische Rückfragen sind zwar legitim, aber mir scheint, ihr habt etwas ganz Elementares noch nicht ganz verstanden. Darf ich euch an unser Grundprinzip erinnern, dass wir immer im Hintergrund bleiben und im Geheimen agieren. Wir ziehen die Fäden und lassen andere für unsere Ziele arbeiten. Und das tun sie meistens, ohne es zu wissen. Wir stellen in der Regel keine Regierungen.«

Artus grinste hämisch: »Aber wir fördern immer gern diejenigen, die uns nützlich sind. Und in der jetzigen Phase des Plans geht es in erster Linie darum, dass Strukturen und Rahmenbedingungen geschaffen werden, mit denen sich die ganze Welt kontrollieren lässt.«

»Na gut, ich gebe mich geschlagen!«, erwiderte Gilbert resigniert, nachdem er eine Weile geschwiegen und den letzten Schluck Kaffee getrunken hatte. »Lasst uns das Thema wechseln. Kannst du Jill und mir verraten, in welches neue Projekt uns der Meister einbinden will?«

Artus schien erleichtert: »Aber natürlich! Deshalb sind wir hier. Es geht um etwas, bei dem du unser Experte bist.«

Gilbert schaute ihn mit großen Augen an: »Um Gedankenkontrolle?«

»Richtig, um vollständige Gedankenkontrolle des Menschen, aber nicht in der brachialen Weise, wie du das bisher mit deinen Forschungen betrieben hast, Gilbert, sondern auf passive Art.«

»Sprich weiter.«

»Wir möchten bei dem neuen Projekt die Menschen nicht zu willenlosen Marionetten machen – klar, so etwas wird im Einzelfall schon mal gebraucht, und wir haben in der Nähe von San Francisco ja noch ein Projekt laufen, wo das mit einem Funk-Chip auch ganz gut gelingt.«

Gilbert seufzte: »Darf ich dich darauf aufmerksam machen, dass einer unserer Probanden gerade außer Kontrolle geraten ist? Nachdem sein Chip durch einen blöden Zufall zerstört worden ist, funktionierte er nicht mehr richtig und ist jetzt zum Sicherheitsrisiko geworden.«

»Du bist ja dran, dieses Sicherheitsrisiko wieder aus der Welt zu schaffen, oder?«, grinste Artus.

»Klar bin ich dran. Genau in diesem Augenblick läuft die Aktion über die Bühne. Aber bei meinem Projekt mit Jaqueline waren wir so weit, dass wir ganz ohne Chip ausgekommen wären. Wir hätten bei ihr die vollständige Kontrolle erreicht, ganz ohne Risiken und Nebenwirkungen. Sie wäre die perfekte Waffe für uns geworden.«

Artus klopfte Gilbert auf die Schulter: »Sie lebt ja noch – also vielleicht kannst du dieses aussichtsreiche Projekt irgendwann einmal in unserem Zentrallabor in San Francisco zu Ende führen. Wenn du dich bewährst, wird dir der Meister auch dafür wieder grünes Licht geben.«

»Na gut, sprich weiter!«

»Wie gesagt, bei dem neuen Projekt geht es ebenfalls um Gedankenkontrolle. Der Meister arbeitet daran schon seit über fünfzig Jahren. Angefangen hat er in Russland in einem Giftlabor des KGB, der sogenannten ›Kammer‹, wo er Erkenntnisse über das menschliche Gehirn gewonnen hat, die schon damals allem bisher Erforschten um Lichtjahre voraus waren. Dieses Projekt, Gilbert, ist für den Meister der Schlüssel für die beschleunigte Umsetzung des Babylon-Plans. Und auch ich bin hundertprozentig davon überzeugt, dass es funktionieren wird.«

»Jetzt machst du mich aber wirklich neugierig«, warf Jill ein.

»Um es kurz zu machen. Wir haben ein System entwickelt, das in der Lage ist, die Gedanken eines Menschen zu lesen.«

»Was meinst du damit?«, fragte die Finnin nach.

»So, wie ich es sage; wir sind in der Lage, menschliche Gedanken offenzulegen. Es handelt sich um einen Computer mit künstlicher Intelligenz – also um ein KI-System – das den schlichten Namen MCTS-Box trägt.«

»Und was bedeutet diese Abkürzung?«, fragte Gilbert nach.

»MCTS steht für ›Mind Control Transformation System‹. Dieses System erlernt das Gedankenlesen systematisch, und zwar in einer Weise, wie ein Kleinkind eine Sprache erlernt, um die erfassten Gedanken anschließend in gesprochene Sprache oder Bilder zu transformieren. Wir haben das mit zwanzig Probanden getestet – das Ergebnis war ein voller Erfolg.«

»Und wie bekommt man so etwas hin?« Gilbert hatte seinen Ärger fast vollständig vergessen, seine Neugier hatte überhandgenommen.

»Durch das Zusammenspiel von Impuls und Reaktion. Man spielt dem Probanden zum Beispiel eine Liedfrequenz, einen Film oder so etwas vor – nennen wir das mal einen ›Impuls‹ oder einen ›Reiz‹ – und zeichnet auf, wie er darauf reagiert. Gleichzeitig misst man bei ihm die Gehirnströme und gleicht die Gehirnstrom-Muster mit seiner Reaktion ab.

Durch die Masse an ›Impulsen‹, den darauffolgenden ›Reaktionen‹ und den parallel dazu gemessenen Gehirnströmen gelingt es dem System immer besser, diese in konkrete Sprache und Bilder umzuformen. Oder vereinfacht ausgedrückt: Das System erlernt die Sprache der Gehirnströme und übersetzt diese in eine für uns verständliche Sprache oder Bilder.«

»Soll das heißen, dass dieses System in der Lage ist, Gedanken laut auszusprechen und Bilder im Kopf sichtbar auf ein Display zu bringen?«, fragte Gilbert aufgeregt.

»Ja! Schon nach wenigen Wochen gelang uns das mit einer Erfolgsquote von 90 Prozent, natürlich mit einem gewissen Maß an Ungenauigkeit, vor allem, was die Wiedergabe der Bilder angeht. Aber das System ist lernfähig und wird immer besser.«

Gilbert pfiff durch die Zähne: »Jetzt verstehe ich, was der Meister vorhat. Unser zentrales Computersystem, das TIER, verfügt mittlerweile über schier unbegrenzte Kapazitäten. Wenn wir zu den vielen Daten, die wir von jedem Menschen bereits gesammelt haben, noch das aufzeichnen könnten, was gerade gedacht wird, hätten wir ein unbegrenztes Wissen und innerhalb weniger Monate die Kontrolle über die ganze Welt. Außerdem würden wir sofort herausfinden, wer uns gefährlich werden könnte und etwas gegen diese Personen unternehmen.«

»Du hast in einfachen Worten das ausgedrückt, was Sache ist«, bestätigte Artus.

Jill schüttelte den Kopf: »Das klingt ja alles ganz toll. Aber das Erlernen der Gedanken funktioniert doch sicherlich nur im Labor. Also wenn man Gehirnströme messen will, muss man doch wohl ganz viele Sensoren und Leitungen am Kopf anbringen, oder?«

Artus grinste überlegen, seinen letzten Trumpf ausspielend: »Nein, das war früher einmal. Bei unserer MCTS-Box braucht man nur ein starkes elektromagnetisches Feld, außerdem Smartphones oder sonstige Geräte, die jeder eh schon bei oder um sich hat. Das benötigte elektromagnetische Feld wird durch das neue TRAXON-Funknetz geschaffen, welches weltweit gerade aufgebaut wird.«

Gilbert starrte ihn an: »Das heißt, wir machen uns das neue superschnelle Mobilfunknetz zunutze, wovon heute jeder spricht?«

»Genau das. Wir fördern sogar seinen Aufbau, und zwar weltweit. Und du, Gilbert, bist verantwortlich, dass hier in den USA alles glatt läuft. Unsere MCTS-Boxen sind als Kommunikationsknotenpunkte fester Bestandteil des TRAXON-Netzes und müssen zusammen mit den Funkmasten installiert werden. Du bist zuständig für die Organisation und die Planung.«

»Klingt ziemlich langweilig. Was ist die Herausforderung daran?«

»Ich gebe dir mal ein Stichwort - also, wenn zum Beispiel ein Lokalpolitiker Schwierigkeiten machen und den Ausbau behindern sollte, sorgst du dafür, dass er seine Meinung ändern wird. Mit Intrigen kennst du dich ja bestens aus, oder?«

Gilbert grinste gehässig: »Die Sache beginnt, mir Spaß zu machen.«

Artus Kingsley reichte ihm die Hand: »Na dann, willkommen im Team!«

* * *

USA, San Francisco – 31. Juli, 08:30 Uhr

Martin parkte mit einem gestohlenen Motorrad vor einer verfallenen Lagerhalle.

Er stieg ab, behielt aber den Helm auf, damit niemand, der ihn zufälligerweise beobachtete, erkennen konnte, wer er war. Sein Blick fiel auf die verrostete Tür der Halle. Sie stand halb offen.

Martin betrat die Lagerhalle, die durch die alten, verschmutzten Scheiben in ein fades Dämmerlicht getaucht war. Um besser sehen zu können, nahm er nun seinen Helm ab. Er schloss die Tür hinter sich und ging quer hindurch zu einer Treppe, die hinauf zu einer Empore führte.

Er schaute sich vorsichtig um, konnte aber nichts Auffälliges entdecken. Er schien wirklich alleine zu sein.

Er betrat einen Raum, in dem ein paar kaputte Stühle und ein schäbiger Holztisch standen. Spinnweben hingen von der Decke herab und Staub lag in der Luft - ein beißender Geruch stieg in seine Nase - es roch nach Petroleum und Öl. Er lief zu einer Wand, vor der ein paar kaputte Paletten standen. Direkt daneben stand ein verschlossenes Fass. Er öffnete das Fass, in dem sich schwarzes Altöl befand, legte den Deckel daneben, nahm einen robusten Eisendraht in die Hand, faltete die Spitze zu einem Haken und fuhr damit in die Flüssigkeit hinein.

Mit der zum Haken geformten Drahtspitze suchte er den Boden ab, bekam eine Kette zu fassen und angelte einen großen Plastikbeutel heraus. Er ließ das schwarze Altöl abtropfen und legte den dicht verschlossenen Plastikbeutel auf die Innenseite des neben dem Fass liegenden Deckels. Dann nahm er ein paar herumliegende Lappen zur Hand und wischte das Öl ab, bis der Beutel sauber genug war, dass er ihn öffnen konnte.

Martin nahm ein Taschenmesser heraus, stach in den Beutel und entnahm ihm ein in ein Fensterleder eingewickeltes Päckchen.

Dann streifte er seinen Rucksack vom Rücken und steckte das Päckchen hinein. Anschließend warf er den leeren Beutel wieder ins Ölfass zurück und verschloss es. Als er hatte, was er wollte, setzte er sich den Helm wieder auf. Mit dem Rucksack in der Hand ging er zur Tür, öffnete sie und trat auf die Empore hinaus.

Luis, ein Auftragskiller von PENTATRAXON, hatte Martin von einer Erhöhung auf der anderen Seite der Halle aus beobachtet. Als er sich sicher war, dass dieser das Päckchen mit dem Geld bei sich hatte, zielte er mit einem Präzisionsgewehr genau auf Martins Brust und drückte ab. Ein lauter Knall durchdrang die Halle und wurde von den Wänden zurückgeworfen. Martin fiel gegen die Wand, sackte zusammen und blieb reglos auf der Empore liegen.

Luis schaute durchs Zielfernrohr und war zufrieden. Er packte sein Gewehr zusammen und kletterte in die Halle hinunter. Dann lief er zur Empore, stieg die Treppe hinauf und betrachtete den am Boden liegenden Körper. Ein von der Kugel zerfranstes Loch in der Lederkombi war an Martins Brust zu sehen - Blut quoll heraus und tropfte auf den Boden.

»Volltreffer - genau ins Herz«, murmelte Luis zufrieden.

Er nahm den Rucksack, der neben Martin lag und zog ihn auf den Rücken. Jetzt musste er nur noch die Leiche verschwinden lassen.

Er beschloss, das Geld für sich zu behalten, ohne seinen Auftraggeber darüber zu informieren.

Er schaute noch einmal auf Martin, den CIA-Kollegen, der einmal sein

Freund gewesen war, nahm sein Smartphone zur Hand und rief Gilbert Winter an:

»Auftrag erledigt. Ich muss ihn jetzt nur noch verschwinden lassen.«

»Sehr gut! Kannst du mir noch ein Erinnerungsfoto von ihm schicken? Nur für meine Galerie.«

»Sadist!«, konterte Luis.

»Nein, Voraussetzung für die Bezahlung!«, widersprach Gilbert und legte auf.

Luis richtete die Kamera des Smartphones auf Martins Körper und schoss das von Gilbert gewünschte Foto. Über eine gesicherte Leitung versendete er es. Dann steckte er das Smartphone wieder ein. Er wusste, dass Gilbert ihm misstraute und deshalb ein Beweisfoto haben wollte.

Auch wenn Martin ein Freund oder zumindest ein langjähriger Kollege von ihm gewesen war, so hatte Luis kein schlechtes Gewissen. Auftrag war Auftrag. Es war eine Menge zusätzliches Geld, von dem niemand, außer ihm und Martin, etwas wusste. Zusätzlich kassierte er von Gilbert Winter Monat für Monat einen hohen Betrag.

Luis musste gehässig grinsen - er hatte vor einiger Zeit bei Gilbert ›nachverhandelt‹, mit schlagkräftigen Argumenten. Gilbert war darauf eingegangen und hatte ihm eine satte Gehaltserhöhung gewährt. Dafür war er natürlich nun auch bereit, einen alten Freund umzubringen.

Luis wandte sich ab, um einen präparierten Sack aus dem Auto zu holen, in dem er Martins Leiche im Pazifik versenken würde.

KAPITEL 14

Israel, Aris Nest in einem Kibbuz – 31. Juli, 18:30 Uhr

Lions Schwester Alina, die in den letzten Minuten stillschweigend zugehört hatte, steckte sich ein Kaugummi in den Mund und kaute darauf herum. Dann schaute sie in die Runde: »Was ist, wenn das alles nur ein Fake ist, was wir da gelesen haben? Klingt irgendwie voll schizo. Was macht euch so sicher, dass das keine Verschwörungstheorie ist?«

Bernie schaute seine Tochter genervt an: »Also für mich ist das Wort ›Verschwörungstheorie‹ mittlerweile das Unwort des Jahres; es muss für alles herhalten, was man nicht glauben möchte. Jeder spricht darüber mit erhobenem Zeigefinger, ohne zu wissen, was dieses Wort überhaupt bedeutet.«

Alexandro griff den Faden auf: »Also ich finde Alinas Frage berechtigt und ich möchte sie mir selbst stellen: Was macht mich so sicher, dass es sich bei dieser sogenannten Babylon-Verschwörung wirklich um Fakten und nicht um eine Verschwörungstheorie handelt?«

Bernie blieb beharrlich: »Vielleicht sollten wir zunächst einmal klären, was überhaupt der Unterschied von beidem ist.«

»Das ist doch easy!«, kicherte Alina und fuhr wie aus der Pistole geschossen fort: »Fakten sind immer das, was man beobachten und auch beweisen kann. Und Verschwörungstheorien sind Vermutungen oder wilde Spekulationen, die man nicht beweisen kann oder die einfach falsch sind. Manchmal handelt es sich bei Verschwörungstheorien auch um Halbwahrheiten, was sie so gefährlich macht.«

»Wo hast du denn das gelernt?« Lion starrte seine Schwester erstaunt an.

Alina grinste verschmitzt, während sie weiter auf ihrem Kaugummi herumkaute: »In der Lernvollzugsanstalt natürlich!«

Alinas Mutter Amelie runzelte die Stirn und schaute entschuldigend in die Runde: »Sie meint damit natürlich ihre Schule.«

Nowotny musste kurz auflachen, fing sich aber schnell wieder: »Das hätte ich nicht besser erklären können, Alina. Du musst einen guten Lehrer haben.«

»Ja, Herr Jefferson ist voll chillig!«

Nowotny fuhr fort: »Das Diabolische an Verschwörungstheorien ist ja, dass sie oft auch ein Körnchen Wahrheit enthalten, was sie für viele Menschen so glaubhaft machen. Die meisten, die daran glauben, merken gar nicht, welcher Lüge sie aufgesessen sind. Man gerät schnell in einen Strudel von Lügen hinein und versinkt immer tiefer im Abgrund. Verschwörungstheorien spalten eine Gesellschaft und zerstören sie. Deshalb ist dieser Begriff für mich kein ›Unwort des Jahres‹.«

Dann wandte er sich an Bernie: »Aber in einem muss ich dir recht geben, Bernie. Es steckt tatsächlich noch eine ganz andere Gefahr dahinter, die von den meisten Menschen übersehen wird.«

»Welche?«, wollte Yumiko wissen.

»Verschwörungstheorien sorgen dafür, dass man die wirklichen Fakten übersieht oder diese zumindest nicht ernst nimmt. Das geht dann sogar so weit, dass man unbequeme Fakten ebenfalls als ›Verschwörungstheorien‹ abtut – man möchte sie einfach nicht wahrhaben. Damit ›schüttet man – sozusagen – das Kind mit dem Bade aus‹ oder ›fällt von der anderen Seite vom Pferd‹, wie zwei alte deutsche Sprichwörter dieses Phänomen treffend beim Namen nennen.«

Alina schaute ihn irritiert an: »Kannst du genauer erklären, was du damit meinst?«

Der Professor nickte: »Nehmen wir mal an, ich als Professor würde jemandem etwas stehlen und man könnte mich eigentlich aufgrund eindeutiger Fakten überführen. Wie käme ich dennoch aus der Sache heraus?«

Lion hatte einen Geistesblitz: »Indem du vielleicht wilde Fake News über dich in die Welt setzt, die aber so abgefahren und unglaubwürdig sind, dass man das, was da gesagt wird, unmöglich glauben kann?«

Jackie pfiff durch die Zähne: »Stimmt! Man würde damit von den wahren Tatsachen ablenken. Das wäre die perfekte Tarnung.«

»Genau, jeder würde denken, man treibe ein böses Spiel mit mir. Anstatt sich mit den Fakten auseinanderzusetzen, würde man sich um die Fake News kümmern, um hinterher die Fakten auch noch als Fake News abzutun«, bestätigte Alexandro.

Yumiko schaute ihn mit nachdenklicher Miene an: »Ich verstehe, was du uns damit sagen willst. Wir müssen lernen, messerscharf zu denken und genau hinzuschauen, damit wir Fakten und Verschwörungstheorien auseinanderhalten können.«

Nowotny nickte zustimmend: »Als Wissenschaftler ist mir das ein großes Anliegen. Und jetzt zu der Frage zurück, was mich so sicher macht, dass wir die Babylon-Verschwörung ernst nehmen müssen: Die Schatulle mit der Buchrolle habe ich selbst im PENTATRAXON-Tempel am Altar gefunden. Dieser Tempel ist so geheim, dass man Janina und mich umbringen wollte, nur weil wir ihn betreten haben.«

Noch immer lief es ihm eiskalt den Rücken hinunter, wenn er an die Szenen aus dieser Nacht dachte. Er brauchte einen Moment, um sich zu sammeln, und fuhr dann fort: »Wir wissen, dass Khor der oberste Priester des PENTATRAXON-Ordens ist, und wir wissen, dass er diese Buchrolle selbst geschrieben hat. Yumiko hat mittlerweile die Handschrift mit einem handgeschriebenen Brief von Khor abgeglichen, den sie in den gehackten Daten des PTR-DARKNET entdeckt hat. Beide Handschriften stimmen überein. Es ist somit eine Quelle aus erster Hand, die absolut zuverlässig ist.«

Alle nickten zustimmend und Alexandro sprach weiter: »Den Inhalt hat wahrscheinlich jeder noch im Kopf – es handelt sich um die Ausarbeitung eines bis ins kleinste Detail überzeugenden Plans. So wie er formuliert wurde, könnte man vermuten, er wurde von einem Wissenschaftler formuliert. Die in der Schatulle auf einem Extra-Dokument beigefügten technischen Details über die Arbeitsweise dieses Systems habe ich euch bisher vorenthalten. Sie jedoch hinzugenommen, lässt für mich keinen logisch nachvollziehbaren Grund übrig, daran zu zweifeln, dass wir es mit einer echten Verschwörung zu tun haben.«

Janina stand abrupt auf: »Können wir bitte eine kurze Pause machen? Ich denke, wir könnten alle etwas frische Luft vertragen.«

»Gute Idee!«, griff Ariel sofort den Vorschlag auf. »Wer will, kann im Pool schwimmen gehen oder einen kleinen Spaziergang durch den Olivenhain machen. Um 19:30 Uhr gibt es Abendessen, danach kommen wir zum dritten Punkt unseres Treffens - ›Mögliche Aktionen‹ - zusammen und überlegen, was wir gegen den Verschwörungsplan von PENTATRAXON unternehmen können.«

* * *

San Francisco, in einer alten, abgelegenen Lagerhalle

Luis hörte hinter sich ein Geräusch. Schnell drehte er sich um und sah Martin, der in liegender Position mit einer Waffe auf ihn zielte. Er hörte nur noch ein Plopp, dann spürte er einen heftigen Schmerz - den Rest bekam er nicht mehr mit.

Martin streifte den Helm ab und zog die mit Spezialfarbe besudelte Motorradjacke, die er zuvor präpariert hatte, aus. Zum Glück war er noch rechtzeitig von einem Insider darüber informiert worden, dass Luis auf ihn angesetzt war. So hatte er sich vorbereiten können.

Er drehte die Leiche auf den Bauch und zog Luis den Rucksack vom Rücken. Dann hob er sein Smartphone vom Boden auf, fischte den Fahrzeugschlüssel aus seiner Hosentasche, steckte beides ein und verließ die Halle. Er wusste, wo Luis das Auto, einen schwarzen Chrysler, geparkt hatte.

Er öffnete den Kofferraum und holte einen robusten Leichensack heraus, in den sogar Blei-Elemente eingearbeitet waren, wie er feststellte. Mit diesem Sack wollte Luis ihn also im Pazifik versenken. Ein wirklich toller Freund!

* * *

Aris Nest in einem Kibbuz – 31. Juli, 20:30 Uhr

»Halten wir die wesentlichen Punkte der Verschwörung noch einmal fest«, resümierte Ariel, nachdem sich alle wieder im Konferenzraum versammelt hatten.

»PENTATRAXON hat ein System entwickelt, das menschliche Gedanken lesen oder kontrollieren kann. Es funktioniert aber nur, wenn folgende Punkte erfüllt sind:

Erstens: Der weltweite Aufbau eines Hochgeschwindigkeits-Funknetzes, das den Namen TRAXON hat, muss erfolgen.

Zweitens: Man braucht dazu den zentralen Supercomputer namens TIER, der über jeden Menschen ein lückenloses Profil anlegt, das auch die Gedanken umfasst.

Drittens: Mithilfe von Smartphones, anderen smarten Geräten oder allem, was Signale aufnehmen und ans Funknetz weitergeben kann, muss das TIER gefüttert werden.

Viertens: PENTATRAXON hat eine neue Erfindung dieses Priesters Khor, nämlich die MCTS-Box, die ans TIER angeschlossen ist. Sie ist der Schlüssel dafür, dass das mit dem Gedankenlesen auch funktionieren wird.

Hat jemand von euch dazu noch Fragen?«

Ariel schaute in die Runde und David meldete sich: »Wie funktioniert das mit dem Gedankenlesen? Ich kann mir das noch immer nicht vorstellen.«

Die Antwort übernahm Leandro: »Khor hat das doch in der Buchrolle aus dem Tempel bis ins Detail beschrieben.«

»Stimmt, man könnte meinen, er wollte diesen alten ägyptischen Gott mit seinem Plan beeindrucken«, nickte Yumiko zustimmend.

Leandro sprach weiter: »Und ich habe zwischenzeitlich mal die beigefügten technischen Details studiert. Es ist absolut beeindruckend, was dieser Khor da entwickelt hat. Das ganze System funktioniert in etwa so: Das Funknetz TRAXON, das weltweit die bisherigen Mobilfunknetze ablösen wird, erzeugt ein starkes elektromagnetisches Feld mit einer unglaublich schnellen Datenübertragung. Dadurch sind die daran angeschlossenen MCTS-Boxen in der Lage, Gehirnströme des Menschen zu messen, was in Kombination mit den Smartphones geschieht, die ja überall in Massen vorhanden sind.«

»Ich habe schon damals in der Schule gesagt, dass Smartphones die perfekten Überwachungsgeräte sind«, fuhr Lion dazwischen. »Aber niemand wollte mir glauben.«

Leandro nickte: »Richtig. Und diese Alltagsgeräte, die jeder mit sich herumschleppt, geben Informationen jeder Art an die MCTS-Box weiter – Bild, Ton und alles, was die Dinger an Messdaten zu bieten haben, sowie Messungen unserer Hirnströme. Und mit der Zeit erlernt das Überwachungssystem die Sprache der Gehirnströme jedes Menschen, etwa so, wie ein kleines Kind eine Sprache erlernt. Der letzte Schritt ist dann nur noch, dass diese ›Gehirnstrom-Sprache‹ in eine für Menschen verständliche Sprache und Bilder übersetzt wird. Das macht die MCTS-Box; und gibt gleich auch noch eine Auswertung davon – also ein Extrakt mit den wichtigsten Gedanken und Bildern – an das gigantische Computersystem TIER weiter, wo die Daten im persönlichen Profil jedes Menschen gespeichert werden.«

»Das ist voll abgefahren«, stöhnte Janina. »Dagegen ist George Orwells ›1984‹ Pipifax.«

Professor Nowotny schaute ernst in die Runde: »In einem alten deutschen Volkslied heißt es: ›Die Gedanken sind frei, wer kann sie erraten.‹ Dieser Satz würde damit der Vergangenheit angehören. Kein Mensch, der sich im Bereich dieses Funknetzes befindet, würde seine Gedanken vor dem Mind Control Transformation System und damit vor PENTATRAXON geheim halten können.«

Ariel nickte betrübt: »Damit wäre die totale Kontrolle unserer Gedanken perfekt.«

»Das müssen wir verhindern!«, rief Lion entschlossen.

»Kommen wir zu dem, was wir dagegen unternehmen können«, setzte Ariel nach einer langen Pause, in der alle ihren Gedanken nachhingen, an. »Gibt es Vorschläge?«

Schweigen.

Dann meldete sich Jackie zu Wort, die sich bis dahin zurückgehalten hatte: »Also an den Supercomputer ›Das TIER‹ werden wir wohl kaum rankommen. Die Smartphones und sonstigen Abhörgeräte können wir auch nicht mehr beseitigen – jeder hat sie. Bleiben für mich die MCTS-

Box und das TRAXON-Netz - beides ist noch nicht vorhanden. Wir sollten uns deshalb auf diese beiden Sachen konzentrieren.«

»Das sehe ich genauso«, stimmte Yumiko zu. »Konzentrieren wir uns auf die MCTS-Box und das TRAXON-Netz!«

Nach einer weiteren kurzen Pause stand Alexandro auf, ging zur Beamer-Leinwand und gab Yumiko ein Zeichen. Alle schauten auf die große Bildleinwand und der Professor zeigte mit einem Laserpointer auf die Überschrift einer Website: »Zusammenschluss gegen den Ausbau des TRAXON-Netzes.«

»Wie ihr wisst, bin ich Professor für Archäologie in Freiburg. Ich engagiere mich dort aber auch für Umweltschutz und für den Erhalt der Gesundheit der Bevölkerung. Deshalb bin ich, von Anfang an, ein strikter Gegner dieses TRAXON-Netzes gewesen. Ich bin davon überzeugt, dass wir mit dem Ausbau dieses ultraschnellen Funknetzes massiv die Gesundheit der Bevölkerung aufs Spiel setzen. Warum sorgen wir nicht dafür, dass die Fakten über dieses Netz an die Öffentlichkeit kommen? Ich bin mir sicher, dass wir damit den Ausbau an vielen Stellen verhindern oder zumindest aufhalten könnten.«

Ariel runzelte die Stirn: »Na ja, ich habe davon gelesen, glaube aber ehrlich gesagt nicht an nennenswerte Gesundheitsrisiken. Es gibt Expertisen darüber, die sagen, dass es nur dann der Gesundheit schadet, wenn gewisse Grenzwerte überschritten wer...«

Nowotny fuhr ihm ärgerlich ins Wort: »Auf diese Expertisen kannst du pfeifen, Ariel. Sie wurden genau von den Leuten in Auftrag gegeben, die unbedingt dieses TRAXON-Netz haben wollen. Sie konzentrieren sich dabei auf nur wenige Punkte und lassen all das aus, was wirklich gefährlich und schädlich für die Gesundheit ist.«

Ariel lächelte milde: »Ich denke, dass wir hier verschiedener Meinung sein dürfen. Außerdem glaube ich nicht daran, dass wir etwas erreichen können, indem wir solche Widerstandsgruppen unterstützen. Die meisten Politiker und Industrielobbyisten wollen dieses Netz um jeden Preis. Und in den Medien wird erst gar nicht darüber berichtet, dass das TRAXON-Netz gefährlich für unsere Gesundheit sein könnte.«

Nowotny nickte: »Leider ist das so.«

Plötzlich sprang Alina auf und schaute mit Feuer in den Augen in die Runde: »Leute! Ich habe ein paar Typen kennengelernt, die sich voll krass einsetzen, weil sie dieses obermiese Funknetz verhindern wollen. Und die Politiker wären voll schizo, wenn sie das so einfach durchziehen würden, ohne uns zu fragen, meinten sie.«

»Und was wollen sie dagegen unternehmen?«, fragte Bernie belustigt.

»Na, demonstrieren. Den Leuten klarmachen, wie schädlich TRAXON ist und was für eine Masche die da durchziehen. Die Leute, die ich da kennengelernt hab, haben mir gesagt, dass sie eine YouTuberin für ihren neuen Kanal suchen. Sie finden, ich wäre ein Supertalent für so etwas.«

Amelie nahm ihre vierzehnjährige Tochter liebevoll in den Arm: »Also dir mit deiner großen Klappe würde ich so etwas durchaus zutrauen.«

Bernie nickte: »Ja, Alina hat schon ein paar YouTube-Videos erstellt zu anderen Themen und sofort aus dem Stand heraus über hundert begeisterte Follower gehabt. Sie ist wirklich ein Talent. Und ich fände es toll, wenn wir es versuchen würden.«

»Wie willst du so etwas anstellen?«, fragte David neugierig. »Meinst du wirklich, da hört überhaupt jemand zu, außer ein paar gelangweilten Teenagern?«

Yumiko lächelte: »Klar hört da jemand zu. Ich weiß nicht, ob ihr von diesen Influencern gehört habt, die im Internet viele Leute erreichen. Sie haben zum Teil Millionen Fans im Netz. Diese Follower gucken Tag für Tag auf ihren Kanal und hören sich an, was die YouTuber zu sagen haben. Influencer haben so viel Einfluss auf die Massen, dass ihnen Unternehmen viel Geld dafür zahlen, wenn sie ihre Produkte bewerben. Wenn man eine geeignete Person für so etwas zur Verfügung hätte und es geschickt genug anstellen würde, könnte man recht schnell jemanden zu einem YouTuber oder Influencer aufbauen, der die Massen begeistert und beeinflusst. Ich kann mir durchaus vorstellen, dass man dadurch eine Meute gegen das TRAXON-Netz organisieren könnte, die sich Gehör verschafft, ähnlich wie die Fridays-for-Future-Bewegung.«

Alina schaute in die Runde: »Genau! Mischen wir die Szene mal ein bisschen auf! Also ich traue mir das zu. Wer von euch ist dabei?«

Alexandro, Bernie, Amelie und Alina meldeten sich.

Ariel grinste: »Man muss alle Register ziehen, die man hat. Warum nicht?«

»Ich gebe dem aber nur eine Chance, wenn Yumiko uns unterstützt«, gab Alexandro zu Bedenken.

Yumiko überlegte laut: »Also ich finde den Gedanken sehr reizvoll. Da gibt es schon ein paar Tricks, mit denen ich sie ganz nach oben bringen könnte.«

»Und wer kümmert sich um Punkt vier auf Ariels Liste, die MCTS-Box?«, fragte David nach, der sich für die YouTube-Aktion nicht so recht begeistern konnte.

»Immer der, der fragt«, neckte ihn Janina. »Du und der Rest von uns. Die Frage ist nur, wo wir anfangen.«

Dazu meldete Lion sich zu Wort: »Wir wissen doch von Martin Webber, dass PENTATRAXON ein großes Forschungslabor in San Francisco betreibt. Vielleicht wurde dort auch die MCTS-Box entwickelt. Wie wäre es, wenn wir mit Martin Kontakt aufnehmen und es mit seiner Hilfe aufspüren?«

Leandro hatte andere Gedanken: »Uns ist es doch vor Kurzem gelungen, in das geheime Computernetzwerk von PENTATRAXON, also ins PTR-DARKNET, einzudringen. Wir haben viele Daten und Informationen noch nicht vollständig ausgewertet. Vielleicht gelingt es uns, etwas über die MCTS-Box und das Gedankenlese-Programm herauszufinden.«

»Und vielleicht finden wir dabei ja auch etwas über meine Amnesie heraus. Ich kann mir einfach nicht vorstellen, immer damit leben zu müssen«, schaltete sich nun auch Jackie ein, die bei dem Gedanken daran schon mit Tränen in den Augen zu kämpfen hatte.

Lion legte seinen Arm um sie.

»Wie viel Zeit haben wir eigentlich für alles?«, wollte Bernie wissen. »Ich meine, der Zeitplan, in dem diese Gegenaktionen umgesetzt werden sollen, spielt doch sicherlich eine Rolle.«

»Na ja, der Ausbau des TRAXON-Netzes hat bereits begonnen, noch ziehen nicht alle relevanten Staaten mit, doch wenn wir das nicht verhindern, wird das ja nur eine Frage der Zeit sein. Sobald genügend Sendemasten gebaut sind, soll der Plan, wenn ich das, was dieser Khor geschrieben hat, richtig deute, innerhalb eines halben bis dreiviertel Jahres umgesetzt werden«, beantwortete Nowotny die Frage. »Besser wir finden schnell einen Weg, den Ausbau und die Umsetzung der Verschwörung zu verhindern.«

Ariel stand auf: »Kommen wir zur Abstimmung. Wer ist dafür, dass wir uns in diese beiden Gruppen aufteilen?«

Alle hoben die Hand.

»Damit ist der Vorschlag einstimmig angenommen.«

* * *

Während die anderen Aris Nest verließen, blieben Janina, David und Leandro noch ein wenig in dem Raum.

»Was ist eigentlich aus dem Kontakt zu diesem Forschungslabor geworden, Leandro?«, fragte David neugierig. »Du hast uns noch gar nichts darüber erzählt.«

»Ich war vorgestern dort und habe mir alles angeschaut. Sie arbeiten an mehreren Projekten, die spannend sind und mich sehr interessieren. Ich bin mit dem Leiterteam der Einrichtung übereingekommen, dass ich ab Montag nächster Woche dort anfange.«

Janina schaute ihn strahlend an: »Das ist genial. Ich freue mich für dich! Verdienst du auch etwas, oder arbeitest du nur ehrenamtlich?«

Leandro schüttelte den Kopf: »Nein, ich bekomme tatsächlich ein ziemlich gutes Gehalt. Ich habe geschickt verhandelt, und sie sind an die Grenzen dessen gegangen, was sie zahlen können. Es ist zwar nur ein Bruchteil von dem, was ich bei Gilbert Winter verdient habe, und ich werde mir keinen Ferrari mehr leisten können. Aber dennoch freue ich mich, dass ich nicht mehr tatenlos herumsitzen muss, sondern endlich wieder arbeiten kann.«

»Worum geht es denn?«, fragte Janina, deren Interesse geweckt worden war.

Leandro lächelte sie an: »Das, liebe Janina, darf ich leider keinem verraten. Es unterliegt der absoluten Geheimhaltung. Aber eines kann ich euch beiden sagen. Ich werde gleich in drei unterschiedliche Projekte einsteigen. Eines der Projekte hat direkt mit meinem Fachgebiet zu tun, die anderen nur indirekt. Ich hab auch schon zig Ideen und Änderungsvorschläge, die mir seit meinem Besuch dort eingefallen sind und die den Teams auf die Sprünge helfen werden.«

»Also Bescheidenheit ist ja nicht gerade deine Stärke«, grinste David verschmitzt. »Aber freut mich für dich – freut mich richtig!«, schob er sehnsüchtig nach. Er selbst vermisste auch das Gefühl, wieder arbeiten zu können, etwas Sinnvolles zu tun. Eine Anstellung als Zimmermann, so wie in Colorado, hatte er bislang in Israel nicht gefunden, vermutlich, weil er sich auch noch gar nicht im Klaren darüber war, ob er hierbleiben oder zurück in seine Heimat wollte, sollte dieser Irrsinn rund um PENTATRAXON eines Tages ein Ende haben. Wenigstens half er im Kibbuz hier und da aus, wenn er gebraucht wurde.

Doch noch war es für David und die anderen der Gruppe wichtig, ja lebensnotwendig, dass sie sich weiter im Kibbuz bedeckt hielten. Auch wenn sie hier unter Ariels Obhut standen und einige Annehmlichkeiten genossen, die unmittelbare Bedrohung durch Gilbert Winter und seine Geheimorganisation PENTATRAXON war für alle gegenwärtig, vor allem nach den zurückliegenden Ereignissen. An eine baldige Rückkehr in ihr altes Leben war unter diesen Umständen gar nicht zu denken.

KAPITEL 15

San Francisco – 31. Juli, 21:30 Uhr

Im Dachgeschoss eines Hochhauses nahe der Piers von San Francisco öffnete sich die Tür eines Fahrstuhls, der direkt in Gilbert Winters Anwesen mündete. Ein Besucher betrat den Raum.

Gilberts Wohnung gehörte eigentlich nicht zum ursprünglichen Bau des Gebäudes, sondern war nachträglich, und zwar erst zwei Jahre zuvor als freistehender Bungalow auf dem Dach des Hochhauses errichtet worden. Von diesem Bungalow aus, der von einer großen Terrasse eingesäumt war, konnte man problemlos den landschaftlich schönsten Teil der Bucht von San Francisco überblicken, der sich von der Golden Gate Bridge bis hin zur Oakland Bay Bridge erstreckte.

Dieser Dach-Bungalow war nicht nur Gilberts Wohnung, sondern vielmehr das ›Herzstück seines Imperiums‹, wie er es selbst bezeichnete. Was er damit konkret meinte, wussten jedoch nur sehr wenige.

Der Besucher schlenderte zu einem Sofa, das mit hochwertigem Leder aus Krokodilhaut überzogen war, und setzte sich.

»Auftrag erledigt?«, fragte Gilbert.

»Klar!«, sagte der Mann. »Alles lief nach Plan. Ich habe seine Leiche im Pazifik versenkt.«

Gilbert grinste: »Wunderbar, damit haben wir ein Problem gelöst. Der Kerl wurde mit der Zeit einfach zu gierig.«

Der Mann zuckte mit den Schultern: »Er hatte Sie in der Hand und wollte daraus Kapital schlagen.«

»Das hat ihn sein Leben gekostet!«

»Und wie geht es mit mir weiter? Mein Ruf ist ruiniert. Ich gelte in Ihren Kreisen als ›verbrannt‹. Soll ich erst einmal, wie besprochen, untertauchen?«

»Ja, im Augenblick habe ich keine Verwendung für Sie. Ich muss mich erst um mein neues Projekt kümmern. Ihre Zeit kommt noch. Sie sind der beste Mann, den ich zur Verfügung habe. Aber bevor Sie abtauchen, müssen Sie mir unbedingt noch erzählen, wie es auf Hawaii lief und was Sie im Flugzeug herausgefunden haben, Herr Webber!«

Martin Webber grinste: »Klar, mache ich gerne. Aber nur, wenn Sie mir das versprochene Abendessen auftischen, Herr Winter. Ich könnte vor Hunger einen ganzen Ochsen verspeisen.«

* * *

Israel, in einem Kibbuz – 1. August, 07:30 Uhr

Lion klopfte an Jackies Zimmertür.

»Ja?«

»Bist du schon wach?«

»Ja!«

»Darf ich reinkommen?«

»Ja!«

Jackie öffnete die Tür und ließ Lion hinein. Er wollte ihr einen Kuss geben, aber Jackie wich aus.

»Was ist los?«

»Mir geht es nicht gut.«

»Kann ich dir irgendwie helfen?«

»Nein - ich vermisse meine Eltern.«

Lion schaute sie erstaunt an: »Du vermisst deine Eltern? Aber du weißt doch gar nicht, wer deine Eltern sind.«

»Das ist es eben. Wir hocken hier in Israel in einem Kibbuz, und ich habe keine Ahnung, wer meine Eltern sind, ob ich Brüder, Schwestern oder andere Verwandte habe. Ich weiß nicht, welcher Nationalität ich angehöre, habe keine Ahnung, wo ich geboren bin und was ich in meiner Vergangenheit erlebt habe. Ich weiß einfach nicht, wer ich bin. Das ist einfach ätzend!«

Jackie setzte sich auf einen Stuhl und verbarg ihr Gesicht in ihren Händen.

Lion legte seinen Arm um Jackie, aber sie entfernte ihn wieder.

»Ich will jetzt nicht, dass du mich berührst.«

Lion stand bedröppelt neben ihr und wusste nicht, was er sagen sollte.

»Soll ich wieder gehen?«, fragte er.

»Nein.«

»Was soll ich dann machen?«, fragte Lion hilflos.

»Gar nichts. Bleib einfach hier.«

Beide schwiegen. Lion war verwirrt. Er hatte Jackie noch nie so erlebt. Weder in Israel noch vorher.

Er dachte zurück an die gemeinsame Zeit, als Jackie seine Klassenkameradin in einer englischsprachigen Schule im Schwarzwald gewesen war.

Sie hatte damals nie Gefühle gezeigt und auch niemandem Einblick darüber gegeben, wie es in ihrem Inneren aussah. Jackie umgab eine Aura des Geheimnisvollen.

Und genau das war auch der Grund gewesen, weshalb sich Lion für sie interessiert hatte. Sie war eine harte Nuss, die er knacken wollte. Und letztendlich war ihm das auch gelungen, denn nun waren sie ein Paar, und beide wussten, dass ihre Beziehung nicht nur ein Spaß war, sondern dass sie zusammengehörten.

Doch jetzt wusste er nicht, was er sagen sollte, und saß unsicher neben diesem Mädchen, dem er so gerne all das zurückgeben wollte, was es verloren hatte. Aber er war unfähig dazu.

»Ich brauche dich, Lion. Ich habe niemand anderen. Vor allem bist du der Einzige hier, der mich schon vorher gekannt hat, bevor ich diese Amnesie erlitten habe – oder soll ich sagen, bevor mir diese Amnesie zugefügt wurde?«

»Stimmt«, sagte Lion kurz und schwieg – er wusste einfach nichts zu sagen.

»Kannst du mir nicht etwas von mir erzählen – irgendetwas aus meiner Vergangenheit? Ich weiß, das hast du schon ganz oft gemacht, aber ich kann es nicht oft genug hören. «

»Klar«, Lion holte tief Luft und erzählte dann das, was er schon viele Mal so oder so ähnlich gesagt hatte: »Du warst schon in der Black Forest Academy eine ganz harte Nuss. Du hast niemandem etwas über dich verraten. Als du in unsere Klasse kamst, wollten alle wissen, wer du warst und woher du kamst. Aber du hast einfach nichts von dir preisgegeben. Und als sie merkten, dass sie bei dir nicht weiterkamen, haben sie aufgegeben.«

»Aber du nicht«, freute sich Jackie.

»Nein, je mehr du meine Versuche, etwas über dich zu erfahren, abgeblockt hast, umso mehr habe ich mich um dich gekümmert. Und anstatt einfach nur nachzubohren wie die anderen, habe ich mit dir zusammen etwas unternommen.«

»Und was?«

»Wir haben Mountainbike-Touren im Schwarzwald gemacht, sind Wildwasser-Kajak gefahren. Einmal haben wir sogar Paragliding gemacht, obwohl wir das in unserem Alter eigentlich überhaupt nicht durften. Keiner von uns beiden war da 18 Jahre alt. Aber du hast alles mitgemacht, ohne dass du auch nur eine Spur von Angst gezeigt hast.«

Jackie lächelte: »Hat es dich nicht gestört, dass ich zwei Jahre jünger war als du?«

»Das bist du ja immer noch«, scherzte Lion. »Nein, überhaupt nicht, genauso wenig wie heute. Weißt du, wenn du so alt wärst wie ich, hätte ich vielleicht ...«, Lion überlegte, wie er es ausdrücken sollte, »eher Minderwertigkeitskomplexe. Ich käme mir neben dir vor wie ein kleiner dummer Junge, dem dauernd nur alberne Sprüche über die Lippen kommen und der sonst nichts draufhat.«

»Du und nichts draufhaben«, lächelte Jackie, »dass ich nicht lache!«

»Du weißt genau, was ich meine. Du bist viel schlauer als ich, aber weil du jünger bist, fällt das nicht sofort auf. Und was ich von Anfang an total an dir geschätzt habe: Du hast dich nie großgetan oder angegeben. Du warst immer bescheiden und eigentlich voll normal, obwohl du uns in der Klasse alle abgehängt hast, was deine Leistungen anging.«

»Normal? Ist es etwa normal, wenn man nichts über sich erzählt?«

Lion zuckte mit den Schultern: »Eigentlich nicht, aber ...«

Jackie unterbrach ihn: »Habe ich dir denn wirklich gar nichts über mich erzählt? Ich kann mir das einfach nicht vorstellen. Es muss doch irgendetwas geben.«

»Nein, du hast geschwiegen wie ein Grab, und irgendwann habe ich das akzeptiert. Doch, Moment, eine Sache aus deiner Familie hast du mir verraten.«

»Was?«, fragte Jackie neugierig.

»Dass deine Eltern ein Ferienhaus in Südfrankreich am Mittelmeer hätten und dass sie inkognito bleiben wollten.«

»Südfrankreich«, murmelte Jackie. »Heißt das, ich komme aus Südfrankreich?«

»Nicht unbedingt, einen französischen Akzent hast du jedenfalls nicht. Aber ich hatte mich wegen deines Nachnamens schon gefragt, ob du nicht französische Vorfahren hast. Hast du deinen Namen eigentlich mal gegoogelt, seitdem wir hier sind?«

»Klar, mit Yumiko zusammen.«

»Und?«

»Nichts! Keine Ergebnisse«, seufzte Jackie.

»Das kann doch nicht sein! Und wie erklärt sich Yumiko das?«

»Sie meinte, dass dieser Name entweder nicht mein richtiger Name ist oder dass jemand alle Spuren im Internet verwischt und alles, was diesen Namen umgibt, ausgelöscht hat.«

Lion ärgerte sich: »Warum bin ich nicht damals schon darauf gekommen, dich zu googeln? Vielleicht hätte ich etwas über dich gefunden und wir wüssten jetzt mehr.«

»Kann sein - ich weiß es nicht. Aber die Tatsache, dass es diesen Namen nicht gibt, beunruhigt mich.«

Beide schwiegen.

»Aber Gott kennt mich«, machte sich Jackie selbst Mut. »Und ich bete jeden Tag darum, dass wir meiner Vergangenheit auf die Spur kommen und dass meine Amnesie geheilt werden kann.«

»Ich auch, Jackie. Und vielleicht finden wir ja bald schon einen Weg, wie das gelingen kann. Meine Hoffnung ist immer noch, dass du dich Schritt für Schritt an deine Vergangenheit erinnern wirst.«

»Klar, das hoffe ich auch. Aber du weißt ja, was Jill mir beim letzten

Telefonat gesagt hat: ›Nur wir können dir in unserem Labor dabei helfen, dass du dein Gedächtnis wiederbekommst und gesund wirst.‹« Jackie seufzte schwer. »Das macht mich total kribbelig.«

»Mal abgesehen davon, dass Jill damit gelogen haben kann und sie und Gilbert gar kein Interesse an einer Heilung haben«, ergänzte Lion.

Jackie nickte leicht mit dem Kopf und beide schwiegen.

»Vielleicht müssen wir eben das, was dich heilen kann, aus Gilbert Winters Labor stehlen«, überlegte Lion laut.

Jackie legte die Hand auf seinen Arm: »Das finde ich so besonders an dir, Lion. Du denkst immer geradlinig und einfach - und oft hast du genau damit auch Erfolg. Mit dir kann man einfach Pferde stehlen.«

Lion gab ihr einen Kuss, den Jackie diesmal nicht ausschlug: »Genau das habe ich vor, und zwar mit dir zusammen. Wir lassen uns nicht unterkriegen, Jackie!«

* * *

USA, San Francisco – 31. Juli, 22:45 Uhr

»Also, ich höre!«, sagte Gilbert Winter neugierig und schob sich genüsslich ein Stück Lachs in den Mund.

»Wie Sie schon wissen, habe ich Yumiko Takahashi zu einem Klassentreffen nach Hawaii gelockt, zu dem ich selbst nicht erschienen bin. Sie war enttäuscht, weil sie sich mit mir immer noch sehr verbunden fühlt. Es gelang mir dadurch, sie mitten in der Nacht an einen einsamen Strand zu locken, an dem wir uns als Jugendliche immer getroffen hatten. Dort habe ich meine Waffe gezückt und auf sie geschossen; natürlich sorgsam darauf achtend, sie nicht tödlich zu treffen. Wie von mir erwartet, ist sie in eine nahe gelegene Höhle geflohen.«

Martin Webber legte das Besteck nieder und trank einen großen Schluck des exquisiten Weins, den Winter zum Essen serviert hatte, bevor er weitersprach: »Als ich sie dann dort hatte, wo ich wollte, tat ich so, als würde ich in Ohnmacht fallen und mich dabei am Nacken verletzen, als ob der Chip dabei zerstört worden wäre und ich folglich aus einem bösen Traum erwacht sei.«

»Sie haben offenbar großes schauspielerisches Talent«, grinste Gilbert.

»Aber was wäre gewesen, wenn Yumiko Sie erschossen hätte? Die Waffe lag neben Ihnen und diese Gefahr bestand doch.«

Martin schüttelte den Kopf: »Die Waffe war natürlich nicht mehr geladen, als ich sie fallen ließ. Die Waffe und meine Gürteltasche lagen aber so einladend auf dem Boden, dass sie diese einfach mitnehmen musste. Und weil sie völlig fertig mit den Nerven war, hatte sie es auch ziemlich eilig, die Höhle zu verlassen. Ich bin ihr sofort gefolgt und habe, kurz bevor sie ihr Auto erreichte, dieses mit einer gut platzierten Sprengladung in die Luft gejagt. Sie hat dann, wie geplant, das Alternativauto gefunden, was ich für sie abgestellt hatte, und ist damit zum Hotel gefahren. Auf dem Sitz hatte ich leicht radioaktives Material platziert, auf das sie sich gesetzt hat und das mir hinterher am Flughafen geholfen hat, sie aufzuspüren. Sie hat wenige Stunden später eingecheckt, und zwar, wie ich es vorausgeahnt hatte, unter einer neuen Identität. Aber die mit einem Messgerät gerade noch wahrnehmbare, aber ungefährliche radioaktive Strahlung hat mir geholfen, sie aufzuspüren.«

Gilbert pfiff durch die Zähne: »Ganz schön schlau. Woher hatten Sie das radioaktive Material?«

Martin schaute ihn vorwurfsvoll an: »Soll ich Ihnen das wirklich erklären? Betriebsgeheimnis, Herr Winter. Ich hatte schon beim Geheimdienst den Ruf, der Beste zu sein.«

»Also Demut gehört ja nicht gerade zu Ihren Stärken, aber in dem Punkt muss ich Ihnen wirklich recht geben. Für mich sind Sie der Beste. Erzählen Sie weiter.«

»Im Flugzeug habe ich Yumiko schließlich überwältigt, betäubt und ihr den Bären aufgebunden, dass man mich mithilfe eines Chips zur Maschine gemacht hätte, dass dieser aber glücklicherweise bei meinem Sturz in der Höhle zerstört worden sei und so weiter.«

»Ja, den Plan hatten wir vorher zusammen ausgearbeitet.«

»Ich habe natürlich auch ein paar Geheimnisse preisgeben müssen, für den Fall, dass sie meine Angaben überprüfen würde.«

»Ich hoffe, nichts, was Ihnen später noch einmal leidtun wird.«

Martin schaute ihn für diesen Satz verärgert an und schwieg demonstrativ. Für wie dumm hielt ihn Gilbert Winter eigentlich?

»Und weiter: Ist es Ihnen gelungen, sie zum Reden zu bringen?«

»Yumiko war misstrauisch und hat sich bemüht, keinerlei Geheimnisse preiszugeben. Aber sie war emotional so weit unten, dass ihr das nicht gelang, und ich ihr ein Geheimnis nach dem anderen entlocken konnte.«

Martin legte eine Sprechpause ein, nahm die mehr als 5000 Dollar teure Weinflasche in die Hand, einen echten Château Pétrus Pomerol 1989, und füllte sich damit sein Weinglas randvoll. Anschließend nahm er genüsslich einen großen Schluck, lästerte dann aber, um Winter zu ärgern: »Na ja, es gibt bessere Weine, aber als Tafelwein ist er ganz brauchbar.«

Gilbert Winter unterdrückte nur mühsam das Gefühl der Beleidigung: »Sprechen Sie weiter!«

»Ich habe Details herausgefunden, die endlich Licht ins Dunkel bringen.«

Gilbert klopfte vor Ungeduld mit den Fingern auf den Tisch: »Und was?«

»Yumiko Takahashi steckt mit Lion Daniels, Jaqueline Arielle Bordeaux und Leandro Bugatti unter einer Decke – und jetzt halten Sie sich fest –, auch mit Ariel Goldberg, dem Typen vom Mossad, der über Nacht zum Multimillionär geworden ist und sich dann zur Ruhe gesetzt hat.«

Gilbert schüttelte vor Erstaunen den Kopf: »Jetzt wird mir einiges klar. Ich hätte nie geglaubt, dass es da eine Verbindung gibt. Heiße Kiste! Deshalb ist es denen auch dauernd gelungen, mir in die Quere zu kommen. Mit einer der besten Hackerinnen der Welt und einem ehemaligen Mossad-Agenten an der Seite, der noch dazu Multimillionär ist, hat diese Bande Halbstarker Möglichkeiten, die wir niemals vermutet hätten.«

»Davon können Sie ausgehen, Herr Winter. Und was geschieht jetzt? Erwarten Sie bitte nicht von mir, dass ich sie alle umbringen soll, nachdem Brioso versagt hat. Das ist nicht mein Stil, und das wissen Sie auch.«

Gilbert grinste: »Alle umbringen? Keine schlechte Idee! Im Augenblick sind mir jedoch die Hände gebunden. Aber es ist gut zu wissen, wo sie sich aufhalten.«

Martin schaute ihn mit großen Augen an: »Wissen Sie das?«

»Nicht mit absoluter Sicherheit, aber ich vermute in einem Kibbuz in Israel. Es ist das Domizil von Ariel Goldberg. Warum sollten sie nicht dort sein? Wir haben sie zumindest vor einigen Tagen in Israel aufgespürt. Warten wir ein paar Monate ab, und dann erteile ich Ihnen den Auftrag, das ganze Pack auf einmal auszulöschen.« Er schaute Martin spöttisch in die Augen und ergänzte, »auch Yumiko Takahashi.«

»Herr Winter!«, entfuhr es Martin. »Sie spielen mit mir! Wir hatten eine Vereinbarung, nein, mehr noch, Sie haben mir sogar die Garantie gegeben, dass Yumiko Takahashi am Leben bleibt. Und wie gesagt: Rohe Gewalt ist nicht mein Stil.«

»Wieso? Sie haben doch auch Ihren Freund Luis auf dem Gewissen!«, witzelte Gilbert.

»Sie wissen genau, dass er kein echter Freund war. Außerdem hat er zuerst versucht, mich umzubringen. Wieso hat PENTATRAXON ihn eigentlich auf mich angesetzt? Oder waren Sie das etwa selbst?«

Gilbert schaute ihn amüsiert an und ging auf die zweite Frage nicht ein: »Weil man glaubt, Sie seien außer Kontrolle geraten, nachdem der Chip zerstört war.«

Martin schüttelte den Kopf: »Schwachsinn! Glauben die immer noch an dieses Ammenmärchen mit dem Chip?«

»Klar! Luis und Sie waren sehr überzeugende Schauspieler. Sie haben gute Arbeit geleistet. Dank Ihnen weiß keiner, dass der Chip bisher nur bei einer kleinen Auswahl von emotional instabilen Menschen funktioniert hat, die von ihrer Psyche her leicht steuerbar waren.«

Martin musste lachen: »Typen wie Luis und mich könnte man mit diesem Chip niemals unter Kontrolle bringen, das stimmt.«

Gilbert schaute ihn ernst an: »Nachdem Luis tot ist, wissen das nur noch Sie und ich. Und das muss auch so bleiben. Ich habe Sie dafür gut bezahlt und werde das auch weiterhin tun.«

»Reden Sie nicht von guter Bezahlung, Winter«, antwortete Martin. »Auch für Sie selbst hat sich das alles mehrfach ausgezahlt. Der Erfolg mit dem Chip hat Sie erst dahin gebracht, wo Sie jetzt sind. Bei der Organisation gelten Sie plötzlich als der große starke Mann.«

Gilbert nickte: »Genau, und wenn die von PENTATRAXON je herausfinden sollten, dass das alles nur Betrug war, sind wir geliefert.«

»Nicht wir, Herr Winter, sondern Sie sind geliefert. Ich vermute mal, Luis wusste das und hat Sie erpresst.«

Gilbert nickte: »Mir blieb nichts anderes übrig, als ihn sterben zu lassen.«

»Jetzt verstehe ich –Sie haben es so eingefädelt, dass ausgerechnet er mich umbringen sollte. Oder haben Sie ihn womöglich sogar persönlich beauftragt?«

Martin Webber aß ein Stück seines Lachses und fuhr dann fort: »Und Sie sind Ihr Problem endlich losgeworden, ohne sich selbst die Hände schmutzig zu machen. Bravo.«

»Richtig. Ich habe mit dem Toten, der in einem Leichensack im Pazifik versenkt wurde, nichts zu tun. Sie haben hoffentlich alles gefilmt, ohne dass ein Gesicht zu erkennen ist?«

»Ja - wie abgesprochen. Aber haben Sie mit dieser Aktion nicht riskiert, dass ich dabei draufgehe?«

»Keineswegs, Herr Webber. Ich habe Sie vorher doch über alles bis ins kleinste Detail informiert, sodass Sie sich gut darauf vorbereiten konnten. Und ich wusste, dass Sie im Überleben ein Genie sind. Sie sind der Beste! Luis hatte keine Chance gegen Sie.«

»Und woher wollen Sie wissen, dass ich Sie nicht auch noch erpresse?«, fragte Martin neugierig.

»Ach ja - bevor ich es vergesse - nicht nur Sie haben mich in der Hand, Herr Webber, sondern auch ich habe Sie in der Hand.«

Martin wurde blass: »Wie meinen Sie das?«

»Nun ja«, Gilbert kostete seinen Triumph voll aus. »Ihre Frau hatte vor anderthalb Jahren ja leider diesen Nervenzusammenbruch, der sie auch heute noch beeinträchtigt. Muss ich Sie daran erinnern, dass Sie mir vor einem Jahr etwas sehr Wertvolles anvertraut haben, um das ich mich auch liebevoll gekümmert habe? Und keine Sorge - ich kümmere mich um das Pfand auch weiterhin gut.«

»Ich finde das nicht witzig, Herr Winter!«, fuhr ihm Martin ärgerlich ins Wort. »Alleine für diesen Satz sollte ich Sie umbringen!«

»Keine Sorge - Sie bekommen Ihr Pfand schon wieder zurück. Aber sehen Sie es, zumindest mal im Augenblick, als eine Art Anreiz an, sich niemals gegen mich zu stellen. Sie und ich sind hervorragende Geschäftspartner, und daran soll sich auch nichts ändern.«

Martin schwieg erstarrt.

Gilbert lenkte schnell ab: »Haben Sie eigentlich den Millionenbetrag gefunden, den ich in der Tonne für Sie platziert hatte?«

Webber schaute seinen Gegenüber ein paar Sekunden irritiert an und antwortete kurz: »Klar.«

»Dann möchte ich Sie bitten, dass Sie sich hier erst einmal nicht mehr sehen lassen. Vielleicht können wir das Spiel mit dem Chip ja irgendwann einmal fortsetzen. Aber bis dahin tauchen Sie unter. Auf den Fidschi-Inseln habe ich ein Strandhaus, das niemand kennt. Da können Sie es sich mal richtig gut gehen lassen und sich erholen.«

Martin sagte weiterhin nichts, deshalb fuhr Gilbert unbekümmert fort: »Nehmen Sie doch Ihre Frau mit! Sie wissen ja, dass ich vor ein paar Monaten alle Spuren von ihr im Web komplett gelöscht habe.«

»Habe ich gemerkt. Sogar Yumiko glaubt, dass meine Ehefrau eine Fake News gewesen sei.«

Gilbert nahm Messer und Gabel wieder in die Hand: »Aber jetzt sollten wir in Ruhe die Spezialitäten genießen, die ich für uns besorgt habe. Lassen Sie es sich schmecken. Und ich habe tatsächlich einen noch besseren Wein in meinem Weinkeller, den ich jedoch mit Ihnen niemals teilen werde.«

Martin nickte und nahm ebenfalls sein Besteck wieder in die Hand. Es war eine skurrile Situation. Vor ihm saß ein Mann, der ein ganz eigenes Spiel spielte und der mit einem Fingerschnipsen über Leben oder Tod entscheiden konnte. Luis, sein langjähriger Kollege, war bei diesem Spiel ums Leben gekommen, noch dazu durch seine eigene Hand!

Martin beschloss, seine Emotionen wieder unter Kontrolle zu bringen. Menschen wie Gilbert Winter vertrauten niemandem – auch nicht den zuverlässigsten Partnern. Deshalb war es für ihn wichtig, ein Pfand in der Hinterhand zu haben. Das hatte nichts mit Misstrauen ihm gegenüber zu tun, sondern gehörte wohl einfach zu Gilberts Charakter. Und wenn er seinen Sohn jemals wiedersehen wollte, dann durfte er Winter unter keinen Umständen verärgern oder sabotieren. Solange der sein Spiel weiterspielen konnte, war sein Sohn vermutlich recht sicher.

Nachdem er ein paar Köstlichkeiten ausprobiert hatte, schüttelte er verzückt den Kopf: »Also eines muss man Ihnen lassen, Herr Winter. Man sagt Ihnen ja nach, Sie seien von Ihrem Charakter und Ihren Gefühlen her sadistisch und eiskalt wie ein Hai ...«

Gilbert blickte auf und schaute ihn leicht verstimmt an: »So? Sagt man das?«

Martin fuhr grinsend fort: »... aber was Ihr Gefühl für das Kulinarische angeht - da haben Sie, im Gegensatz zum Hai, einen ausgezeichneten Geschmack, Herr Winter.«

Gilbert musste über diesen Scherz unwillkürlich lachen und konterte: »Na, dann geben Sie mal acht, dass ich Sie nicht versehentlich auffresse. Ich mag Sie nämlich.«

Beide erhoben ihr Weinglas.

»Zum Wohl!«

KAPITEL 16

Israel, in einem Kibbuz – 30. November, 18:00 Uhr

»Und hier ist wieder eure Laura. Ich habe brandaktuelle Neuigkeiten für euch, die ich aber noch richtig aufbereiten will. Deshalb heute nur kurz: Eine aktuelle Expertise eines unabhängigen Instituts hat ergeben, dass das vom TRAXON-Netz erzeugte elektromagnetische Feld eventuell Schäden im Erbgut hervorrufen könnte. Außerdem verlinke ich euch gleich noch in den Shownotes eine kleine Dokumentation, die darüber berichtet, dass in Schottland nach dem Aufbau einer TRAXON-Versuchsanlage die Kinder in den umliegenden Häusern Nasenbluten bekommen haben. Also - zieht euch unbedingt erst einmal die Dokumentation rein, und dann geht es weiter mit mir.«

Bernie schlug sich vor Begeisterung auf die Schenkel: »Boah! Zehn Millionen Follower sind dabei! Hammer! Sind das alles echte Follower, Yumiko, oder ist die Zahl geschummelt?«

Yumiko grinste: »Keineswegs! Alina hat es endgültig geschafft. Alleine in den USA stoßen täglich zehntausend Follower hinzu und hören, was sie zu sagen hat. Und ich finde, sie macht das echt gut!«

Amelie nickte: »Ich wusste immer, dass sie ein großes Talent hat.«

Alexandro wandte sich an Ariel: »Und wie sieht es mit der Wirkung aus, Ari? Hat man schon genaue Teilnehmerzahlen der Demonstration gegen das TRAXON-Netz in Houston, Texas?

»Die Zahlen werden ja von den Medien heruntergespielt, aber wir können davon ausgehen, dass zehntausend Teilnehmer protestiert haben. In anderen Städten der USA sieht es ähnlich aus.«

Leandro raufte sich verwundert die Haare: »So etwas hätte ich nie für möglich gehalten. Toll, dass es mit Laura alias Alina so gut läuft. Nur bringt uns das kein Stück voran, denn was unsere anderen Aktionen angeht, stecken wir total in der Sackgasse. Wir haben immer noch keine Ahnung, wo wir nach dieser MCTS-Box suchen müssen, geschweige denn, wie wir überhaupt vorgehen sollten. Und so sitzen wir hier nutzlos rum!«

David schüttelte den Kopf: »Das stimmt nicht ganz, mein lieber Leandro. Du als Möchtegern-Atheist kannst das nicht sehen, aber vielleicht ist dir aufgefallen, dass wir als Gruppe von Christen seit Monaten dafür beten, dass Gott uns eine Tür öffnet?«

»Nein, das ist mir noch nicht aufgefallen«, antwortete Leandro gereizt. »Vielleicht ist dir entgangen, dass ich nur einen Teil meiner Zeit nutzlos rumsitze. Den anderen Teil der Zeit, während ihr Däumchen dreht, verbringe ich mit Arbeiten. Die Projekte in der Forschungsanlage erfordern meine Aufmerksamkeit. Aber sprich ruhig weiter.«

»Wir vergeuden unsere Zeit nicht mit Däumchen drehen - wir beten! Und du kannst davon ausgehen, dass Gott unsere Gebete erhören wird.«

Leandro musste auflachen: »Du meinst, dass Gott euch wirklich erhören wird?«

»Darauf kannst du Gift nehmen!«, konterte Alina.

»Ich glaube eher, dass ihr euch nur etwas vormacht«, winkte Leandro ab. »Glaube ist schön und nett und gut für die Seele, aber für mich zählen nur Fakten und Ergebnisse.«

Jetzt meldete sich Yumiko zu Wort: »Und sind das keine Fakten, dass Alina mittlerweile über zehn Millionen Follower hat? Mal abgesehen, dass ich ein bisschen nachgeholfen habe, ist das beeindruckend. Ich selbst hätte nie geglaubt, dass wir so einen Erfolg haben würden.«

»Willst du behaupten, diesen Erfolg hätte Gott geschenkt?«, fragte

Leandro irritiert. »Ich habe dich immer als eine sehr rational denkende Persönlichkeit eingeschätzt, Yumiko.«

»Na ja, ich bin zwar selbst keine Christin, aber ich bin jeden Tag bei dieser Gebetsgemeinschaft dabei und höre zu. Und ich spüre, dass das alles mehr sein muss als nur reines Wunschdenken. Es würde auch dir ganz gut stehen, wenn du nicht immer alles abtun würdest, was nicht in dein Denken hineinpasst, Leandro.«

»Wohoho - so habe ich dich ja noch nie erlebt, Yumiko«, grinste der. »Könnte es vielleicht sein, dass du jetzt auch religiös wirst? Das muss wohl daran liegen, dass wir hier in Israel sind? In dieser Umgebung verwandeln sich die größten Rationalisten und intelligentesten Leute in religiöse Spinner.«

Janina schaute ihn strafend an: »Leandro, vergreif dich mal nicht im Ton! Keiner von uns ist ein Spinner. Wir alle stehen mit beiden Beinen auf dem Boden der Tatsachen und sind wie du traurig, dass wir - abgesehen von dieser YouTube-Kampagne - kein bisschen weitergekommen sind. Aber gerade du als einer der genialsten Wissenschaftler - dafür halte ich dich zumindest - solltest vorsichtig sein, Dinge zu beurteilen, von denen du keine Ahnung hast!«

»Und warum sollte ich von Religion keine Ahnung haben?«, fragte Leandro nach.

»Weil du dich dem Glauben bisher nicht wirklich gestellt und auch noch nicht erlebt hast, wie es ist, eine persönliche Beziehung zu Gott und Gemeinschaft mit Jesus Christus zu haben. Das kann man nur beurteilen, wenn man sich darauf eingelassen hat.«

Leandro, der mit ansehen musste, dass sich Janina immer mehr von ihm entfernte und David zuwandte, schüttelte mit zusammengepressten Lippen den Kopf: »Ich hatte dich immer für eine Frau gehalten, Janina, die normal ist. Aber die Sonne hier in Israel scheint dir nicht ...«

Seine weiteren Worte waren nicht mehr zu verstehen, da Leandro sich abgewandte hatte und verärgert den Raum verließ. Alexandro und Ariel folgten ihm wortlos.

Lion schaute den dreien nach und wandte sich an die Übriggebliebenen: »Ich kann Leandro gut verstehen. Mir ging es ja bis vor Kurzem genauso wie ihm. Und wenn ich daran denke, wie erbärmlich das alles für ihn aussehen muss. Leute! Wenn wir ehrlich sind, sind wir mit unserem Latein dermaßen am Ende, dass uns nichts anderes mehr übrig bleibt, als zu beten. Für einen wie Leandro muss das alles wenig überzeugend erscheinen. Wir dürfen nicht von ihm erwarten, dass er unsere Gebetsgemeinschaft toll findet.«

Jackie gab Lion recht: »Ja, und deshalb sollten wir weiterbeten und nicht so viel schwätzen. Ich persönlich habe ja nicht so einen starken Glauben wie zum Beispiel David oder Amelie. Aber eins ist mir beim Bibellesen klar geworden: Gott will, dass wir unsere Ohnmacht eingestehen und ihn machen lassen. Wenn es unsere Aufgabe sein sollte, etwas zu tun, dann muss er uns auch eine Tür öffnen, sonst hat das alles keinen Zweck. Und vielleicht müssen wir einfach weiter Geduld haben. Vielleicht müssen wir lernen, still zu halten und Gott zu vertrauen.«

»Dann lasst uns sofort beten«, schlug Amelie vor. »Und vielleicht sollten wir uns im Augenblick einfach darüber freuen, dass die Internetkampagne mit Alina so gut läuft.«

* * *

USA, San Francisco – 18. Dezember, 15:30 Uhr

Gilbert Winter, der mit Jill zusammen während einer Konferenz von PENTATRAXON eine Pause nutzte, um sich in einem abgetrennten Salon die Lokalnachrichten aus Houston, Texas, anzuschauen, schlug wütend mit der Faust auf den Tisch: »Ich könnte sie erwürgen, diese Laura! Jetzt hat es diese freche Influencerin tatsächlich geschafft, den Ausbau des TRAXON-Netzes in Houston zu stoppen.«

Jill schaute ihm mit ihren kalten blauen Augen emotionslos ins Gesicht: »Was hast du denn erwartet, Gilbert? Politiker sind Machtmenschen, und wenn sie merken, dass sich der Wind dreht, knicken sie ein. Sie wollen ja wiedergewählt werden.«

»Aber dass sie sich von so einer dummen Göre an der Nase herumführen lassen, kann ich einfach nicht glauben. Wenn das nur in Texas so laufen würde, könnte ich das sogar noch verkraften. Aber in fünf weiteren Staaten läuft es ähnlich. Andere werden folgen.«

»Klar, denn immerhin steht die Gesundheit der Bevölkerung auf dem Spiel. Und ein verantwortungsvoller Politiker ...«

Gilbert fuhr ihr ins Wort: »Papperlapapp! Seit wann interessieren sich Politiker für die Gesundheit der Menschen? Die haben doch kein einziges Körnchen Verantwortung in ihrer Birne. Ich hoffe, dass wir diese peinliche Demokratie möglichst schnell abschaffen können, sonst hetze ich noch den IS auf diese Nieten.«

Er ballte entschlossen die Faust: »Wir müssen herauskriegen, wer diese Laura ist und ihr das Maul stopfen.«

In diesem Augenblick kam Brioso, der Hüne genannt, in den Salon, schaute auf das Bild des Fernsehmonitors, auf dem gerade Laura eingeblendet war. Er grinste breit: »Ich kenne die Kleine. Sie heißt auf jeden Fall nicht Laura und sieht auch nicht so aus.«

Jill und Gilbert schauten ihn erstaunt an.

Brioso sprach weiter: »Ihr richtiger Name ist Alina Daniels. Sie ist die kleine Schwester von diesem Lion Daniels. Vermutlich trägt sie in dem Video da eine Maske«, er zeigte abschätzig auf den Bildschirm.

Gilberts Augen weiteten sich: »Willst du damit sagen, dass die Kampagne von der Gruppe um Lion Daniels inszeniert wurde?«

»Von wem sonst? Oder wie ist es sonst möglich, dass ein vierzehnjähriges Mädchen - ein Nichts im Internet - innerhalb weniger Monate zum gefeierten YouTube-Star avanciert?«

Gilbert überlegte: »Du hast recht. Und wahrscheinlich hat ihr diese Hackerin Yumiko Takahashi kräftig unter die Arme gegriffen und sie ganz nach vorne gebracht. Du hättest sie damals in Israel alle ausschalten sollen.«

Der Hüne nickte: »Ich war so nah dran! Verstehe noch immer nicht, warum ich den Sack nicht einfach zubinden konnte. Es wäre so einfach gewesen! Aber einer wollte es ja nicht, ...«

Alle im Raum dachten an dieselbe Person, doch keiner sprach den Namen aus, weil der Name des obersten Priesters außerhalb des zentralen Tempels von PENTATRAXON nicht genannt werden durfte.

Gilbert zuckte mit den Schultern und griff entschlossen zum Telefon, leise vor sich hinmurmelnd: »Na, wenn keiner von uns hier im Raum etwas gegen diesen Haufen unternehmen darf, bespreche ich unser kleines Problemchen mal mit einem guten alten Bekannten, der nicht zu uns gehört. Vielleicht hat der eine Idee.«

Er hielt inne und blickte Jill und den Hünen an: »Ich gehe mal davon aus, dass ihr gerade nicht zugehört habt.«

Jill grinste: »Was hast du gesagt? Ich glaube, ich habe gerade einen kleinen Hörsturz.«

»Komisch - mir geht es genauso«, erwiderte Brioso trocken.

Beide verließen den Raum. Sie wussten, wen außerhalb des PENTA-TRAXON-Netzwerks Gilbert Winter einschalten wollte: Martin Webber.

Ja, es war höchste Zeit zu handeln.

* * *

Israel – 20. Dezember, 19:00 Uhr

Martin atmete erleichtert auf. Er hatte das Kibbuz betreten, ohne dass er gesehen worden war. Selbst für ihn als ehemaligem CIA-Agenten war es nicht leicht gewesen, denn die Israelis hatten einen Sicherheitsstandard, der sich sehen lassen konnte. Nur unter Aufbietung aller Tricks und durch seine langjährige taktische Erfahrung im Bereich von Täuschungs- und Ablenkungsmanövern war es ihm gelungen, unbehelligt ins Kibbuz zu gelangen und den Raum mit dem familiär klingenden Namen ›Aris Nest‹ zu betreten, den er als Ziel ausgemacht hatte.

Ursprünglich hatte Gilbert Winter ihm den Auftrag gegeben, die komplette Gruppe auszuschalten. Doch glücklicherweise war es ihm nach einer heftigen Kontroverse gelungen, ihn umzustimmen. Gilbert hatte ihm ein ›gemäßigteres Vorgehen‹ zugestanden.

Martin dachte an das Gespräch zurück: »Herr Webber, Sie wissen, wie ich denke und dass ich Sie in der Hand habe - und Ihre Handhabe gegen mich hat sich inzwischen in Luft aufgelöst. Während Sie sich auf den Fidschis die Sonne auf den Bauch haben scheinen lassen, haben meine Leute es hinbekommen, dass der Chip jetzt uneingeschränkt funktioniert.«

»Wie meinen Sie das?«

»So, wie ich es sage. Durch mein neues Projekt bin ich an Forschungsergebnisse herangekommen, die auch mein Projekt in San Francisco zum Ziel gebracht haben. Der Chip funktioniert jetzt tadellos, und zwar bei allen Probanden. Damit bin ich also nicht mehr länger erpressbar. Uns ist der Durchbruch gelungen.«

»Okay. Sprechen Sie weiter.«

»Am liebsten wäre es mir ja, wenn das ganze Pack, mit Ausnahme von Jaqueline, einem großen Knall beiwohnt, der an die Arbeit der Palästinenser erinnert. Aber ein chirurgischer Eingriff, bei dem bei Leandro Bugatti, Lion Daniels und Ariel Goldberg heftige Komplikationen auftreten und bei dem Sie mir Jaqueline und vielleicht noch diese Laura alias Alina Daniels lebend ausliefern – das hat ehrlich gesagt Stil und klingt auch für mich sehr reizvoll. Wie Sie das anstellen wollen, ist mir zwar immer noch ein Rätsel; aber wenn Ihnen das gelingt, bekommen Sie eine saftige Belohnung in Höhe von fünf Millionen Dollar von mir – eine Million pro Person.«

Martin runzelte die Stirn: »Ehrlich gesagt hätte ich lieber mein Pfand zurück.«

»Herr Webber – Sie wissen genauso gut wie ich, dass ich nicht vorhabe, das Pfand zu behalten. Wie gesagt, der Chip funktioniert jetzt einwandfrei. Ich brauche kein Pfand mehr und werde es Ihnen zurückgeben, aber natürlich nur im Austausch gegen Jaqueline. Außerdem müssen Sie die drei Drachenköpfe abhauen. Ansonsten, ein großer ›Wumm‹ reicht auch, um mich glücklich zu machen, das wissen Sie. Auch dann bekommen Sie selbstverständlich ihr Pfand zurück. Ich will doch auch weiterhin mit Ihnen Geschäfte machen und es mir mit Ihnen ungern verderben.«

»Und was ist, wenn es mir nicht gelingt oder ich es mir anders überlege?«

»Dann fasse ich das so auf, dass Sie sich gegen mich stellen. Sie sind dann nicht mehr länger mein Geschäftspartner. Was das bedeutet, wissen Sie ja. Und falls Sie glauben, dass Sie damit dieser Gruppe das Leben retten könnten – andere werden Ihren Auftrag übernehmen. Also schalten Sie Ihr Hirn ein, Herr Webber! Sie haben es in der Hand. Wenn Sie den Auftrag übernehmen, sterben nur drei Leute, wenn Sie es nicht tun, sterben alle, so wahr ich hier stehe. Und denken Sie auch an das Pfand, das ich habe.«

Martin brachte die Sprengladungen an – als Notfallvariante, für den Fall, dass sein sorgfältig ausgearbeiteter Plan schiefgehen würde.

Doch im Gegensatz zu früheren Aufträgen hatte er Skrupel. Irgendetwas hatte sich in ihm verändert. Durch seine kalte, präzise Vorgehensweise hatte er unter seinen Kollegen den Spitznamen ›Die Maschine‹ erworben. Eine Maschine kannte keine Skrupel - doch hier war alles anders. Was er vorhatte, war nichts anderes als ›eiskalter Mord‹. Dieser Auftrag ging gegen Menschen, die für Yumiko wichtig waren, Zivilpersonen, die in etwas reingeraten waren, was sie nicht selbst zu verantworten hatten.

»Yumiko«, flüsterte er leise.

Er liebte seine Frau, aber Yumiko war seine Jugendliebe, die ihm noch immer etwas bedeutete. Nein, er würde ihr nie etwas antun.

Und doch musste er seine Skrupel zerstreuen und diesen Auftrag erledigen. Martin redete sich ein, dass er auf diese Art und Weise Leben rettete. Gilbert Winter hatte ihn in der Hand. Ihm blieb gar keine andere Möglichkeit, als diesen Auftrag zu Gilbert Winters Zufriedenheit auszuführen, wenn er seinen Sohn jemals wiedersehen und mit ihm und seiner Frau irgendwann wieder ein glückliches Leben führen wollte.

»Augen zu und durch«, murmelte er.

Wieder einmal hatte er einen perfekten Plan ausgearbeitet, der funktionieren würde.

Martin Webber wollte schon wieder gehen; er hatte alles präpariert und brauchte eigentlich nur noch die ›Fäden ziehen‹, da hörte er plötzlich Stimmen.

Schnell versteckte er sich in einem Schrank und zog die Tür hinter sich zu. Hier war er sicher - hoffte er.

Mehrere Personen betraten den Konferenzraum ›Aris Nest‹. Aber Ariel Goldberg, Leandro Bugatti und Professor Nowotny fehlten, das sah Martin durch das Schlüsselloch der Schranktür. Die soeben Eingetroffenen setzten sich in einen Kreis, holten Liederheftchen hervor und begannen mehrstimmig Weihnachtslieder zu singen.

Martin mochte keine Weihnachtslieder. Für ihn waren sie nicht mehr als reine Gefühlsduselei, mit der er nichts anzufangen wusste. Aber diese Lieder klangen anders als das, was ständig im Radio abgespult wurde.

Martin schaute auf Yumiko.

Sie sang nicht mit, sondern hörte einfach nur zu - aber sie lächelte. Irgendwie schien sie fasziniert zu sein.

Auch bei Martin tat sich etwas. Tief in seinem Herzen breitete sich eine Sehnsucht aus, wie er sie zuletzt als Kind gespürt hatte. Erinnerungen wurden wach und ein Bild in seinem Kopf entstand, wie er mit seinen Eltern zusammen Lieder zu Weihnachten gesungen hatte. Damals war für ihn die Welt noch in Ordnung gewesen.

Beim letzten Lied fassten sich alle im Raum an den Händen und sangen sich den Liedtext lächelnd zu: »Immanuel, Gott ist mit uns! Wunderrat, mächtiger Gott, Ewig-Vater, Friedefürst! Immanuel, Gott ist mit uns! Er ist unser Friede. Immanuel, Gott ist mit uns!«

Hier saßen Menschen beisammen, die etwas Besonderes an sich hatten. Sie strahlten Liebe füreinander aus.

Nach dem Lied schlug David Grand seine Bibel auf und begann zu lesen: »Denn Gott hat die Welt so sehr geliebt, dass er seinen einzigen Sohn hingab, damit jeder, der an ihn glaubt, nicht verloren geht, sondern das ewige Leben hat.«

David schaute auf: »Ich weiß, was ihr jetzt denkt. Vielleicht, dass dieser Vers aus Johannes 3,16 doch gar nicht zu Weihnachten passt. Doch! Und ich werde euch auch erklären, warum. Gott hat uns Menschen eigentlich geschaffen, weil er Gemeinschaft mit uns haben wollte – eine perfekte Gemeinschaft voller Liebe, Vollkommenheit und Licht. Leute, wir können uns gar nicht vorstellen, wie sehr sich Gott nach dieser Gemeinschaft mit uns, seinen Geschöpfen, sehnt. Er liebt uns in einer perfekten Liebe.«

David sah jeden der Reihe nach an. In seinem Blick lagen Freundlichkeit, Wertschätzung, ja Liebe.

Dann sprach er weiter: »Aber wir haben es verbockt – wir Menschen haben die Gemeinschaft mit Gott, unserem Schöpfer, verspielt und sind hoffnungslos verloren. Wir haben Schuld auf uns geladen, die uns von Gott trennt; und das lässt uns langsam sterben. Die Sterberate bei uns Menschen ist hundert Prozent. Bei den meisten von uns ist es ein langsamer Prozess; aber niemand kann diesen Faulungsprozess des Sterbens und der Sünde aufhalten. Dieser Zustand, in dem wir alle stecken, ist eigentlich unumkehrbar. Und weil Gott gerecht ist, kann er das, was wir verbockt haben, uns nicht einfach so durchgehen lassen. Schuld bewirkt Trennung von Gott und muss bestraft werden, und zwar mit dem Tod. Das ist ein ewig gültiges Gesetz, das Gott von Anfang an in die Schöpfung hineingelegt hat.«

Janina schluckte. Sie dachte an ihre Trennung von Gott. So viele Jahre hatte sie nichts mit Gott zu tun haben wollen, hatte ihn links liegen gelassen. Ihr Interesse, ihre Leidenschaft, ihre Liebe waren einfach irgendwie erloschen. Doch nun sehnte sie sich wieder nach der Gemeinschaft mit Gott, wollte nichts mehr, als seine Liebe wieder spüren.

»Aber Gott hat uns auch lieb, und zwar so sehr, dass er etwas ganz Großartiges getan hat. Er hat Jesus Christus auf die Welt geschickt, um uns eine zweite Chance zu geben. Er möchte uns unsere Schuld vergeben. Er möchte, dass wir wieder Frieden mit ihm, unserem Schöpfer, haben. Er möchte, dass wir Gemeinschaft mit ihm haben. Und er wünscht sich das für alle Menschen. Aber das hat ihn auch einiges gekostet, nämlich das Leben seines eigenen Sohnes, Jesus Christus. Jesus hat sich für uns Menschen geopfert und wurde an unserer Stelle bestraft.«

David blätterte in seiner Bibel einige Seiten zurück, suchte, mit dem Finger über die Seiten fahrend, bis er die richtige Stelle gefunden hatte: »Schon im Alten Testament im Buch Jesaja, Kapitel 53 in den Versen 5 und 6 steht: ›Doch wegen unserer Vergehen wurde er durchbohrt, wegen unserer Übertretungen zerschlagen. Er wurde gestraft, damit wir Frieden haben. Durch seine Wunden wurden wir geheilt. Wir alle gingen in die Irre wie Schafe. Jeder ging seinen eigenen Weg. Doch ihn ließ der Herr die Schuld von uns allen treffen.‹ Jesus Christus, der Sohn Gottes, ist also nicht gekommen, um uns gute Gefühle an Weihnachten zu bescheren. Nein, er ist gekommen, um sich für uns zu opfern und uns dadurch wieder in die Gemeinschaft mit unserem Schöpfer zurückzubringen. Und das gilt für jeden, der das will und annimmt.«

Die vierzehnjährige Alina schaute auf: »Wirklich? Auch für Verbrecher? Auch für die, die andere Menschen umgebracht haben?«

David nickte: »Ja, auch für Verbrecher ist Jesus gestorben. Ein Verbrecher hing sogar neben Jesus am Kreuz und hat kurz vor seinem Tod bereut, was er getan hat. Und Jesus hat ihm die Vergebung zugesprochen und gesagt: ›Noch heute wirst du mit mir im Paradies sein.‹ Jesus vergibt sogar Verbrechern, wenn sie umkehren und sein Geschenk der Gnade annehmen. Das ist die wahre Weihnachtsbotschaft.«

Er wandte sich an Lions Mutter: »Wie spät ist es?«

Amelie schaute auf die Uhr: »Es wird langsam Zeit, dass wir Gott unsere Anliegen bringen.«

Dann wurde es plötzlich still und die Anwesenden, außer Yumiko, fingen an zu beten.

Martin schüttelte verwirrt den Kopf. Was hier gerade passierte, war total abgefahren: Er saß in einem Schrank fest, musste sich Weihnachtslieder anhören und eine Predigt über Sünde, Vergebung und den Glauben an Gott; außerdem wurde ihm, so ganz nebenbei, noch gesagt, dass Gott sogar Mördern eine Chance gab.

Auch wenn er sich etwas anderes einredete – war nicht auch er selbst, Martin Webber, ein Mörder?

Nein! Über so etwas durfte er nicht nachdenken. Er erfüllte doch nur Aufträge für andere. Und jetzt war er schwach geworden, hatte sich einlullen lassen. Seine Gefühle spielten verrückt. Er musste sich wieder unter Kontrolle bringen, wieder ›normal‹ werden.

»Maschine!«, flüsterte er tonlos vor sich hin.

Doch das Gegenteil passierte. Panik erfasste ihn. Und ganz plötzlich sah er die Bilder derer vor Augen, denen er Leid und Schmerz zugefügt hatte oder die seinetwegen gestorben waren. Der Schrei derer, die er umgebracht hatte, hallte in seinem Ohr und schwoll immer mehr an. Sein Kopf dröhnte, Mund und Nase wurden trocken.

Ein dicker Kloß steckte in seinem Hals und schnürte ihm die Luft zu. Was tat er hier eigentlich?

Martin atmete tief durch und versuchte sich zu beruhigen. Der Druck in seinem Kopf ließ wieder etwas nach.

Sie beteten immer noch; und was sie beteten, berührte ihn – so etwas war völlig neu für ihn. Hier sprachen Menschen mit Gott, so als ob sie ihn ganz persönlich kennen würden, als ob Gott persönlich anwesend wäre. Es wurde auch ganz konkret für einzelne Menschen gebetet.

Plötzlich hörte er seinen eigenen Namen. Eine junge Frau, eine Jugendliche – er sah sie nur von hinten, aber Martin war sich sicher, dass es Jackie sein musste – sprach seinen Namen aus: ›Martin Webber‹!

Jackie betete für ihn. Und was sie betete, stach wie ein Pfeil in sein Herz: »Herr, du weißt, wie sich Martin Webber gerade in diesem Augenblick fühlt. Vielleicht ist er in Not. Sei bei ihm! Begegne ihm! Hilf, dass er dich kennenlernt, dass er auch zum Glauben an dich findet.«

Was ging hier eigentlich vor? Warum betete Jaqueline für ihn? Sie kannte ihn doch gar nicht!

Dann hörte er eine Frau – Martin schätzte sie auf Ende dreißig – wahrscheinlich handelte es sich um Amelie Daniels: »Gott, Vater, du weißt, was die Leute von PENTATRAXON vorhaben. Sie haben ein System entwickelt, das Gehirnströme in Sprache übersetzen kann – ein System, mit dem sie die Gedanken der Menschen lesen können. Und sie wollen das TRAXON-Netz nutzen, um das überall auf der Welt hinzukriegen. Bitte verhindere dieses Vorhaben, zeig uns, was wir dagegen tun können! Öffne uns eine Tür!«

Martin hörte aufmerksam zu und reimte sich den Rest, den Amelie nicht aussprach, selbst zusammen.

Plötzlich war es, als ob sich ein Nebel um ihn herum auflöste und ein Gedanke, so klar wie ein Kristall, erschien vor seinem inneren Auge: Gilbert Winter arbeitete an einem teuflischen Plan, der globale Auswirkungen haben und jeden Menschen betreffen würde.

Dieser Plan musste verhindert werden – um alles in der Welt!

Aber was würde ihn das kosten, ihn persönlich?

Hatte er nicht kurz zuvor gehört, dass Gott seinen Sohn Jesus Christus für die Menschen geopfert hatte. Dasselbe hatte ihm auch der Pastor seiner Kirchengemeinde immer wieder eingetrichtert, in der er als Kind ein paar Mal gewesen war, ohne dass er je verstanden hatte. Jetzt wusste er plötzlich, was es bedeutete. Martin wurde schwindelig bei dem Gedanken; es würde auch ihn etwas kosten, wenn er jetzt den Auftrag abbrach: Und zwar seinen eigenen Sohn, Marc André Webber, den Gilbert Winter in seiner Gewalt hatte.

Martin traf einen Entschluss.

KAPITEL 17

Eine halbe Stunde später wechselte Ariel Goldberg die Waffe, die er auf Martin Webber richtete, von einer Hand in die andere: »Fassen wir das, was Sie behaupten, zusammen. Sie haben Yumiko ausgetrickst und damit herausbekommen, wo wir uns aufhalten. Sie stecken mit Gilbert Winter unter einer Decke und sind hier, um Lion, Leandro und mich umzubringen? Außerdem haben Sie den Auftrag, Jackie und gegebenenfalls noch Alina an Winter auszuliefern? Doch jetzt haben Sie Gewissensbisse. Sie haben es sich anders überlegt, behaupten Sie, und wollten uns sogar helfen? Nennen Sie mir einen Grund, warum wir Ihnen das glauben sollten!«

Martin, der mit erhobenen Händen auf einem Stuhl am Konferenztisch saß, nickte nachdenklich und rang um Worte: »Warum Sie mir glauben sollten? Das frage ich mich selbst auch, und mir fällt kein logisch nachvollziehbarer Grund ein. Vielleicht, weil ich hier sitze und mich ganz freiwillig gestellt habe?«

Er leckte sich nervös die Lippen: »Hören Sie, für das, was ich vorhatte, gibt es keine Entschuldigung. Ich hätte es verdient, dass Sie mich töten, und ich würde es Ihnen nicht einmal übel nehmen. Ich weiß nicht, ob Sie das nachvollziehen können – aber ich verachte mich selbst für das, was ich getan habe oder was ich tun wollte. Ich bin in den letzten Jahren zu einer Maschine geworden – ohne Emotionen und ohne Gnade für andere. Ich habe kaltblütig meine Aufträge ausgeführt und dabei mein Gewissen verlo...«

»Ach hören Sie doch auf mit dem Gesülze!«, fuhr Alexandro Nowotny dazwischen. »Wir haben Sie auf frischer Tat ertappt, und jetzt wollen Sie sich nur herausreden.«

Jackie schüttelte den Kopf: »Nein! Wir haben ihn nicht auf frischer Tat ertappt. Er hat sich uns ganz freiwillig gestellt, obwohl er längst über alle Berge hätte sein könnte.«

Dann wandte sie sich an Martin: »Bitte sprechen Sie weiter.«

Martin nickte: »Ja, wenn ich gewollt hätte, wäre ich schon längst wieder weg und hätte Gilbert Winters Auftrag erfüllt.«

»Warum arbeiten Sie überhaupt für den Typen?«, fragte Alina nach.

»Er hat mich in der Hand. Er hält meinen Sohn gefangen und bringt ihn um, wenn ich nicht tue, was er sagt.«

Martin schaute betrübt nach unten, als er weitersprach: »Aber ich habe gemerkt, ich kann das nicht! Lieber opfere ich meinen Sohn, als unschuldige Menschen umzubringen. Als ich die Gruppe hier singen und beten gehört habe, sind mir die Augen aufgegangen. Gilbert Winter ist ein Monster! Ich werde nicht mehr für ihn arbeiten, sondern alles daransetzen, ihn aufzuhalten. Das habe ich mir geschworen, koste es, was es wolle!«

Alle blickten ihn entgeistert an, und Martin sprach mit einem Kloß im Hals weiter: »Damit ihr auch nachvollziehen könnt, dass es stimmt, was ich sage – da vorne im Sideboard ist eine Sprengladung. Und unter dem Tisch befindet sich ein Behälter mit einem Gas, das alle hier Anwesenden außer Gefecht gesetzt hätte.«

Ariel sprang sofort auf und überprüfte, was Martin behauptete. Mit aschfahlem Gesicht nickte er den anderen zu, dass Martins Behauptung nicht nur Bluff war.

Martin fuhr fort: »Wie schon gesagt, es wäre für mich ein Leichtes gewesen, meinen Auftrag auszuführen, ohne dass jemand im Kibbuz irgendetwas gemerkt hätte. Ich sitze hier ganz freiwillig, weil ich es wirklich ernst mei...«

Voller Zorn fuhr ihm Yumiko ins Wort: »Dir glaube ich gar nichts mehr, du Verräter!«

Martin zuckte zusammen, nickte dann aber und blickte ihr traurig in die Augen: »Du hast ja so recht, Yumiko, ich würde mir an deiner Stelle auch nicht mehr trauen.«

»Und was erwarten Sie jetzt von uns?«, forderte ihn Lion heraus.

»Nichts! Sperrt mich ein! Stellt mich vor ein Gericht, das mich zu lebenslanger Haft oder zum Tod verurteilt! Ich habe nichts anderes verdient. Ich verachte mich selbst abgrundtief für das, was ich vorhatte.«

Er schluckte: »Aber wenn ich euch vorher irgendwie dabei helfen kann, PENTATRAXONs Pläne zu vereiteln, wäre es für mich eine kleine Chance auf Wiedergutmachung. Ich werde euch alles sagen, was ich über Gilbert Winter, den obersten Priester und über die Organisation weiß. Ich werde euch jede Schwachstelle offenlegen.«

»Aufstehen!«, rief Ariel barsch. »Wir werden Sie jetzt erst einmal in eine Hochsicherheitszelle bringen.«

»Bitte warten Sie!«, flehte Martin. »Ich muss Ihnen noch etwas Wichtiges mitteilen.«

»Was?«

»Wie Sie wissen, steht Gilbert Winter hinter diesem Auftrag. Wenn ich ihn nicht innerhalb von achtundvierzig Stunden erledigt habe, werden andere kommen und das an meiner Stelle übernehmen.«

»Und Ihr Auftrag ist, Lion, Ariel und mich umzubringen und Jackie an Gilbert auszuliefern?«, fragte Leandro wütend nach.

»Nicht unbedingt. Die Alternative wäre, diesen Konferenzsaal mit allen Anwesenden in die Luft zu sprengen und es als einen Anschlag der Palästinenser aussehen zu lassen. Was ich damit sagen will ...«

Lion unterbrach ihn: »Sie sind ein Monster, Herr Webber. Aber ich verstehe, was Sie uns sagen wollen. Wenn wir nicht vortäuschen, dass sie Ihren Auftrag erfolgreich ausgeführt haben, haben wir ein Problem.«

Martin nickte.

* * *

USA, San Francisco – 21. Dezember, 08:00 Uhr

Gilbert hörte zufrieden die Nachrichten aus Israel, die ein Nachrichtensprecher gerade vorlas: »Bei der Explosion einer Halle in einem Kibbuz im Nordwesten Israels sind insgesamt zehn Menschen ums Leben gekommen. Die Behörden vermuten, dass es sich um einen Terroranschlag der Hamas handelt. Die Hamas streitet bislang jedoch vehement ab, etwas mit dem Anschlag zu tun zu haben.«

Er nahm seinen Kaffeebecher in die Hand und brachte Jill eine zweite Tasse entgegen, die auf dem Sofa in Winters Wohnzimmer saß: »Der Kerl ist eine Maschine! Er hat es getan! Sie sind Geschichte, Jill!«

»Cheers!«

Jill nahm den Becher entgegen, stand auf und schlenderte mit Gilbert zusammen zur großen Glasfront seines Bungalows, von wo aus man die ehemalige Gefängnisinsel Alcatraz sehen konnte: »Wie geht es weiter?«

»Er wird wahrscheinlich hier auftauchen und seinen Lohn fordern«, mutmaßte Gilbert.

»Wirst du ihn bezahlen?«

»Klar, ich bin Geschäftsmann. Was ich verspreche, halte ich auch ein. Aber ich habe noch einen weiteren Trumpf im Ärmel.«

»Welchen?«

»Er war doch für ein paar Monate mit seiner Frau auf den Fidschi-Inseln, und zwar in meinem Appartement.«

Jill verstand sofort, worauf er anspielte und lachte verschmitzt: »Zum Wohl!«

»Zum Wohl!«

* * *

Israel, in einem Kibbuz – 21. Dezember, 18:00 Uhr

Ariel, der mit Yumiko zusammen die Nachrichten schaute, musste laut lachen: »Also die Bilder sind so überzeugend, dass uns jeder die Geschichte mit dem Terroranschlag abkaufen wird.«

»Was hat denn Samuel Ben Isai dazu gesagt, dass wir seine Scheune in die Luft gejagt haben.«

»Der war nicht gerade begeistert, aber nachdem ich ihm einen satten Betrag gezahlt habe, war er zufrieden. Davon kann er sich bestimmt zwei neue Scheunen bauen.«

Jackie betrat mit Lion zusammen das Zimmer und deutete auf den

Fernsehbildschirm: »Und was ist, wenn sich unsere Gegner das Kibbuz von oben per Satellit anschauen und feststellen, dass das Gebäude mit dem Konferenzraum noch völlig intakt ist?«

Ariel grinste: »Mach dir keine Sorgen, Jackie. Selbst mit einem Spionage-Satelliten, der HD-Bilder aus dem All liefert, wird man von oben ein völlig zerstörtes Gebäude sehen, das neben einer noch intakten ›Scheune‹ steht. Wir Israelis sind in so etwas sehr geschickt und achten auf jedes winzig kleine Detail.«

Lion presste kritisch die Lippen zusammen: »Und was ist, wenn Spitzel geschickt werden, die vor Ort überprüfen, was wirklich passiert ist? Oder was ist, wenn die im Kibbuz etwas ausplaudern?«

Ariel schüttelte den Kopf: »Hier im Kibbuz plaudert niemand etwas aus. Wir sind wie eine große Familie und halten dicht. Und nach diesem Anschlag werden Fremde sowieso nicht mehr reingelassen. Die Sicherheitsvorkehrungen wurden massiv verstärkt, sodass nicht einmal Martin mehr hier eindringen könnte. Aber es stimmt schon – auf Dauer sind wir hier nicht mehr sicher. Wir müssen auf jeden Fall umziehen.«

Jackie schaute ihn erschrocken an: »Umziehen?«

»Ja, wir ziehen um«, bestätigte Leandro, der gerade zur Tür hereinkam. »Auf dem Gelände der Forschungseinrichtung, für die ich jetzt arbeite, sind in einem abgeschotteten Bereich mehrere Häuser frei. Salomon Stern, der Leiter der Einrichtung, hat sie mir heute angeboten. Es wäre ihm eine Ehre, uns Unterschlupf zu geben. Und sicher sind sie auch, da die komplette Forschungseinrichtung unter strenger Geheimhaltung steht.«

»Krass«, murmelte Lion nachdenklich, der sich im Kibbuz mittlerweile wie zu Hause fühlte. »Ich werde das Kibbuz vermissen.«

Jackie legte kichernd ihren Arm um Lion: »Vielleicht tut dir der Ortswechsel ja auch ganz gut. Ich hatte die letzten Tage den Eindruck, dass du wieder verstärkt auf die hübschen Mädels hier schaust.«

»Irrtum!«, protestierte Lion. »Es ist genau andersherum – die israelischen Mädels schauen mich an, und dann bleibt mir nichts anderes übrig als ...«

Jackie gab ihm einen Kuss auf die Wange: »Du brauchst dich nicht zu rechtfertigen, Lion. Ich vertraue dir voll und ganz.«

Dann wandte sie sich an Ariel: »Jetzt aber mal eine andere Frage: Was passiert nun mit Martin?«

Yumiko übernahm die Antwort: »Er hat uns mittlerweile so viele Informationen gegeben; wir glauben, dass wir ihm trauen können.«

Ariel zuckte mit den Schultern: »Sagen wir es mal so: Uns bleibt nichts anderes übrig, als ihm zu glauben. Martin ist unsere einzige Chance.«

Yumiko nickte und fuhr fort: »Er wird morgen nach San Francisco zurückkehren.«

»Ihr wollt ihn einfach laufen lassen? Das kann ich nicht glauben, nach dem, was er vorhatte!«, beschwerte sich Leandro.

»Wir müssen«, warf Yumiko ein. »Wenn Martin nicht innerhalb der vereinbarten Zeit in San Francisco auftaucht, wird Gilbert Winter misstrauisch. Dann ist alles, was wir hier veranstaltet haben, sinnlos gewesen, und die Jagd auf uns geht von vorne los.«

Ariel schlug Leandro auf die Schulter: »Aber lass uns das in unserem noch intakten Konferenzraum besprechen. Martin wird auch dabei sein und euch seinen Plan präsentieren. Und der hat es wirklich in sich.«

* * *

»Das ist vollkommen abgefahren«, hauchte David, nachdem Martin ihnen sein Vorhaben bis ins Detail erläutert hatte, und sprach damit aus, was auch die anderen dachten.

Martin lächelte: »Ich weiß, dass mein Plan verrückt klingt. Aber genau deshalb bin ich immer so erfolgreich; ich gehe aufs Ganze und wende Methoden an, mit denen niemand rechnet. Und welche Alternative haben wir? Also, was spricht dagegen?«

»Alles!«, wandte Yumiko zaghaft ein. »Vor allem wirst du mit einer hohen Wahrscheinlichkeit dabei draufgehen.«

Jetzt schaltete sich Jackie ein: »Darf ich noch einmal etwas nachfragen, Herr Webber?«

Der schaute sie freundlich an: »Du darfst mich Martin nennen, Jaqueline – ich habe allen das Du angeboten.«

»Okay.« Sie fuhr sich durch ihre langen braunen Haare und sprach weiter: »Du bist dir also sicher, Martin, dass Gilbert Winter in seinem

Anwesen in San Francisco in einem abgeschotteten Raum auch Informationen hat, die helfen werden, mich von meiner Amnesie zu heilen.«

»Ja!«, sagte Martin kurz. »Dieses Anwesen ist nicht nur seine Wohnung. Nein, es ist sein kleines persönliches Königreich. Er bewahrt dort alles auf, was für ihn wichtig ist. Dazu gehören auch sämtliche Forschungsergebnisse seiner Projekte. Alles ist gut gesichert, aber ich bin davon überzeugt, dass Ariel und Yumiko zusammen in der Lage sein werden, an alle Informationen heranzukommen. Wir dringen dort ein und holen uns das, was wir haben wollen. Vor allem glaube ich, dass er in seinem Tresor auch eine MCTS-Box aufbewahrt. Sobald wir die im Tresor befindlichen Unterlagen und die Box haben, verfügen wir über genügend Beweise, um damit an die Öffentlichkeit zu gehen. Ich sage euch – Öffentlichkeit ist genau das, was PENTATRAXON hasst wie die Pest. Wir würden sie damit zum Rückzug oder zumindest zur Zurückstellung ihres perfiden Plans zwingen.«

»Und du willst sozusagen als Vorhut in Winters Königreich eindringen und uns über das Dach den Zutritt in diesen Hochsicherheitstrakt verschaffen?«, fragte David nach.

»Genau das ist der Plan«, bestätigte Martin. »Und wie die Sache funktionieren kann, habe ich euch ja eben erläutert.

Alexandro schaute ihn kritisch an: »Und was ist, wenn sich Gilbert von dir nicht überrumpeln lässt, wenn stattdessen du von ihm ausgeschaltet wirst, noch bevor du uns Zutritt verschafft hast?«

»Das wird nicht passieren!«, erwiderte Martin etwas zu schnell.

»Und wenn doch?«, beharrte der Professor auf seinem Einwand.

»Dann ist mein Plan gescheitert, und die anderen sollten sich möglichst schnell in Sicherheit bringen. Denn ohne Unterstützung von innen wird niemand von außen dort eindringen können. Dazu ist das ganze Stockwerk einfach zu gut gesichert. Alles hängt also davon ab, dass ich Erfolg habe.«

Nach einer längeren Diskussion und mehreren Verbesserungsvorschlägen, die von Leandro, Lion, Jackie und Yumiko kamen, stand Ariel auf: »Kommen wir zur Abstimmung. Wer ist gegen den Plan?«

Janina und Bernie hoben die Hand.

Auch Alexandro meldete sich und begründete seine Ablehnung sofort: »Ich! Ich bin dagegen. Wie ihr wisst, traue ich Martin immer noch nicht –

tut mir leid, dass ich das so offen sagen muss. Außerdem gebe ich der Sache keine Chance. Dieser Plan ist ein Himmelfahrtskommando – und unser Einsatz dabei ist einfach zu hoch. Ich hoffe – und wenn ich Christ wäre, würde ich sogar dafür beten –, dass ihr Vernunft annehmt.«

»Wer ist für den Plan?«, fuhr Ariel unbeirrt des Einwandes mit der Abstimmung fort.

Martin, David, Leandro, Lion und Jackie meldeten sich.

»Und wer enthält sich der Stimme?«, fragte Ariel.

Ariel, Yumiko, Amelie und Alina hoben die Hand.

»Nicht sehr überzeugend!«, warf Alexandro erneut kritisch ein und schaute Ariel hilfesuchend an: »Ariel! Sag doch etwas! Sag diesen jungen Leuten, dass ihr Plan niemals funktionieren kann! Sie gehen in die Höhle des Löwen – und dort werden sie vom Löwen aufgefressen. Ari, bitte sag ihnen das.«

»Ich muss dir recht geben, Alexandro.« Ariel war plötzlich sehr nachdenklich. »Aber auch wenn ich mich enthalten habe, werde ich den Plan zu hundert Prozent unterstützen, wenn nötig mit allem, was ich einsetzen kann. Hier geht es nicht darum, Wahrscheinlichkeiten auszurechnen, sondern die einzige Chance beim Schopf zu ergreifen, die wir haben.«

Der Professor schaute verzweifelt nach unten und schwieg.

»Ich bin auch dabei!«, sagte Yumiko leise. »Wenn wir es nicht wenigstens versuchen, wird die Verschwörung von PENTATRAXON in jedem Fall Realität. In einer Welt, in der nicht einmal meine Gedanken mehr frei sind, will ich nicht leben.«

Alexandro schaute zornig auf, schüttelte den Kopf und unternahm einen letzten verzweifelten Versuch, sie von ihrem Vorhaben abzubringen: »Dieser völlig von der Realität entfremdete Plan funktioniert nur, wenn Gilbert Winter sich auch genauso verhält, wie es Martin einschätzt. Wenn nicht, endet das Ganze in einem Fiasko, bei dem wir alles verlieren werden. Und ich sage euch – dieser Winter ist ein Psychopath und deshalb völlig unberechenbar. Der Plan wird genau daran scheitern.«

»So sehe ich es auch«, pflichtete ihm Janina bei. Traurig suchten ihre Augen Trost bei David und er blinzelte ihr aufmunternd zu.

Leandro bemerkte den Blick und ärgerte sich darüber.

Lion stand auf: »Na, dann sollten wir mal schleunigst an die Vorbereitung gehen. Die Zeit drängt.«

KAPITEL 18

USA, San Francisco – 23. Dezember, 21:00 Uhr

Jill Aapio, der Ire und Brioso, der Hüne, saßen in Gilbert Winters Anwesen auf dem mit Krokodilleder überzogenen Sofa, einem Schmuckstück, das ihr Gastgeber liebte, und warteten darauf, dass Gilbert ihnen den Grund ihres Zusammenkommens mitteilen würde.

Gilbert setzte sich zu ihnen und kam gleich zur Sache: »Martin Webber kommt noch heute Abend hierher. Und ihr seid hier, damit nichts schiefgeht.«

»Was soll schon schiefgehen?«, fragte der Hüne nach. »Er hat seinen Auftrag ausgeführt und will zurecht kassieren. So einfach ist das. Und als zuverlässiger Geschäftspartner solltest du ihm seinen Lohn auch zahlen.«

Gilbert schüttelte seinen Kopf: »Ganz so einfach ist das nicht. Um es kurz zu machen: Er möchte mir Jaqueline übergeben im Austausch gegen seinen Sohn.«

Brioso pfiff durch die Zähne: »Jaqueline lebt noch? Ich dachte, sie wäre mit den anderen bei der Explosion der Halle ums Leben gekommen!«

»Nein, Jaqueline lebt - wir können mit ihr das Projekt fortsetzen. Webber hat mich sogar kurz mit ihr reden lassen. Der weiß, womit er mir eine Freude machen kann.«

»Aber dann ist doch alles sogar besser gelaufen als erwartet. Was ist das Problem?«, fragte der Ire, den Gilbert erst vor Kurzem in den engsten Kreis seiner Vertrauten aufgenommen hatte.

»Dass er sie gegen seinen Sohn austauschen möchte; das ist das Problem. Er sollte doch eigentlich wissen, dass er sich auf mich verlassen kann und dass er seinen Sohn zurückbekommt, sobald alles gelaufen ist – nicht schon vorher. Außerdem klang irgendetwas in seiner Stimme anders als sonst. Ich habe das Gefühl, dass er nicht mit offenen Karten spielt. Und ich will herausbekommen, was dahintersteckt. Deshalb seid ihr hier.«

Der Ire blieb beharrlich: »Aber ist es nicht verständlich, dass er auf Nummer sicher gehen will? Es handelt sich immerhin um seinen Sohn, und da wird man schon mal emotional.«

»Nein. Er weiß, dass ich mich niemals auf einen direkten Austausch einlassen werde. Das Spiel läuft nach meinen Regeln: Ich bekomme Jaqueline, erst danach bekommt er seinen Sohn zurück, so einfach ist das!«

Die anderen schwiegen und Gilbert fuhr fort: »Mein Instinkt sagt mir, dass da etwas nicht stimmt. Ich will herausfinden, was Sache ist.«

»Und wie?«, wollte der Hüne wissen. »Webber ist genau wie wir ein Profi. Der lässt sich nicht in die Karten schauen.«

Jill und Gilbert schauten sich grinsend an.

»Was ihr nicht wissen könnt«, Gilbert nahm ein Weinglas in die Hand, stand auf und schaute mit dem Rücken zu seinen Gästen aus dem Fenster, »ich habe noch einen entscheidenden Trumpf in der Hand, der Webber schachmatt setzen wird, sollte er sich nicht an meine Regeln halten oder sich als nicht zuverlässig erweisen.«

Er drehte sich um und sprach weiter: »Nachdem er für mich einen Gegner ausgeschaltet hat, ist er für mehrere Monate untergetaucht. Ich habe dafür gesorgt, dass er sich in einem meiner Ferienhäuser aufgehalten hat.«

Der Hüne und der Ire schauten Gilbert erwartungsvoll an.

Der fuhr fort: »Ich hatte dort eine MCTS-Box installiert und dafür gesorgt, dass permanent ein ausreichend starkes elektromagnetisches Feld vorhanden war.«

Brioso schüttelte erstaunt den Kopf: »Du meinst …?«

Gilbert nickte: »Richtig! Die MCTS-Box hat über mehrere Monate Webbers Gehirnströme analysiert und aufgezeichnet. Dadurch konnten wir von ihm ein umfassendes Profil anlegen und sind in unserer Arbeit einen riesigen Schritt vorangekommen.«

»Heißt das, wir haben das Gerät jetzt hier und können damit seine Gedanken lesen?«, fragte der Ire mit leuchtenden Augen.

Gilbert nickte: »Ich werde die Box heute Abend aktivieren. Unser Superagent wird mir ungewollt jedes kleine Detail seiner Gedanken preisgeben, ohne dass er etwas dagegen machen kann.«

Der Hüne und der Ire schauten sich verblüfft an und Jill fasste in Worte, was sie dachten: »Wir werden von ihm erfahren, wo er Jackie versteckt hält. Und jetzt wisst ihr auch, warum ihr hier seid. Sobald wir die Adresse haben, schnappt ihr sie euch.«

Der Ire formte sein Gesicht zu einer hässlichen Fratze: »Und was geschieht mit Webber? Bringst du ihn um, wenn er widerspenstig ist?«

Gilbert stellte sein leeres Weinglas auf dem Couchtisch ab: »Soll er sich doch querstellen! Solange er kein falsches Spiel mit mir treibt – und das kann ich mit der MCTS-Box ja ganz leicht herausfinden –, gibt es keinen Grund dazu. Nein, er ist für mich viel zu wertvoll, schließlich habe ich in Zukunft die totale Kontrolle über seine Gedanken, über ihn. Nur, wenn sich herausstellen sollte, dass er uns anlügt, wäre das sein Todesurteil. Ansonsten bin ich wirklich gespannt, was unser Superagent so alles denkt«, fügte er schelmisch lachend hinzu.

In diesem Augenblick schrillte die Türglocke.

»Er kommt«, zischte Gilbert. »Also, sobald Jill euch die Adresse nennt, schnappt ihr euch das Mädel und gebt mir Bescheid.«

Der Hüne und der Ire verließen den Bungalow durch den Hinterausgang und Jill versteckte sich in einem Nebenzimmer, wo sie die MCTS-Box aktivieren und die von ihr gelieferten Ergebnisse auswerten sollte.

* * *

Martin trat mit klopfendem Herzen in den Fahrstuhl. Er war sich seiner Sache überhaupt nicht mehr sicher. Alexandro Nowotny hatte völlig recht: Ein Mann wie Gilbert Winter war unberechenbar.

Der Fahrstuhl setzte sich in Bewegung und glitt in den obersten Stock. Martin schloss die Augen, dachte an seine Frau und seinen Sohn.

* * *

USA, San Francisco – 23. Dezember, gegen 21:10 Uhr

In einem anonymen Hotelzimmer im obersten Stock legten sich Leandro, Lion und Yumiko das Gurtzeug eines motorbetriebenen Gleitschirmfliegers an.

Sie kletterten vom Balkon aus über eine Strickleiter direkt aufs Dach des Hotels, das nur ein paar Blocks von Gilbert Winters Bungalow entfernt lag, befestigten das Gurtzeug an den dort bereitliegenden Motor-Gleitschirmen und starteten wenig später.

Jackie, die im Zimmer alleine zurückblieb, schaute ihnen hinterher.

* * *

USA, San Francisco, Gilbert Winters Bungalow – 23. Dezember, gegen 21:10 Uhr

»Wie ich Sie kenne, Herr Webber, haben Sie Jackie an einem sicheren Ort versteckt, der von hier aus innerhalb von zehn Minuten erreichbar ist. Wird sie von jemandem bewacht?«

Martin räusperte sich: »Nein. Sie glaubt, dass ich auf ihrer Seite stehe und sie vor dem sicheren Tod gerettet habe. Sie ist alleine, aber so verwirrt, dass sie niemals auf die Idee käme, zu flüchten.«

Er atmete tief durch und sprach weiter: »Aber bevor wir über Jackie sprechen, möchte ich erst einmal ein Lebenszeichen von meinem Sohn haben. Wenn ich Sie eben richtig verstanden haben, wollen Sie sich auf einen Austausch nicht einlassen.«

»Nein, ein Austausch«, Gilbert betonte das Wort, »kommt für mich nicht infrage. Wenn Sie weiter mit mir Geschäfte machen wollen, muss es nach meinen Regeln laufen. Erst Jaqueline, und danach bekommen Sie Ihr Pfand zurück. Aber Sie können sich einhundertprozentig auf mich verlassen, dass ich meine Zusagen auch einhalte.«

Martin runzelte die Stirn: »Betrachten Sie es mal aus meiner Perspektive, Herr Winter. Auch ich bin ein völlig zuverlässiger Geschäftspartner und habe Ihnen mehrfach bewiesen, dass Sie mir vollständig vertrauen können. Also, geben Sie mir meinen Sohn, dann gebe ich Ihnen Jackie. So läuft das bei mir.«

Gilbert, der Martin dazu bringen wollte, dass er aktiv an Jackies Aufenthaltsort dachte, startete einen Frontalangriff: »Nein, erst Jaqueline, dann bekommen Sie Ihren Sohn wieder. Wie schon gesagt, ich will auch weiterhin mit Ihnen Geschäfte machen, und wenn Sie mir jetzt die Adresse von Jaqueline sagen, dann wäre das ein klares Zeichen, dass auch Sie das wollen. Oder haben Sie die Straße und die Hausnummer vergessen?«

Martin musste unwillkürlich an die Adresse des Hotels und die Zimmernummer denken, in der sich Jackie aufhielt.

* * *

Jill Aapio schaute auf einen an die MCTS-Box angeschlossenen Bildschirm. Aber die Sache war viel komplizierter, als sie angenommen hatte, obwohl Gilbert sie Stunden zuvor in die Funktionsweise und Bedienung eingewiesen hatte.

Sie erinnerte sich daran, was er ihr gesagt hatte: »Jill, das menschliche Denken ist sehr komplex und geht oft weit über das hinaus, was sich in konkrete Worte oder Bilder übersetzen oder transformieren lässt. Die MCTS-Box löst das Problem so, dass das eingebaute KI-System die gesammelten Daten auswertet, die wichtigsten Gedanken herausfiltert und uns auch nur diese auf dem Bildschirm anzeigt. Darüber hinaus liefert es uns in verständlichen Worten eine Zusammenfassung, ein Fazit oder Extrakt der Gedanken.«

»Du meinst ›er lügt – er lügt nicht – er spielt ein falsches Spiel – man kann ihm trauen‹ und so weiter?«

»So in etwa.«

Jill schaute auf die kleine Box, die in der Tat ein Wunderwerk der Technik war. ›KI‹ stand für ›künstliche Intelligenz‹ und der Gedanke, dass dieser unscheinbare Supercomputer selbstständig denken konnte, war ihr irgendwie unheimlich.

Was die MCTS-Box über Martins Gedanken erfasste, war in der Tat sehr verschwommen und verworren. Viele von Martins Gedanken waren Gefühle oder unbestimmte Bilder, die am Rand des Monitors in verschiedenen Fenstern angezeigt wurden. Das System analysierte und benannte diese Gedanken sofort, sodass Jill wusste, dass Martin, während er mit Gilbert sprach, dauernd an seinen Sohn, seine Frau und an Erlebnisse mit den beiden aus der Vergangenheit denken musste.

Doch in der Mitte erschien gut lesbar das Extrakt von Martins wichtigsten Gedanken.

Jill pfiff durch die Zähne, als sie den Text las.

Sie sprang auf und flüsterte leise vor sich hin: »Martin Webber! Du belügst uns!«

In diesem Augenblick hörte sie über einen Funkkopfhörer, wie Gilbert nach der Adresse fragte. Und nur Sekunden später erschien diese auch tatsächlich in einem Fenster auf dem Bildschirm.

Jill griff zum Smartphone.

Der Hüne nahm Jills Anruf entgegen. Kurze Zeit später waren er und der Ire bereits auf dem Weg zum Hotel, in dem sich Jackie aufhielt.

* * *

»Warum handhaben wir es nicht einfach so, wie es unter seriösen Geschäftsleuten immer läuft: Ich liefere Ihnen die Ware und Sie bezahlen mich dafür – das hat doch überhaupt nichts mit Misstrauen zu tun«, beharrte Martin auf seinem Standpunkt.

Gilbert schwieg und Martin sprach weiter: »Wir treffen uns noch heute Abend auf einem Weihnachtsmarkt, und zwar auf dem Great Dickens Christmas Fair. Ich übergebe Ihnen Jackie und Sie geben mir meinen Sohn.«

Gilbert Winter blickte ihn angewidert an: »Ich mag Weihnachtsmärkte überhaupt nicht. Außerdem wissen Sie doch als Profi ganz genau, wie aufwendig eine Übergabe inmitten von Menschenmassen vorzubereiten ist. Ich sage Ihnen eines: Wenn Sie mit mir weiterhin Geschäfte machen wollen, müssen Sie mir vertrauen.«

Irgendwie schien er beim letzten Satz nicht mehr ganz bei der Sache zu sein. Aber Martin achtete nicht darauf, sondern dachte über etwas anderes nach: Wie konnte ein Mensch nur so realitätsfremd sein? Er konnte es einfach nicht fassen.

Er wurde immer aufgebrachter, je mehr er darüber nachdachte: »Herr Winter, ich weiß nicht, welches falsche Spiel Sie hier mit mir treiben.

Aber allein die Tatsache, dass sie meinen Sohn überhaupt als Geisel gefangen halten, disqualifiziert Sie als zuverlässigen Geschäftspartner.«

»Bitte, bitte, wer spricht denn von Geiseln? Ich habe mich Ihrem Sohn angenommen, ihn in Sicherungsverwahrung genommen, um ihn zu schützen«, konterte Gilbert, der sich wieder auf Martin konzentrierte. Für eine Sekunde zeigte sein Blick eine Nuance von Zorn, doch dann sprach er in ruhigem Ton weiter: »Er ist mein Gast und genießt die beste schulische Betreuung, die ein Junge in seinem Alter haben kann.«

Martin fuhr ihm ärgerlich ins Wort: »Ersparen Sie mir Ihr Geschwätz! Sie halten Ihn als Geisel gefangen, und das, obwohl ich immer alle Aufträge für Sie zuverlässig erfüllt habe. Sie haben für so etwas überhaupt keinen Grund.«

Plötzlich hörte Martin hinter sich ein Geräusch. Erschrocken fuhr er herum und sah Jill Aapio, die eine Waffe auf ihn gerichtet hatte. Sofort wurde ihm klar, dass er einen gravierenden Fehler gemacht hatte. Er hatte seine Emotionen nicht unter Kontrolle gehalten. Jetzt war es zu spät.

»Keinen Grund, Ihnen zu misstrauen?«, fauchte Jill ärgerlich. »Sie behaupten, wir hätten keinen Grund dazu? Sie haben uns schamlos belogen, Herr Webber! Das ist Fakt!«

Blitzschnell senkte Jill die Waffe ein wenig nach unten und zog den Lauf durch. Martin hatte keine Zeit mehr, auszuweichen.

Gilbert Winter schaute auf den auf dem Sofa liegenden Martin Webber: »Musste das sein, Jill? Warum hast du das getan?«

»Ich konnte nicht anders. Webber hat uns belogen. Er war kurz davor, dich zu überwältigen. Ich zeige dir, was das System herausgefunden hat.«

* * *

USA, San Francisco – 23. Dezember, 21:40 Uhr

Zwei Männer betraten mit vorgehaltenen Waffen das Hotelzimmer und schlossen die Tür hinter sich. Jackie, die auf einem Sofa saß, sprang auf, hielt zitternd die Hände in die Höhe und schrie laut: »Wer sind Sie? Bitte tun Sie mir nichts!«

Dann sackte sie in sich zusammen und fiel zu Boden.

Während der Hüne bei Jackie blieb, durchsuchte der Ire alle Räume und stellte kurz darauf fest: »Gesichert! Außer dem Mädchen ist niemand hier.«

Der Hüne griff zum Telefon und wählte Jills Nummer: »Wir haben Jaqueline. Sie war alleine im Hotel!«

»Das stimmt genau mit dem überein, was Martin Webber zu Gilbert gesagt hat. In dem Punkt hat er anscheinend nicht gelogen. Sehr gut. Bringt sie zum Labor. Wir werden uns dort um sie kümmern.«

Jill wollte schon Schluss machen, doch Brioso hielt sie in der Leitung: »Moment mal! Wie lief es bei euch?«

»Alles unter Kontrolle. Den Rest erzähle ich dir später. Bis in zwanzig Minuten.« Jill legte auf und drehte sich zu dem Mann um, der hinter ihr stand und dem Gespräch eben zugehört hatte.

Gilbert Winter füllte sich sein Glas wieder mit Wein und erhob es: »An dem, was gerade passiert ist, können wir jetzt wohl nichts mehr ändern. Es ist, wie es ist. Aber er hat uns Jackie zurückgebracht, und dafür bin ich ihm dankbar. Zum Wohl!«

Jill nahm ihr Glas in die Hand: »Cheers!«

KAPITEL 19

Israel, Aris Nest – zwei Tage zuvor, 21. Dezember, gegen 19:00 Uhr

Alexandro Nowotny unternahm einen letzten Anlauf, seine neuen Freunde von ihrem Vorhaben abzubringen: »Ich möchte euch bitten, setzt euch noch einmal hin und hört mir zu. Ich bin gegen diesen Plan, ja. Und genau deshalb kann ich euch dabei helfen, die Schwachstellen zu bedenken und zu beseitigen.«

Alle folgten seiner Bitte und nahmen wieder Platz.

»Martin, du willst Herrn Winter einen Besuch abstatten, obwohl du Gilbert zutraust, im Besitz einer MCTS-Box zu sein, mit der er deine Gedanken lesen könnte.«

Martin schüttelte den Kopf: »Nein, ich halte es nicht nur für möglich, ich bin mir sogar sicher, dass das so ist und dass er die Box gegen mich einsetzen wird. Während meines Aufenthalts auf den Fidschi-Inseln in Gilbert Winters Ferienhaus habe ich diese Box entdeckt. Damals wusste ich noch nichts damit anzufangen. Heute weiß ich, dass es sich um eine MCTS-Box handelte. Es wäre völlig untypisch für Winter, wenn er seine Möglichkeiten, die er hat, nicht vollkommen ausschöpfte. Er wird sie einsetzen, das ist sicher.«

»Und wie willst du es hinkriegen, deine Gedanken vor dem Zugriff durch die MCTS-Box zu schützen?«, hakte der Professor nach.

Martin lächelte überlegen: »Ich habe Jahre lang für einen amerikanischen Geheimdienst gearbeitet und bin darauf trainiert worden, meine Gedanken vollständig unter Kontrolle zu halten. Es gibt schon seit Jahrzehnten verschiedene Arten von Wahrheitsdrogen, die gegen feindliche Agenten eingesetzt werden. Durch gute Konzentration ist es einem ausgebildeten Agenten aber möglich, die eigenen Gedanken so abzulenken, dass der Gegner die gewünschten Informationen nicht bekommt. Ich werde mich auf meine Familie konzentrieren und alles, was uns gefährlich werden kann, einfach ausblenden.«

Alexandro schüttelte den Kopf: »Du weißt doch gar nicht, wie gut diese Box arbeitet. Was ist, wenn sie trotz all deiner Bemühungen in der Lage ist, deine Täuschung auffliegen zu lassen? Ich befürchte, sie wird dich als Lügner entlarven. Und du kennst die Konsequenzen genauso gut wie ich.«

»Ja, Gilbert Winter wird nicht lange fackeln und mich eliminieren, wenn er das Gefühl hat, dass ich ihn übers Ohr hauen will. Aber ich kenne ihn, er würde mich in so einem Fall nicht gleich umbringen. Er würde zunächst einmal verhören und versuchen, alles aus mir herauszuquetschen, was ich weiß. Und mit der MCTS-Box hätte er dazu auch das geeignete Gerät zur Verfügung.«

Nowotny schlug die Hände über dem Kopf zusammen: »Das wäre eine Katastrophe, die nicht nur dich betreffen würde!«

»Aber das wird nicht passieren«, sagte Martin nach einer kurzen Gedankenpause entschlossen. »Ich werde ihn und alle, die im Raum sind, vorher überwältigt haben. Ansonsten schlucke ich lieber Zyankali, bevor er irgendetwas aus mir herausbekommt.«

»Eben! Genau das wird er niemals zulassen. Und es ist für mich auch keine Option«, stellte Nowotny nüchtern fest. »Es hängt viel zu sehr davon ab, dass bei dir alles glatt läuft.«

»Es wird alles glatt laufen, verlass dich darauf!«, beteuerte Martin etwas zu schnell.

Alle dachten darüber nach.

Plötzlich wandte sich Leandro an Martin: »Kannst du mal bitte rausgehen?«

Martin erfasste sofort den Sinn, der dahintersteckte: »Klar - was ich nicht weiß, kommt mir später auch nicht als Gedanke in den Sinn.«

Ohne weiter nachzufragen, stand er auf und verließ den Raum. David begleitete ihn.

Leandro wandte sich an die Runde: »Der ursprüngliche Plan sieht ja vor, dass Martin das Anwesen betritt und Gilbert - plus eventuell noch weitere Anwesende - mithilfe einer Waffe überwältigt, um uns anschließend hereinzulassen. Und weil er beim Betreten keine Waffe dabeihaben kann, nutzt er eine von Gilberts Waffen; Martin weiß ja, wo er die aufbewahrt.«

Alle nickten zustimmend.

Leandro fuhr fort: »Das ist aber nicht die einzige Option, die wir haben. Es ist gar nicht nötig, dass er seine Gegner überwältigt und uns hereinlässt. Es reicht vollkommen aus, dass er einfach nur den Raum betritt. Wie das funktioniert, erzähle ich euch gleich. Und was das Vorhandensein der MCTS-Box angeht und die Tatsache, dass Gilbert in der Lage sein wird, Martins Gedanken zu lesen, dazu habe ich noch eine weitere Idee, wie wir den Spieß einfach umdrehen und diese Tatsache zu unseren Gunsten nutzen könnten.«

* * *

USA, San Francisco – 23. Dezember, gegen 21:45 Uhr

Der Hüne beendete das Gespräch und steckte das Smartphone zurück in seine Tasche. Plötzlich hörten sie ein leises Zischen. Direkt über ihnen strömte ein Gas aus mehreren winzig kleinen, an der Decke angebrachten Druckbehältern.

Sekunden später verloren die beiden Männer das Bewusstsein.

Jackie, die immer noch auf dem Boden lag, öffnete die Augen und hielt sofort die Luft an. Dann schnappte sie sich eine Gasmaske, die griffbereit neben ihr unter dem Kingsize-Bett lag, und setzte sie auf. Schnell drehte sie den Hahn einer daran angeschlossenen kleinen Sauerstoffflasche auf und atmete tief ein, hoffend, dass sie vom Betäubungsgas nichts abbekommen hatte.

Sie stand auf und setzte sich zurück auf das Sofa. Dort wartete sie wenige Minuten, bis sich die Zimmertür öffnete. Ariel und David kamen ins Zimmer hinein. Sie trugen ebenfalls Gasmasken.

Schnell legten sie ihren Gegnern Handschellen und Fußfesseln an und stülpten ihnen luftdurchlässige dunkle Säcke über den Kopf, damit sie beim Aufwachen nicht sahen, mit wem sie es zu tun hatten.

Dann lüfteten sie den Raum sorgfältig, und nach zehn Minuten war die Luft wieder frei vom Betäubungsgas, sodass sie die Masken absetzen konnten.

»Jetzt müssen wir die Typen nur noch unauffällig von hier fortschaffen«, sagte Ariel. »Jackie, kannst du mal schnell nach draußen in den Flur schauen, ob jemand dort ist, der uns beobachten könnte.«

Jackie öffnete die Zimmertür und schaute in den hell erleuchteten Flur. Erleichtert schloss sie die Tür wieder.

»Die Luft ist rein!«, sagte sie neckisch in Anspielung auf das Gas, mit dem sie ihre Gegner ausgeschaltet hatten.

»Na, dann bringen wir diese beiden Ganoven lieber fort von hier. Es könnte ja noch jemand hier auftauchen und nachsehen, wo sie bleiben. Wir haben auf jeden Fall das, was wir wollten.«

»Wie sieht es bei Martin aus?«, fragte Jackie nach.

Ariel äußerte sich jedoch nicht dazu.

* * *

USA, San Francisco – 23. Dezember, 21:45 Uhr

Jill Aapio setzte das Weinglas ab: »Was machen wir jetzt mit Webber?«

Gilbert Winter schaute sie vorwurfsvoll an: »Das fragt ausgerechnet die Frau, die ihn mit meiner Mikrowellen-Strahlenwaffe außer Gefecht gesetzt hat, um ihm direkt danach noch eine Betäubungsspritze zu verpassen. Zum Glück hast du ihn nicht erschossen und dadurch vermieden, mein kostbares Sofa mit Blut zu verschmutzen.«

Und mit lästerndem Tonfall wiederholte er ihren letzten Satz noch einmal: »Was machen wir jetzt mit ihm? Tsss, das kann ich dir sagen, was wir mit ihm machen werden. Die MCTS-Box hat bisher nicht sehr viel über ihn preisgegeben, nur, dass er uns belügt, dass er anscheinend die Seiten gewechselt hat und kurz davorstand, mich zu überwältigen. Was genau dahintersteckt, müssen wir erst noch herausfinden.«

»Und wie gehen wir vor?«

»Wir bringen ihn ins Zentrallabor. Und wenn wir wissen, warum er sich gegen mich gestellt hat, pflanzen wir ihm diesen neuen Chip in den Kopf ein und benutzen ihn als Testperson – unter Laborbedingungen natürlich, damit nichts anbrennt. Dafür ist er uns immer noch sehr nützlich.«

»Soll ich alleine gehen?«, fragte Jill.

»Nein, ich komme mit. Ich will sie sehen.«

Jill schaute ihn spöttisch an: »Jaqueline? Du magst das Mädchen. Sie erinnert dich an eine deiner Geliebten, gib es zu!«

Gilbert winkte ab: »Reine Neugierde. Vor allem will ich dich mit diesem Monster, dieser Maschine, hier nicht alleine lassen; den nehmen wir auch mit.«

»Ich käme schon klar. Außerdem ist er bewusstlos.«

»Sicher ist sicher.«

Sie setzten den Bewusstlosen in einen Rollstuhl und schoben ihn gemeinsam in den Fahrstuhl hinein. Gilbert legte auf einem Schaltbrett neben dem Fahrstuhl einen von mehreren Schaltern um, mit dem etwas zeitversetzt das Sicherheitssystem aktiviert wurde.

Jill schüttelte den Kopf: »Du bist ein Spinner, Gilbert. Dein Anwesen ist zwar besser gesichert als Fort Knox, das muss ich zugeben. Aber dieses Schaltbrett da finde ich echt antiquiert. Warum nutzt du zum Aktivieren des Sicherheitssystems nicht die neuesten Erfindungen, die auf dem Markt sind.«

Gilbert schüttelte den Kopf: »Wie du weißt, hat die moderne Technik immer auch eine Schwachstelle, Jill. Und bei einem mechanischen Schalter kann ich mich darauf verlassen, dass das Sicherheitssystem aktiviert wird, weil ich ihn persönlich mit meinem Finger umgelegt habe.«

Die Fahrstuhltür schloss sich, und das Sicherheitssystem schaltete sich ein.

An der Garderobe hing noch Martins Wintermantel.

* * *

Martin Webber hatte die spezielle Angewohnheit, immer zwei Geldbeutel dabeizuhaben. In einem befanden sich ein paar Geldscheine, eine Kreditkarte, Ausweis, Führerschein, Sozialversicherungskarte und diverse andere notwendige Dokumente. Im anderen Geldbeutel befanden sich Münzen, und zwar so viele Münzen, dass sie ihm niemals ausgingen.

Auch als Martin zu Gilbert Winters Bungalow aufbrach, trug er den Geldbeutel mit den Scheinen in der linken Tasche seines Wintermantels, in der rechten befand sich der schwere Geldbeutel mit den Münzen.

Ohne Martin einzuweihen, hatte Leandro einen Teil der Münzen daraus entfernt und ihm etwas in die Tasche gelegt, was genau dem Gewicht der entfernten Münzen entsprach. Es handelte sich um eine eiförmige Büchse, die mit einer von ihm entwickelten Spezialbeschichtung überzogen war. Diese Spezialbeschichtung schützte den Inhalt davor, vom Überwachungsgerät im Fahrstuhl aufgespürt werden zu können, mit dem Gilbert jeden seiner Besucher vor Eintritt in sein Anwesen durchleuchtete.

Leandro hatte diese Spezialbeschichtung schon einmal Monate zuvor in Colorado erfolgreich eingesetzt. Er konnte sich also auf seine Erfindung verlassen.

Nachdem Martin seinen Wintermantel ausgezogen und an die Garderobe gehängt hatte, aktivierte sich ein Mechanismus innerhalb der Büchse, der alles weitere automatisch einleitete.

Die Büchse öffnete sich, und ein winzig kleines Etwas - Leandro nannte es Krabbler - verließ diese und krabbelte selbstständig aus der Tasche heraus. Trotz eines nicht unerheblichen Gewichts hatte der Krabbler die gleichen Eigenschaften wie ein Käfer und war so konstruiert, dass er an jedem Gegenstand haften blieb und sich daran sogar - selbstständig oder per Fernsteuerung - fortbewegen konnte, egal, welchen Neigungswinkel die Fläche hatte. Auch das Innenleben des Krabblers hatte es in sich. Zum einen besaß er eine Überwachungskamera, mit der man per Mobilfunknetz einen Raum überwachen konnte. Zum anderen verfügte er über zwei ausfahrbare Greifarme, die für viele verschiedene Zwecke eingesetzt werden konnten.

Noch während Martin mit Gilbert sprach, brachte sich der Krabbler in eine Position, von der aus der komplette Raum mit einer integrierten HD-Kamera überblickt werden konnte. Nachdem Kamera und Mikrofon bereit waren, wurde das, was im Raum geschah, auf eine Speicherkarte aufgezeichnet und gleichzeitig per Mobilfunknetz an Leandro übermittelt, ohne dass die Anwesenden im Raum das mitbekamen.

* * *

USA, San Francisco – 23. Dezember, gegen 21:40 Uhr

Leandro, der mittlerweile mit Yumiko und Lion auf dem Dach von Winters Bungalow gelandet war, schaute auf einen kleinen Monitor und rief die vom Krabbler aufgezeichneten Videos auf, um zu erfahren, was in Gilberts Anwesen vor sich ging.

»Was ist passiert?«, wollte Lion wissen, der mit Yumiko die Schirme der Motorgleiter so sicherte, dass sie jederzeit flugfähig blieben.

»Wie Alexandro es befürchtet hat. Sie haben ihn überwältigt. Jetzt kommen wir nur noch mithilfe des Krabblers ins Anwesen hinein.«

Yumiko wurde bleich: »Ist er tot?«

»Nein, er scheint noch zu leben. Martin hat das völlig richtig eingeschätzt, dass sie ihn nicht sofort töten werden. Sie haben ihn mit einer Mikrowellen-Strahlenwaffe außer Gefecht gesetzt.«

Lion und Yumiko schauten Leandro fragend an und der schob schnell eine Erklärung hinterher, während er sich im Schnelldurchgang die weiteren Videoaufnahmen ansah: »Ich kenne diese Waffe – Gilbert hat sie mir mal gezeigt, als ich noch für ihn arbeitete. Diese Strahlenwaffe tötet den Gegner nicht, sondern setzt ihn einfach nur für kurze Zeit außer Gefecht. Zusätzlich hat ihm diese Finnin gleich noch eine Betäubungsspritze verpasst und ... Mist, das geht alles viel schneller, als wir uns das vorgestellt haben. Wir haben ein Problem!«

»Welches?«, fragte Lion nervös. »Was siehst du auf dem Video?«

»Ich sehe gerade, wie sie Martin in einen Rollstuhl setzen, um ihn abzutransportieren. Sie wollen ihn fortschaffen! Und diese Bilder sind jetzt live.«

Yumiko zeigte aufgeregt auf einen Button in der Fernbedienungs-App, mit der Leandro den Krabbler steuerte: »Schnell, Leandro! Wir müssen das Betäubungsgas einsetzen, sonst werden wir ihn womöglich niemals wiedersehen.«

»Was meinst du, was ich die ganze Zeit versuche!«, zischte der frustriert. »Ich drücke jetzt bestimmt schon das zehnte Mal auf den Auslöser, aber es tut sich einfach nichts! Ich befürchte, das Ventil klemmt!«

Lion starrte unterdessen auf den Bildschirm: »So ein Mist! Sie verlassen bereits den Raum! Was machen wir?«

Yumiko griff zum Smartphone: »Dann kommt jetzt unser Joker ins Spiel.«

* * *

Israel, Aris Nest – zwei Tage zuvor, 21. Dezember, gegen 19:20 Uhr

Alexandro Nowotny schüttelte vor Erstaunen den Kopf: »Du willst Martin heimlich einen Hightech-Käfer in Gilbert Winters Refugium einschmuggeln lassen und dir damit die Türen öffnen?«

Leandro nickte: »Genau, indem ich mit ihm an einem Schaltbrett neben dem Fahrstuhl einen Schalter umlege und damit die Sicherheitsanlage deaktiviere.«

»Wir gehen doch aber davon aus, dass sich neben Winter noch mindestens eine weitere Person im Raum aufhalten wird. Wie schaltest du diese aus, damit du ungestört ins Anwesen eindringen kannst und vermeidest, dass sie Martin, sollte er zu diesem Zeitpunkt tatsächlich noch leben, abtransportieren und verhören können?«

»Wir setzen dasselbe Betäubungsgas ein, das wir auch in dem Hotelzimmer benutzen werden«, klärte ihn Ariel auf. »Der Betäubungszustand hält lange genug an, sodass Leandro mit dem Krabbler ausreichend Zeit haben wird, die Türen zu öffnen.«

»Aber was ist, wenn sie Martin abtransportieren, bevor ihr das Gas freisetzen könnt?«, wandte der Professor ein.

Alle schwiegen nachdenklich.

Plötzlich durchbrach Janina die Stille: »Dann komme ich als Joker ins Spiel.«

»Und wie?«, fragte Lion.

»Ich begleite euch nach San Francisco und werde ›Schmiere stehen‹, wie man bei uns in Deutschland so schön sagt.«

»Was meinst du mit ›Schmiere stehen‹?«, fragte Jackie amüsiert, die den Begriff lustig fand, aber überhaupt nichts damit anfangen konnte.

Janina lächelte: »Ich werde ihnen auflauern. Von Martin wissen wir, wo Gilbert sein Auto abstellt. Er wird Martin vermutlich dorthin bringen, um ihn damit irgendwo hinfahren zu können. Wenn dieser Fall eintritt, werde ich ihnen einfach hinterherfahren.«

Jetzt meldete sich Bernie zu Wort: »Dann machen wir es doch lieber so - Janina wird Schmiere stehen«, grinsend schaute er in die Runde, während er die beiden deutschen Wörter mit einem breiten texanischen Akzent aussprach, »und ich werde das Fahrzeug steuern. Ich denke, ich kenne mich auf den amerikanischen Straßen ein bisschen besser aus als sie und bin daher eher in der Lage, unseren Gegnern unauffällig zu folgen. Vor allem finde ich es wichtig, dass unser Wagen abfahrbereit ist, was Janina alleine niemals hinkriegen würde.«

»Und dann?«, fragte Alexandro. »Was geschieht dann? Ich meine, wäre es nicht einfacher, sich unseren Gegnern mit Waffen entgegenzustellen und sie abzufangen, bevor sie losfahren?«

Jetzt schaltete sich Ariel ein: »Erstens kann ich mir nicht vorstellen, dass Bernie oder Janina es mit Gilberts Leuten aufnehmen können. Und zweitens liegt im Abtransport von Martin vielleicht auch eine einmalige Chance.«

»Welche?«

»Na, vielleicht führen sie uns ja direkt zu ihrem geheimen Labor, in das sie Martin bereits einmal gebracht haben. Ich werde mir für dieses Szenario noch irgendetwas einfallen lassen.«

* * *

USA, San Francisco – 23. Dezember, gegen 21:45 Uhr

Janina, die von Yumiko informiert worden war, dass Gilbert und Jill mit Martin zusammen gleich in der Tiefgarage unter dem Hochhaus auftauchen würden, versteckte sich dort in ausreichender Entfernung hinter einem parkenden Auto und beobachtete die Tür, hinter der sich der Fahrstuhl befand, der von Gilberts Anwesen ins Parkhausdeck führte.

In diesem Augenblick öffnete sich diese. Eine Frau mit kurzen, hellblonden Haaren schob einen Rollstuhl heraus, gefolgt von einem Mann im teuren Anzug. Janina wusste sofort, dass es sich um Jill Aapio und Gilbert Winter handelte.

Schnell sendete sie Bernie eine Sprachnachricht, der vor dem Haus in einem Fahrzeug wartete.

Jill schob den Rollstuhl zu einer gut gesicherten Garage innerhalb des Parkhauses. Das Tor öffnete sich und ließ einen Blick frei auf einen schwarzen BMW X7.

Janina machte ein Foto vom Fahrzeug. Das Autokennzeichen mit der Aufschrift ›GIGANT1‹ war darauf deutlich zu erkennen. Janina musste über diesen Auswuchs von Gilberts Größenwahn schmunzeln und schüttelte den Kopf: »Der spinnt!«

Gilbert öffnete den Kofferraum, und gemeinsam hievten sie den bewusstlosen Martin hinein und verschlossen ihn wieder.

Janina lief in geduckter Haltung zu einem vom Parkdeck nicht einsehbaren Seiteneingang, den sie im Vorfeld entdeckt hatte. Sie bekam nur noch am Rand mit, dass Gilbert Winter sich auf den Fahrersitz setzte, während Jill auf der Rückbank Platz nahm, um ihr bewusstloses Opfer besser im Blick haben zu können.

Auf der Straße angekommen, eilte Janina zu einem unauffälligen Wagen, stieg hinein und schnallte sich an. In diesem Augenblick kam der BMW X7 aus der Parkgarage heraus und bog sofort links ab.

Bernie folgte dem BMW unauffällig.

* * *

In der Zwischenzeit versuchte Leandro, mit dem Krabbler den Schalter umzulegen, der die Sicherheitsanlage deaktivieren würde. Dies war allerdings schwieriger als vermutet. Die Schalttafel war schwer zugänglich, da zwischen der Wand und dem Schaltkasten eine Metallkante war, die sich als schier unüberwindliches Hindernis herausstellte.

»Ich komme einfach nicht weiter!«, ächzte Leandro. »Diese Kante ist wie ein Gebirge.«

Lion schaute auf den Monitor: »Warum benutzt du nicht die Greifarme?«

Leandro pfiff durch die Zähne: »Gute Idee!«

Er fuhr einen der Greifarme aus, klemmte diesen an der Metallkante fest und versuchte dadurch, den Krabbler über das Hindernis hinweg in den Schaltkasten hineinzusetzen.

Doch plötzlich verlor der Greifarm die Fassung und rutschte ab. Auf dem Monitor war für eine Sekunde lang zu sehen, wie der Krabbler hinunterstürzte. Als er auf dem Boden aufschlug, fiel das Bild aus.

»So ein Mist!«, jammerte Yumiko. »Was machen wir denn jetzt?«

Für einen Moment starrten sie ratlos auf das Display, das kein Bild mehr anzeigte.

Lion durchbrach das Schweigen: »Vielleicht labere ich ja jetzt den größten Schwachsinn – aber immer, wenn bei uns daheim der Satellitenreceiver ausgefallen ist, hat mein Daddy einfach den Stecker gezogen und neu gestartet.«

»Das ist zwar tatsächlich großer Schwachsinn, aber mir fällt gerade auch nichts Besseres ein. Ich drücke mal den Reset-Knopf, selbst wenn ich damit vielleicht alles endgültig zerstöre.«

Leandro betätigte auf dem Display einen roten Button. Dann warteten sie ab.

Als nichts geschah, runzelte Yumiko die Stirn: »Ich fürchte, jetzt hast du ihn tatsächlich endgültig verloren!«

Doch in diesem Augenblick sahen sie auf dem Monitor wieder die Kamera des Krabblers.

»Da ist er wieder!«, atmete Leandro erleichtert auf und betätigte sofort den Steuerungsbutton. »Und er funktioniert sogar einwandfrei!«

Leandro steuerte den Krabbler wieder bis zur Wand und ließ ihn bis zum Schaltkasten hinaufkrabbeln.

»Und jetzt solltest du es mit dem anderen Greifarm versuchen«, schlug Lion vor. »Vielleicht funktioniert der besser.«

Leandro tat genau das und tatsächlich gelang es ihm diesmal, den Krabbler über die Kante in den Schaltkasten hinein zu hieven. Der Rest war ein Kinderspiel. Er steuerte das Hightech-Gerät direkt neben die Schalthebel.

»Yumiko, sag mir jetzt bitte, welchen Hebel ich betätigen muss.«

Die schaute auf einen Schaltplan, den sie vor sich hatte. Um an den Schaltplan zu gelangen, hatte sie sich einen Tag vorher ins Netz des Herstellers hacken müssen, um ihn sich herunterladen zu können.

»Es ist der dritte Schalter von links.«

»Danke.«

Leandro fuhr eine Saugvorrichtung aus, die sich sofort an der Metalloberfläche festsaugte und dem Gefährt damit zusätzlichen Halt gab. Dann schwenkte er den anderen Greifarm aus und legte damit den von Yumiko genannten Schalter um.

»Das war's«, schnaubte Leandro erlöst. »Der Weg ist frei.«

»Jetzt müssen wir nur noch einbrechen«, atmete Lion erleichtert auf.

Yumiko bremste die Euphorie der beiden ein wenig: »Abwarten!«

* * *

USA, San Francisco, in einem Hotel – 23. Dezember, 21:50 Uhr

Ariel, David und Jackie hatten ihre Gegner mittlerweile von Martins Hotelzimmer in den Keller des Hotels gebracht, den Martin wohlweislich nicht kannte. Ein Angestellter hatte ihnen diesen – gegen ein angemessenes Trinkgeld – zur Verfügung gestellt.

Ariel fesselte die Männer mit den Handschellen an einfache Holzstühle, klebte ihnen sorgsam den Mund zu, zog ihnen die Säcke wieder über den Kopf, wobei er darauf achtete, dass sie darunter auch gut Luft bekamen, und setzte ihnen Kopfhörer auf, die keinen Laut durchließen. So wollte er dafür sorgen, dass sie – sollten sie wider Erwarten aufwachen – weder mitbekamen, wo sie waren, noch, was um sie herum geschah. Und sie sollten natürlich auch nicht um Hilfe schreien können.

»Hier können sie erst einmal bleiben«, sagte er, an die anderen gewandt.

»Was machen wir mit ihnen?«, fragte Jackie.

»Ich werde sie später aus dem Hotel schaffen, an einen geheimen Ort bringen und sie nach Mossad-Methoden verhören. Übrigens – Leandro, Yumiko und David ist es mithilfe des Krabblers gelungen, das Sicherheitssystem in Gilberts Bungalow zu deaktivieren. Aber es gibt ein Problem.«

»Welches?«, fragte David nach.

»Martin wurde überwältigt und wird gerade abtransportiert. Janina und Bernie verfolgen das Fahrzeug, brauchen aber meine Unterstützung, sobald Winter und diese Aapio das Labor erreicht haben.«

»Was hast du vor?«, fragte Jackie

»Ich werde ihnen mit dem Gleitschirm hinterherfliegen und ...«

In diesem Augenblick klingelte sein Smartphone.

»Ja?«

»Ari, wir brauchen dringend deine Hilfe!«, sagte Yumiko aufgeregt. »Wir kommen einfach nicht rein. Gilberts Wohnung ist auch ohne Sicherheitssystem viel besser gesichert, als wir angenommen hatten.«

»Ich kann gerade nicht. Wie du weißt, transportieren sie Martin ab.«

Yumiko atmete tief durch: »Ari! Du weißt genauso gut wie ich, dass wir nur ein kleines Zeitfenster haben, um in den Bungalow einzudringen.«

»Ja, das ist mir bekannt! Zwanzig Minuten, und wenn sich bis dahin niemand im Bungalow aufhält, wird das Sicherheitssystem automatisch wieder reaktiviert. Aber Janina und Bernie brauchen mich.«

»Du musst Prioritäten setzen, Ari. Denk daran, weshalb wir hier sind.«

Ariel überlegte fieberhaft. Er musste sich entscheiden. Schnell. Auch wenn ihm das schwerfiel.

»Ich bin in fünf bis zehn Minuten da!«

Dann informierte er Janina und Bernie darüber, dass sie erst einmal ohne ihn klarkommen mussten.

Bevor er ging, wandte er sich an David und Jackie: »Ihr kümmert euch um unsere Gefangenen. Setzt notfalls die Waffe ein, sollte irgendetwas schiefgehen. Und ihr dürft sie keinen Augenblick aus den Augen lassen. Am besten ist immer einer mit der Waffe im Anschlag hier und hält sie in Schach.«

»Übertreibst du da nicht etwas?«, fragte David irritiert nach.

»Nein! Ich weiß nicht genau, wie lange der Betäubungszustand anhält. Wenn wir Pech haben, wachen sie auf, bevor ich zurück bin. Und es sind kaltblütige Killer. Also – nicht aus den Augen lassen – und wenn es sein muss, drückt ihr ohne zu zögern ab.«

Ariel hielt David eine Waffe mit Schalldämpfer entgegen, der diese mit zitternder Hand entgegennahm.

Kurz darauf startete Ariel, der einen schweren Rucksack auf dem Rücken dabeihatte, mit dem vierten Motorgleitschirm in Richtung Gilberts Anwesen.

* * *

USA, auf den Straßen San Franciscos – 23. Dezember, 21:50 Uhr

Der BMW bog von der Front Street rechts ab in die Green Street, die an die Piers von San Francisco führte. Wenig später erreichten sie eine an der Bucht entlangführende Straße mit dem Namen The Embarcadero.

»Wo die wohl hinfahren?«, murmelte Janina.

»Keine Ahnung. San Francisco ist riesig.« Bernie gab sich größte Mühe, mit dem Wagen mitzuhalten, ohne aufzufallen.

Am Pier 33, nicht weit entfernt vom Colt Tower, bog der BMW links ab in die Bay Street und folgte ihr bis zum Fort Mason, wo er wieder rechts abbog und der Straße folgte, die schließlich Richtung Bucht in den Marina Boulevard mündete.

»Dort vorne ist ein Jachthafen. Was machen wir, wenn sie Martin auf ein Motorboot bringen?«, fragte Janina aufgeregt.

»Dann sehen wir ziemlich alt aus«, bemerkte Bernie mit Sarkasmus in der Stimme.

Unglücklicherweise geschah genau das, was Janina befürchtet hatte. Beim San Francisco Bay Trail bog der BMW rechts ab und kam auf einem der Parkplätze zum Stehen.

»Jetzt haben wir ein echtes Problem«, stellte Bernie konsterniert fest. »Sie bringen ihn tatsächlich auf eine Jacht.

Janina nahm sofort ihr Smartphone zur Hand und wählte Ariels Nummer. Doch der meldete sich nicht.

»Wahrscheinlich ist er noch unterwegs«, vermutete Bernie. »Wir probieren es gleich noch einmal.«

Wenig später hatte Janina Ariel in der Leitung: »Sie bringen Martin in diesem Moment auf eine Jacht. Wo bist du?«

»Ich bin gerade auf dem Dach bei Winter gelandet. Lass mich hier erst einmal richtig ankommen – einen Augenblick!«

Ariel steckte sein Smartphone ohne aufzulegen in seine Hosentasche, legte das Gurtzeug ab und sicherte den Gleitschirm. Dann nahm er das Smartphone wieder in die Hand: »Hier bin ich wieder.«

»Sie bringen Martin gerade auf eine Jacht«, jammerte Janina noch einmal. »Du weißt selbst, was das bedeutet. Wir werden ihn wahrscheinlich niemals wiedersehen.«

»Janina! Falls du es vergessen hast – wir müssen in Gilberts Anwesen eindringen. Ich werde hier dringend gebraucht, damit das auch gelingt. Ich kann hier nicht weg!«

»Aber wir können ihn denen doch nicht einfach überlassen! Vor allem werden sie ihn verhören!«, insistierte Janina vehement.

»Tut mir leid, Janina. Ich muss Prioritäten setzen.«

Ariel wechselte sein Smartphone von der einen zur anderen Seite und fuhr fort: »Aber ich spreche die Sache mit den anderen durch und melde mich gleich.«

Ariel begrüßte Yumiko, Leandro und Lion und erklärte ihnen kurz das Problem, das Janina ihm genannt hatte. Yumiko merkte, dass Ariel jetzt gerne zu Janina und Bernie an den Jachthafen fliegen würde. Es schmerzte ihn, dass er Martin gerade im Stich lassen musste.

»Wir haben einfach keine Zeit, um Martin zu helfen«, redete Yumiko auf Ariel ein. »Martin wusste, worauf er sich einlässt. Und uns läuft die Zeit davon!«

»Ich übernehme die Sache«, schlug Lion vor. »Jetzt, nachdem Ari da ist, stehen wir uns eh auf den Füßen hier oben. Ich verfolge die Jacht mit meinem Motorgleitschirm.«

Ariel widersprach: »Über dem Wasser zu fliegen, ist viel zu riskant, Lion. Wenn die Batterie leer ist, stürzt du ab und ersäufst im kalten Wasser.«

Lion ignorierte die Warnung seines Onkels und streifte sich sein Gurtzeug über: »Mach dir um mich keine Sorgen. Ich werde auf mich aufpassen.«

Ariel nahm wieder sein Telefon zur Hand: »Janina! Lion kommt mit seinem Motorgleitschirm. Keine Ahnung, was er vorhat.«

»Er soll sich beeilen! Sie betreten bereits die Jacht.«

Lion steckte sich einen Bluetooth-Kopfhörer ins Ohr, das mit seiner Smartwatch verbunden war, und wählte Bernies Telefonnummer. Dann lief er an und startete.

Während Ariel bereits seine Ausrüstung aus dem Rucksack herausholte, mit deren Hilfe er in Gilberts Wohnung eindringen wollte, rief Yumiko Lion hinterher: »Weißt du überhaupt, wo es langgeht?«

»Zum Jachthafen!«, rief Lion zurück. »Den Rest wird mir Daddy während des Flugs erklären.«

Dann verschwand er unterhalb der Dachkante. Kurz darauf sahen sie ihn in Richtung Golden Gate Bridge wegfliegen.

Ariel stand an einer der vielen Terrassentüren, die in Gilbert Winters Anwesen hineinführten: »Was ist denn euer Problem? Wir müssen doch nur durch diese Tür hindurch. Dann sind wir drin.«

»Witzbold! Die Scheibe ist aus Panzerglas«, klärte ihn Leandro auf. »Mit unserem Werkzeug kommen wir da niemals durch.«

»Dann müssen wir es eben mit Gewalt versuchen.«

Ariel nahm einen Laserschneider aus seinem Rucksack und begann, damit das Glas zu bearbeiten. Nach fünf Minuten war er durch und konnte die Tür öffnen.

Sofort betraten sie das dahinterliegende Zimmer, buchstäblich in letzter Sekunde. Auf der Stoppuhr, die Yumiko eingestellt hatte, damit sie wussten, wann sich Winters Sicherheitssystem wieder aktivieren würde, liefen nämlich gerade die letzten Sekunden ab.

* * *

USA, San Francisco, St. Francis Jacht Club – 23. Dezember, kurz nach 22:00 Uhr

Lion erreichte den Jachthafen. Bernie hatte ihm während des Fluges alles erklärt, sodass er nur noch Ausschau nach der einzigen Jacht halten musste, die soeben den Hafen verließ. Beim Überflug des Parkplatzes gab er seinem Vater ein Zeichen und setzte sofort der auslaufenden Jacht hinterher.

Lion wusste, was sein Fluggerät konnte: Es handelte sich um einen Motorgleiter der neuesten Generation mit Reflexprofil, der Geschwindigkeiten bis zu 70 Stundenkilometer erreichen konnte. Allerdings wusste Lion, dass eine hohe Geschwindigkeit die Flugzeit beträchtlich reduzieren würde. Deshalb war er froh, dass die Jacht mit einem moderaten Tempo in die Bucht hinausfuhr.

Lion folgte ihr. Zunächst hielt sie Kurs auf die berühmt-berüchtigte Gefangeneninsel Alcatraz Island. Dann schwenkte sie nach links und fuhr direkt auf die hell erleuchtete Golden Gate Bridge zu, die in einer Höhe von 67 Metern eine Meerenge zwischen dem Pazifik und der Bucht von San Francisco überspannte. Der Anblick war atemberaubend. Dichter Nebel lag über dem Wasser, aber die Brücke ragte über diesem Nebel heraus und war kristallklar zu erkennen.

Doch Lion konnte den Anblick der angeblich schönsten Brücke der Welt nicht genießen. Er musste sich auf die Jacht konzentrieren, die in den dichten Nebelschwaden unter ihm nur schwer zu erkennen war. Wenn er nicht genau aufpasste, würde er sie ganz schnell verlieren.

Nach wenigen Minuten hatte die Jacht die Brücke passiert. Er folgte ihr und flog unter der Brücke hindurch. Wenig später lag das offene Meer dunkel vor ihm - der Pazifik.

Lion hielt Kurs, doch ein Blick auf die Akkuanzeige sagte ihm, dass er sich wohl nicht mehr lange in der Luft halten konnte. Ihm musste schleunigst etwas einfallen, sonst würde genau das passieren, wovor Ariel ihn gewarnt hatte. Er würde ins Meer stürzen und dabei wahrscheinlich ertrinken.

Lion traf einen Entschluss.

KAPITEL 20

USA, San Francisco, Gilbert Winters Anwesen – 23. Dezember, gegen 22:15 Uhr

Ariel, Yumiko und Leandro hatten das Wohnzimmer von Gilbert Winters Königreich betreten. Jetzt standen sie unentschlossen in der Mitte des Raums.

»Fragt sich, wo wir mit der Suche anfangen«, murmelte Leandro unsicher.

Yumiko drehte sich einmal um die eigene Achse: »Und wonach suchen wir überhaupt?«

Leandro zuckte mit den Schultern: »Zum Beispiel nach einem Tresor, der geknackt werden kann, oder einem geheimen Lagerraum.«

»Na, dann teilen wir uns am besten auf. Ich bleibe hier, Yumiko, du gehst nach links, Leandro, du siehst nach, welche Räume sich rechts von hier verbergen. Dann sehen wir weiter«, schlug Ariel vor.

Gesagt, getan.

Eine Viertelstunde später trafen sich alle wieder im Wohnzimmer. Doch außer vier großen Wohnräumen, die kaum Möbel enthielten, drei Bädern, einem Saunabereich und einem Whirlpool-Zimmer, das nur mit einer Glaskuppel überdacht war und einen fantastischen Blick auf die Bucht bot, fanden sie nichts, wonach sie suchten.

»Es ist zum Verrücktwerden«, stellte Yumiko fest. »Martin hat steif und fest behauptet, dass Gilbert Winters Anwesen nicht nur aus einem Wohnbereich bestehen würde, sondern dass er hier alles aufbewahrt, was für ihn von Bedeutung ist.«

»Aber hier ist nichts«, stellte Leandro nüchtern fest. »Wir haben alles auf den Kopf gestellt und nichts gefunden. Diese Wohnung ist ein Luxus-Appartement der Superlative, mehr aber auch nicht. Ob sich Martin getäuscht hat?«

»Das glaube ich nicht.« Ariel schaute auf einen Wohnzimmerschrank, der sich an einer Außenwand ohne Fenster befand, und stutzte: »Diesen Schrank hier haben wir uns noch nicht angeschaut.«

Leandro wollte ihn öffnen, doch Ariel hinderte ihn daran: »Warte! Lass mich vorher erst einmal mit einer Kamera ins Innere hineinschauen – nicht, dass wir beim Öffnen der Schranktür eine Überraschung erleben.«

Leandro schaute ihn fragend an: »Wie willst du das machen?«

Anstatt zu antworten, holte Ariel eine Kamera mit einem Schwanenhals heraus, der nur einen Durchmesser von gerade mal zwei Millimetern hatte. Auch der Kamerakopf am Ende des Schwanenhalses war winzig klein, sodass die Kamera problemlos durch die Schranktürritze passte, die sich zwischen den beiden Schranktürflügeln befand. Er schloss die Kamera an sein Smartphone an, öffnete eine App und bekam sofort ein brillant scharfes Bild auf sein Display geliefert. Er führte die Schwanenhalskamera in den Schrank ein und begann, diesen damit zu untersuchen. Dazu musste Ariel den Schwanenhals der Kamera mehrmals wieder herausholen, verbiegen und wieder neu einführen, bis er jeden Bereich des Schranks untersucht hatte.

Als er die Rückseite der Tür untersuchte, stutzte er plötzlich: »Wie ich's vermutet habe! An der Innenseite des rechten Türflügels befindet sich ein aktiver Laser.«

Yumiko schaute auf das Smartphone-Display: »Ich weiß, was das ist. Es handelt sich um ein Standardmodell einer Alarmanlage. Sobald wir die Schranktür öffnen ...«

»... wird der Laserstrahl unterbrochen, wodurch ein Alarm ausgelöst wird«, vollendete Leandro den Satz.

»Genau«, bestätigte Yumiko.

»Sehen wir es mal sportlich«, grinste Leandro, »die Existenz dieser Alarmanlage bedeutet ja auch, dass sich hinter dieser Tür ein Geheimnis verbirgt.«

Alle drei schwiegen und überlegten, wie sie die Alarmanlage austricksen konnten.

* * *

USA, San Francisco, Golden Gate – 23. Dezember, gegen 22:15 Uhr

»Hört mich jemand?«, rief Lion in sein Bluetooth-Mikrofon hinein.

»Ja, ich höre dich!«, antwortete ihm Bernie.

»Daddy?«

»Ja, ich bin's. Wo bist du gerade?«

»Keine Ahnung! Irgendwo auf dem Golden Gate, Richtung offenes Meer. Ich habe dir gerade meine Koordinaten geschickt. Ich bin immer noch in der Luft und folge der Jacht. Sie hat die Golden Gate Bridge passiert und steuert an der Pazifik-Küste entlang in nördlicher Richtung. Der Akku meines Motors ist aber gleich leer.«

Bernie lief es kalt den Rücken hinunter: »Dann bring dich in Sicherheit und lande an der Küste. Sofort! Du müsstest doch in der Nähe von Point Bonita sein.«

»Geht nicht! Ich bin dreihundert Meter von der Küste entfernt. Das schaffe ich nicht mehr. Ich versuche auf der Jacht zu landen. Am Heck gibt es einen größeren Vorsprung, den man vom vorderen Teil der Jacht aus nicht überblicken ...«

Bernie wollte etwas sagen, aber die Verbindung riss plötzlich ab.

Janina, die neben Bernie auf einem Bootssteg im Jachthafen stand, schaute ihn fragend an: »Was ist passiert?«

»Lions Akku lässt nach. Bis zum Ufer schafft er es nicht mehr. Er will auf der Jacht landen.«

Janina starrte ihn entsetzt an: »Der hat ja einen Sprung in der Schüssel!«

Bernie sagte nichts, sondern schaute sich verzweifelt um.

Plötzlich entdeckte er einen Mann, der sich auf einer der vielen Jachten aufhielt und gerade im Begriff war abzulegen.

Ohne Worte zu verlieren, spurtete Bernie los und rannte den langen Steg entlang, bis er direkt vor der Jacht stand.

»Warten Sie bitte! Halt! Stopp! Bitte! Wir brauchen dringend Ihre Hilfe.«

Der Mann schien Bernie zu ignorieren und legte einfach ab.

»Bitte! Hören Sie mir zu! Es geht um Leben oder Tod.«

Jetzt schaute der Mann über das Wasser zu Bernie hinüber: »Nehmen Sie es mir nicht übel, aber das ist eine ziemlich dumme Masche, die Sie da abziehen.«

Bernie rang um Worte: »Nein! Bitte! Das ist keine Masche. Mein Sohn ist in Seenot.«

»Rufen Sie doch die Küstenwache!«

»Das reicht nicht mehr! Wenn nicht sofort etwas unternommen wird, ist es zu spät.«

»Das sagen sie alle«, winkte der Mann belustigt ab.

Plötzlich kam ein junges hübsches Paar aus einer der Kajüten heraus und stellte sich Händchen haltend neben den Jachtbesitzer.

Die junge Frau - Bernie schätzte, dass sie nur wenige Jahre älter als Lion war - rief mit einem starken deutschen Akzent zu ihm hinüber: »Warum ist ihr Sohn in Seenot?«

»Weil er leichtsinnig war! Er ist mit einem Motorgleiter hinter einer Jacht hergeflogen aufs offene Meer hinaus. Er hat mir soeben über Funk mitgeteilt, dass der Akku gleich leer ist und er es nicht mehr bis zum Ufer schaffen wird. Ich vermute, dass er abgestürzt ist. Wenn ihm nicht ganz schnell jemand zu Hilfe kommt, wird er diese Nacht nicht überleben.«

»Schwachsinn«, grummelte der Jachtbesitzer, der etwa in Bernies Alter war.

Jetzt schaltete sich der junge Mann ein, der ebenfalls etwas älter als Lion war und bis dahin geschwiegen hatte: »Kein Schwachsinn, Daddy. Es stimmt, was dieser Mann sagt. Ich habe vor etwa einer Viertelstunde beobachtet, wie jemand mit einem Motorgleitschirm aufs Wasser hinausgeflogen ist. Konnte mir allerdings keinen Reim drauf machen, wie jemand so verrückt sein kann.«

Mittlerweile hatte Janina Bernie erreicht.

»Na gut! Sie dürfen meinetwegen an Bord kommen und uns die Sache genauer erklären. Aber vorher werden wir Sie auf Waffen absuchen. Man kann ja nie wissen! Wie heißen sie überhaupt?«

»Bernie Daniels. Und meine Begleiterin heißt Janina Adams. Und wie heißen Sie?«

»Mein Name ist William - William Hart«, sagte dieser kurz. »Und jetzt wäre ich Ihnen sehr dankbar, wenn Sie beide mit nach oben gestreckten Händen an diese Wand hier herantreten würden, damit mein Sohn und meine Schwiegertochter sie in aller Ruhe auf Waffen untersuchen können. Dann sehen wir weiter.«

Bernie und Janina gehorchten sofort.

Wenig später legte die Jacht mit Bernie und Janina an Bord ab.

* * *

USA, San Francisco, im Keller eines Hotels – 23. Dezember, gegen 22:30 Uhr

Der Hüne war mittlerweile aus der Bewusstlosigkeit erwacht und atmete tief durch die Nase. Ein Sack war über seinen Kopf gestülpt, sein Mund war zugeklebt und er war an Händen und Füßen mit Handschellen an einen Stuhl gefesselt worden.

Wo war er? Was war passiert?

Er versuchte sich zu konzentrieren und dachte nach. Schlagartig wurde ihm bewusst, dass man ihnen eine Falle gestellt hatte.

Man hatte sie in ein Hotelzimmer gelockt, wo sich Jaqueline als Köder aufhielt. Und dann hatte man ihn und den Iren außer Gefecht gesetzt, wahrscheinlich, um sie hinterher zu verhören. Er hatte einen schalldichten Kopfhörer auf. Um diesen abzustreifen, strich er mit dem Kopf über seine Schultern. Kurze Zeit später fiel der Kopfhörer zu Boden.

Er lauschte und hörte Atemgeräusche neben sich, die wahrscheinlich vom Iren stammten. Sonst hörte er nichts. Anscheinend befanden sich nur er und sein Kumpane in diesem Raum. Das war eine wichtige Voraussetzung, um etwas unternehmen zu können.

Brioso schloss die Augen. Eine seiner großen Stärken war es, immer die Ruhe zu bewahren und innerhalb kürzester Zeit Lösungen für Probleme zu finden.

Er stand zwar immer noch unter der Wirkung des Betäubungsgases, doch ganz langsam wurde es besser, und es gelang ihm, seine Gedanken zu bündeln.

Es war Zeit zu handeln, solange niemand anderes im Raum war.

Schnell griff er mit der rechten Hand an den linken Ärmel seines Pullovers, riss eine Naht auf und zog einen Draht aus dem Ärmel heraus. Geschickt formte er diesen mit beiden Händen so zurecht, dass er damit die Handschellen öffnen konnte - was ihm Sekunden später auch gelang. Nachdem er die Hände frei hatte, streifte er sich den Sack über dem Kopf ab, riss sich das Klebeband vom Mund und sah sich um.

Eine Glühlampe brannte und tauchte den Kellerraum, in dem er sich offensichtlich befand, in ein fades Licht. Sein Blick fiel auf den Iren, der immer noch bewusstlos war. Seine Augen suchten weiter den Raum ab und entdeckten eine Kamera, die sich über der Kellertür befand. Er musste sich beeilen, in wenigen Augenblicken würde bestimmt jemand kommen.

Brioso musste handeln. Jetzt. Sein Kumpane war zu einem Sicherheitsrisiko für ihn, für die Organisation, für den Meister geworden. Er konnte ihn hier nicht zurücklassen und darauf warten, dass er wach wurde. Ihn zu wecken, machte aber auch keinen Sinn. Blieb also nur die Möglichkeit, ihn für immer schlafen zu lassen und das seinen Gegnern in die Schuhe zu schieben.

Er öffnete blitzschnell den Absatz seines rechten Schuhs und holte eine Rasierklinge sowie einen stärkeren Draht hervor, den er zu einem Dietrich formte. Er schnitt die Kabelbinder an seinen Füßen durch und stülpte in einer fließenden Bewegung der Kamera über der Tür den Sack über, den er bis vor Kurzem noch über dem Kopf getragen hatte. Dann wandte er sich dem Iren zu. Die Rasierklinge in seiner Hand blitze im Licht der Glühbirne auf.

Wenig später öffnete er lautlos mithilfe des Dietrichs die Kellertür und machte sich eilig auf den Weg nach draußen.

* * *

David, der dringend zur Toilette musste, hatte gegen Ariels ausdrücklichen Rat den Raum für kurze Zeit verlassen und war in eines der von ihnen gemieteten Hotelzimmer geeilt. Jackie hatte sich schon vor circa einer halben Stunde auf eines der Zimmer zurückgezogen, um sich auszuruhen und Kraft für die zweite Bewachungsschicht zu tanken.

Jetzt befand er sich gerade wieder auf dem Rückweg in einem Fahrstuhl, der ihn nach unten brachte. Doch zu seinem Ärger stoppte dieser in der Hotel-Lobby.

Er drückte mehrmals den Keller-Knopf, aber nichts geschah.

David zuckte mit der Schulter. Vermutlich war es nur mit einem Schlüssel möglich, bis ganz in den Keller weiterzufahren, der sich zwischen dem Erdgeschoss und dem noch tiefer gelegenen Parkhaus befand.

Dann erinnerte er sich daran, dass Ariel tatsächlich einen Schlüssel benutzt hatte, um die beiden Gefangenen mit dem Fahrstuhl in den Keller zu bringen.

Er beschloss, durch das Treppenhaus in den Keller zurückzukehren, verließ den Fahrstuhl, betrat die Lobby, ignorierte den Portier am Empfang, der ihm zuwinkte, und schaute stattdessen auf das Display seines Tablets, das ihm eine Videoaufnahme der letzten Minuten aus dem Kellerraum lieferte.

Er riss schockiert die Augenbrauen hoch, konnte nur schwer einen leisen Schrei unterdrücken: Er sah, wie der Hüne sich befreite und die Kamera mit dem Sack abdeckte! David wagte kaum darüber nachzudenken, was das nun bedeutete.

Mit einem panischen Gesichtsausdruck sah er auf. In diesem Augenblick kam ihm ein großer, blonder Mann entgegen.

Ihre Blicke trafen sich. David schaute schnell weg, als er erkannte, dass es der Hüne war.

Zum Glück erkannte dieser ihn nicht, sondern lief an ihm vorbei, dem Ausgang entgegen.

David machte auf der Stelle kehrt, betrat wieder den Fahrstuhl und drückte den Knopf für das drittoberste Stockwerk, ein Stockwerk unter dem, in dem sich ihre Zimmer befanden, und zwei Stockwerke unter dem Zimmer, in dem sie ihren Gegnern eine Falle gestellt hatten. Keiner durfte wissen, in welches Stockwerk er wirklich wollte.

Dann ging alles sehr schnell: Der Hüne, der schon den Ausgang erreicht hatte, drehte sich um und rannte auf den Fahrstuhl zu.

Davids Herz begann zu rasen und er starrte auf den herbeirennenden Mann – gleich hatte er den Fahrstuhl erreicht. An die Waffe, die er bei sich trug, dachte er in diesem Augenblick nicht. Warum dauerte es so lange, bis die Tür endlich zuging? Doch dann verschloss sich die Tür und der Fahrstuhl setzte sich in Bewegung.

David atmete erleichtert auf, wusste aber, dass ihn sein Gegner erkannt hatte und ihm mit dem nächsten zur Verfügung stehenden Fahrstuhl sofort folgen würde. Hoffentlich kam dieser nicht allzu schnell.

Zum Glück wusste der Hüne nichts von dem Zimmer, in dem sich Jackie jetzt aufhielt. Während der Fahrstuhl nach oben fuhr, klingelte er Jackie aus dem Schlaf und informierte sie in kurzen Sätzen über die neueste Entwicklung.

Oben angekommen, verließ er den Fahrstuhl, begab sich sofort zum Treppenhaus, erklomm die Treppen zum zweitobersten Stockwerk und erreichte kurz darauf Jackies Zimmer.

* * *

Anstatt David direkt mit dem Fahrstuhl zu folgen, lief der Hüne schnurstracks zu seinem Fahrzeug, das auf einem Parkplatz vor dem Hotel stand, fischte eine Waffe und ein Ersatz-Handy aus einer Klappe unter dem Fahrersitz und forderte Verstärkung an. Außerdem nahm er eine Brieftasche aus dem Handschuhfach und kehrte damit ins Hotel zurück.

Er zog einen CIA-Ausweis aus dem Portemonnaie heraus und wandte sich damit an den Portier am Empfang.

»Im Namen der Vereinigten Staaten von Amerika fordere ich Sie dazu auf, mich in allem zu unterstützen, was ich jetzt von Ihnen verlange.«

Der Portier schaute ihn mit großen Augen an: »Und wie kann ich Ihnen helfen?«

»Ich brauche von Ihnen eine Zimmernummer.«

KAPITEL 21

USA, San Francisco, in Gilbert Winters Bungalow – 23. Dezember, gegen 22:30 Uhr

»Und du meinst, damit können wir den Lichtstrahl umleiten und dadurch die Tür öffnen?«, fragte Leandro skeptisch, während er Ariel beobachtete, wie er ein kleines Gerät geschickt an einer Stelle des Schranks anbrachte.

Ariel nickte: »Der Laserstrahl wird vom Sender über ein paar Spiegelreflektoren und ein Glasfaserkabel zum Receiver umgeleitet, sodass man die Tür öffnen kann.«

Nachdem Ariel fertig war, öffnete er die Tür, ohne dass ein Alarm ausgelöst wurde, und blickte auf eine Tresortür, die sich an der Rückwand des Schranks befand.

»Jetzt bist du an der Reihe, Yumiko«, sagte er grinsend und trat einen Schritt zur Seite, um Yumiko Platz zu machen. »Bin mal gespannt, wie du diesen Tresor aufbekommst.«

»Ist ein klassischer alter Tresor ohne Elektronik, aber mit viel Mechanik drin, würde ich sagen«, murmelte sie. »Ich habe den Eindruck, dass Gilbert in seinem Privatleben jeder Art von Elektronik misstraut.«

»Klar!«, grinste Leandro. »Er weiß, wie leicht man elektronische Systeme aushebeln kann – das macht er schließlich oft genug selbst und baut deshalb in seinem Zuhause auf andere Sicherheitsstrategien.«

»Die werden ihm nichts nützen«, bemerkte Yumiko trocken. »Gib mir mal meine Tasche rüber, Leandro.«

Sie holte einen Apparat heraus, der wie ein einfaches Blutdruckmessgerät aussah, legte ein Stethoskop auf die Tresortür neben eine Drehscheibe und setzte sich Ohrhörer auf.

Dann begann sie, die Zahlendrehscheibe hin und her zu drehen. Voller Konzentration lauschte sie und versuchte, mit ihrem guten Gehör irgendwelche mechanischen Geräusche wahrzunehmen, die ihr Aufschluss über die Zahlenkombination gaben, mit der sich der Tresor öffnen ließ.

Sie setzte die Ohrhörer ab und schaute Leandro und Ariel, die ihr aufmerksam zuschauten, mürrisch an: »Leute! So geht das nicht! Ich brauche absolute Ruhe, sonst habe ich keine Chance. Kommt in fünf Minuten wieder.«

Ariel schaute amüsiert auf seine Armbanduhr: »Na gut. Fünf Minuten geben wir dir, aber keine Sekunde länger.«

»Haut ab«, zischte Yumiko und setzte sich die Ohrhörer wieder auf.

* * *

USA, vor der Küste San Franciscos – 23. Dezember, 22:35 Uhr

Lion war es tatsächlich gelungen, auf einer Fläche zu landen, die sich unterhalb des Hecks der Jacht nur einen halben Meter über dem Wasser befand. Diese Fläche ermöglichte es den Besitzern, nach einem Tauchgang ohne fremde Hilfe wieder an Bord zu gelangen.

Nachdem Lion sicheren Halt gefunden hatte, raffte er sofort den Schirm zusammen, noch während dieser in der Luft war. Auf keinen Fall durfte er ins Wasser fallen!

Besorgt kauerte sich Lion auf der kleinen Plattform zusammen. Hoffentlich hatte ihn niemand bei der Landung bemerkt! Die nächsten Minuten würden es zeigen.

Doch es blieb alles still, sodass er davon ausging, dass ihn niemand entdeckt hatte. Er setzte sich, lehnte sich mit dem Rücken zur Außenwand auf das Außendeck, nahm sein Smartphone zur Hand und wählte die Nummer seines Vaters.

Doch leider hatte er kein Netz. Wahrscheinlich befand sich die Jacht zu weit draußen auf dem Meer. So verfasste er eine Textnachricht an seinen Vater, in der er ihn auf den neuesten Stand brachte. Dann aktivierte er die GPS-Funktion seines Smartphones, rief die aktuellen Koordinaten auf, kopierte diese in die Textnachricht hinein und drückte auf Senden. Sobald sie wieder in einen Bereich mit Mobilfunknetz kamen, würde die Nachricht abgesendet werden - zumindest hoffte Lion das.

Er steckte das Smartphone weg und schaute vorsichtig über das Heck hinweg ins Innere der Jacht. Niemand war zu sehen. Wahrscheinlich befanden sich Gilbert und seine Begleiterin in der Steuerkabine, die jedoch mit einem Faltdach verschlossen war.

Vorsichtig kletterte er über die Reling und kauerte sich sofort wieder auf den Boden. Er befand sich jetzt auf einem kleinen Hinterdeck. Die Rückwand der Steuerkabine, die etwa anderthalb Meter über das Deck hinausragte, war nur über eine schmale Treppe zu erreichen. Lion versuchte vom Unterdeck Gilbert, seine Begleiterin oder Martin auszumachen, konnte aber aufgrund der Dunkelheit überhaupt nichts erkennen.

Ihm blieb nichts anderes übrig, als sich in gebückter Haltung bis zur Rückwand der Steuerkabine zu schleichen. Dort schaute er durch eine kleine verglaste Fensterluke hinein, die einen Spalt weit geöffnet war.

Da saßen sie: Gilbert Winter und die Finnin, der er einige Monate zuvor in Basel begegnet war, Jill Aapio. Beide schwiegen und konzentrierten sich darauf, den Kurs zu halten. Während Gilbert durch die Windschutzscheibe nach vorne sah, blickte Jill auf den kleinen Bildschirm eines Radars.

Lion fragte sich, wo sich Martin befand. Soweit er es erkennen konnte, war er nicht in der Steuerkabine. Wo hatten sie ihn hingebracht? Oder war er gar nicht auf der Jacht? Hatten sie ihn etwa schon über Bord geworfen?

In diesem Augenblick drehte sich Gilbert um und zeigte mit der Hand zur Luke, hinter der sich Lion befand.

Sofort zog Lion den Kopf ein. Hatte man ihn entdeckt?

»Kannst du mal nachschauen, ob er schon wieder wach ist?«

Jill schüttelte den Kopf: »Keine Chance! Die Dosis war so stark, dass er noch ein paar Stunden weg sein wird!«

Gilberts Stimme nahm eine Härte an, die keinen Widerspruch duldete: »Du gehst jetzt nach hinten und siehst nach!«

»Wenn es sein muss!«

»Es muss sein!«

Jill stand auf und ging widerwillig zu einer Seitentür der Steuerkabine.

Lion eilte über das Deck zurück zum Heck der Jacht, kletterte schnell über die Reling hinweg auf das Unterdeck, auf dem er gelandet war, und kauerte sich eng an die Wand, hoffend, dass Jill ihn nicht sehen würde.

Diese betrat mit einer Taschenlampe in der Hand das hintere Deck der Jacht und leuchtete in seine Richtung.

Lions Herz raste vor Aufregung; der Lichtkegel von Jills Taschenlampe senkte sich immer weiter herab, je näher sie ihm kam.

Plötzlich hörte er über sich ihre Stimme: »Wen haben wir denn da?«

* * *

USA, San Francisco, in einem Hotel – 23. Dezember, 22:35 Uhr

Jackie schaute David mit großen Augen an: »Wie konnte der Hüne sich so schnell befreien? Das ist echt unglaublich! Ich dachte, du passt auf ihn auf.«

»Ich hab's vermasselt, Jackie! Ari hatte mich ja vorgewarnt, dass man die beiden keine Sekunde aus den Augen lassen dürfe. Ich musste aber dringend auf die Toilette. In dieser Zeit ist es ihm gelungen, sich zu befreien.«

»Warum hast du mich nicht angerufen? Ich hätte doch für dich die Wache übernehmen können!«

David schaute sie schuldbewusst an: »Tut mir leid, Jackie, ich wollte dich nicht extra wecken und runterkommen lassen. Und ich musste echt dringend und konnte einfach nicht mehr länger warten.«

»Ja, das war blöd von dir, aber ist schon okay«, sagte Jackie kurz. »Das ist es nicht, was mir große Sorgen bereitet.«

»Was dann?«

»Na, wenn der Typ so schlau ist, dass er in Nullkommanichts entkommen konnte, wird es für ihn ein Kinderspiel sein, uns hier in diesem Zimmer aufzuspüren.«

David nickte unsicher: »Du hast recht. Hier sind wir nicht mehr sicher. Was schlägst du vor?«

»Ich weiß es nicht David! Ich habe Angst.«

»Ich auch.«

David schloss die Augen und tat das, was er in solchen Situationen immer machte: Er fing laut an zu beten.

Jackie hörte erst kurz zu, doch dann betete sie mit.

David öffnete seine Augen: »So, jetzt fühle ich mich besser.«

»Ich mich auch!«, sagte Jackie. »Aber ich weiß trotzdem noch nicht, wohin wir jetzt abhauen sollen. Wir sollten Ari anrufen.«

David nickte.

* * *

USA, San Francisco, St. Francis Jacht Club – 23. Dezember, 22:35 Uhr

»Also für diese Story biete ich euch das Du an!«, lachte William und schlug Bernie kameradschaftlich auf die Schulter. »Ich frage mich nur, ob ihr mir einen Bären aufbindet. Aber mir bleibt wahrscheinlich nichts anderes übrig, als euch die Geschichte abzukaufen.«

Sein Sohn zuckte mit der Schulter: »Also für mich gibt es keinen Grund, daran zu zweifeln.« Und mit einem Augenzwinkern sprach er weiter. »Denk mal an das, was wir so alles erlebt haben.«

William nickte bedächtig: »Stimmt! Das Leben schreibt die besten Geschichten.«

In diesem Augenblick kam eine Nachricht von Lion herein.

Bernie überflog sie und atmete erleichtert auf: »Lion ist es gelungen, unbemerkt auf der Jacht zu landen. Er hat mir neue Koordinaten zugesandt.«

»Na, dann sollten wir mal keine Zeit verlieren«, grinste William, dem die Sache immer mehr Spaß zu machen schien.

Er legte den Steuerhebel um und gab Vollgas.

* * *

USA, San Francisco, Gilbert Winters Anwesen – 23. Dezember 22:35 Uhr

Yumiko riss in einer Siegerpose die Faust in die Luft: »Geschafft! Wer will die Tresortür öffnen?«

»Ich!«, bestimmte Ariel, drehte an einem Rad, das am Tresor befestigt war. Er wollte die Tür gerade öffnen, doch in diesem Augenblick meldete sich sein Handy.

»Ja?«

»Ich bin's, David. Hör zu.«

In kurzen Zügen erläuterte David ihm, was passiert war und in welcher Lage sie sich dadurch gerade befanden.«

Ariel ärgerte sich über sich selbst, dass er den Hünen anscheinend nicht gründlich genug überprüft hatte, sodass es ihm so schnell gelungen war, sich zu befreien: »Passt auf euch auf! Ich sehe es genauso wie ihr. Ihr müsst verschwinden, sofort!«

Ariel beendete das Gespräch und wandte sich an die beiden anderen: »Der Hüne ist entkommen. Der Kerl hat einen sechsten Sinn und kann auch uns gefährlich werden. Wir müssen uns beeilen!«

* * *

USA, Vor der Küste San Franciscos – 23. Dezember, 22:35 Uhr

»Na, wen haben wir denn da? Den Superagenten«, ätzte Jill und blickte auf eine Plane auf der rechten Seite des hinteren Decks, die sie in diesem Moment vorsichtig anhob.

Sie schaute verächtlich auf Martin, der immer noch bewusstlos war.

Leise murmelte sie voller Spott in der Stimme: »Hast du wirklich geglaubt, dass wir uns von dir hereinlegen lassen? Weißt du, was wir mit dir machen? Du bekommst von uns einen Chip ins Hirn gepflanzt. Und danach wirst du schön nach unserer Pfeife tanzen, bis zu dem Zeitpunkt, wo wir dich draufgehen lassen.«

Sie lachte laut auf wie eine Hyäne, ließ die Plane wieder über Martin gleiten, drehte sich um und kehrte in die Steuerkabine zurück.

Lion, der alles mit angehört hatte, wartete noch eine Minute. Dann kletterte er erneut über die Reling und ging zur rechten Seite des Decks. Er sah sich die Plane genauer an. Vorhin hatte er die Folie im Schatten der Nacht nur am Rande wahrgenommen und ihr keine weitere Beachtung geschenkt; er hatte eine Sofagarnitur darunter erwartet, die im Winter durch die Folie vor Nässe und Kälte geschützt werden sollte. Es war ihm überhaupt nicht in den Sinn gekommen, dass sie Martin nicht bei sich haben würden.

Vorsichtig hob Lion die Plane an.

Dort lag er, Martin Webber, bewusstlos, gefesselt und geknebelt – tatsächlich auf einem Outdoor-Sofa. Wie konnte er ihn retten? Und vor allem, wie würde er es schaffen, sich selbst dabei nicht in Gefahr zu bringen?

In diesem Augenblick bemerkte er, dass sich die Jacht langsam wieder der Küste näherte. Die Entfernung betrug noch etwa hundertfünfzig Meter. Bedeutete das, dass sie in Kürze am Ziel sein würden? Lion ahnte, dass ihm nicht mehr viel Zeit blieb.

* * *

USA, Irgendwo in Illinois – 24. Dezember, gegen 00:40 Uhr

Khor nahm ein Telefonat entgegen: »Ja?«

»Ihr Verdacht hat sich bestätigt.«

Der oberste Priester von PENTATRAXON ballte die Hand zur Faust zusammen, setzte eine düstere Miene auf und schwieg. Dann sprach er einen leisen Befehl aus: »Löschen! Unverzüglich!«

»Und was geschieht mit dem Nachlass?«
»Ich sehe ein großes Feuer, das alle Frevel auslöscht.«
»Zu Befehl, Meister!«

* * *

USA, vor der Küste San Franciscos – 23. Dezember, 23:00 Uhr

»Unglaublich!«, schrie Gilbert in sein Smartphone hinein. »Dieser Webber hat tatsächlich Komplizen, die es auf euch abgesehen hatten?«

Der Hüne, der seine Pistole gezogen hatte und soeben das Stockwerk des Hotels betrat, das ihm vom Portier genannt worden war, stimmte Winter zu: »Ja, wir wurden ausgetrickst. Das Mädchen war nur ein Köder. Aber ich hab Verstärkung geordert, wir sind jetzt zu fünft und schnappen sie uns. Ich bin gleich vor ihrem Appartement.«

»Sehr gut! Tötet alle, mit Ausnahme des Mädchens. Ich will sie lebend haben! Ach, und noch eins. Geh danach sofort in mein Haus und schau nach dem Rechten.«

»Warum?«

»Nur so ein Gefühl.«

»Wird gemacht.«

Brioso beendete das Gespräch. Er stand nun genau vor dem gesuchten Appartement.

Er zielte mit seiner Waffe auf die Tür, nahm Anlauf und trat diese mit voller Wucht ein.

Dann stürmte er mit vier Männern ins Zimmer.

* * *

Lion hatte Martin und auch sich selbst einen Rettungsring umgelegt. Entfernt nahm er Winters keifende Stimme wahr, doch er achtete nicht weiter darauf. Er schleifte Martin zu einer Treppe, die sich zwischen Hinter- und Unterdeck befand, stieß ihn so sanft wie möglich hinunter und kletterte hinterher. Schnell hielt er seine Hand ins Wasser und atmete erleichtert auf. Es war nicht ganz so kalt, wie er befürchtet hatte. Er schätzte die Wassertemperatur auf etwa zehn bis zwölf Grad, was seiner Meinung nach gerade so noch ausreichte, um nicht sofort erfrieren zu müssen. Und da die Küste mittlerweile keine hundert Meter mehr von ihnen entfernt war, gab es auch eine realistische Chance, sie zu erreichen, vorausgesetzt, die Strömung trieb sie nicht auf den Pazifik hinaus. Daran mochte er gar nicht erst denken.

Aber die Alternative, an Bord zu bleiben, bedeutete für ihn und Martin den sicheren Tod.

Obwohl es ihm eigentlich davor graute, ins kalte Wasser springen zu müssen, schubste er Martin hinein und sprang sofort hinterher. Den Motorgleitschirm hatte er bereits vorher versenkt.

* * *

USA, San Francisco, in Gilbert Winters Bungalow – 23. Dezember, 22:40 Uhr

Ariel öffnete die Tresortür, leuchtete hinein und war enttäuscht:

»Da ist ja außer ein paar Aktenordnern fast nichts drin. Ich hatte mir, ehrlich gesagt, mehr erhofft.«

Leandro nahm sich dennoch einige Ordner heraus, um sie genauer anzusehen. Und plötzlich eröffnete sich ihnen ein Blick auf das, was sich dahinter verbarg; der Tresor war größer, als sie gedacht hatten.

»Doch, hier ist genau das drin, was wir haben wollten«, stellte er hochzufrieden fest.

»Und noch vieles andere mehr.« Yumiko packte sofort ein paar Festplatten in ihren Rucksack.

Ariel nickte: »Fragt sich nur, wie wir die Sachen von hier abtransportieren.«

»Oder was wir davon überhaupt mitnehmen können«, setzte Leandro den Satz fort. »Vielleicht müssen wir Prioritäten setzen.«

Yumiko stimmte ihm zu: »Wir nehmen mit, was geht. Den Rest lassen wir hier.«

Schweigend schauten sie sich den Inhalt des Tresors an, und Ariel fasste das, was alle dachten, in Worten zusammen: »Wir haben mal wieder die Qual der Wahl. Dann fangen wir mal an, Entscheidungen zu treffen, damit wir schleunigst von hier verschwinden können.«

* * *

USA, San Francisco, in einem anonymen Hotelzimmer – 23. Dezember, gegen 23:00 Uhr

Der Hüne betrat das Zimmer und schaute sich mit schnellem Blick um.

Es war leer.

Fluchend wandte er sich ab. Der Portier hatte ihn tatsächlich hinters Licht geführt und ihm eine falsche Zimmernummer genannt.

Er nahm sich vor, ihn dafür umzubringen.

Doch vorher musste er noch etwas anderes erledigen.

* * *

Charles Smith, der diensthabende Portier des Hotels, verließ mit Janina und David zusammen den Mitarbeiterfahrstuhl im zweiten Untergeschoss und begleitete sie zu ihrem Fahrzeug.

»Puh, das war knapp. Ich mach den Job jetzt schon über zwanzig Jahre, aber so etwas ist mir noch nie passiert. Doch als mir dieser seltsame Typ den CIA-Ausweis zeigte, wusste ich sofort, dass da etwas nicht stimmte.«

»Vielen Dank, Mr Smith, dass Sie uns geholfen haben.«

»Keine Ursache. Ich habe aber auch eine Bitte an euch.«

»Welche?«, fragte Jackie neugierig und öffnete die Wagentür.

»Ich quittiere mit sofortiger Wirkung meinen Dienst. Darf ich bei euch mitfahren.«

Jackie schaute ihn entsetzt an: »Was? Warum kündigen Sie? Gefällt es Ihnen in diesem Hotel nicht mehr?«

»Doch, mir gefällt es hier sehr gut. Aber ich vermute, dass mir dieser Killer den Kopf abreißen wird, sollte er mich lebend zu fassen bekommen. Also an der Pforte möchte ich mich ehrlich gesagt nicht mehr sehen lassen.«

David ließ sich auf den Fahrersitz fallen: »Klar! Steigen Sie ein!«

Kurz darauf verließen sie das Parkhaus und fuhren zu einem mit Ariel vereinbarten Treffpunkt. Vorher jedoch ließen sie Charles Smith an einem zu dieser Zeit dennoch belebten Platz aussteigen und im Gewusel der Menschen verschwinden.

* * *

USA, San Francisco, in Gilbert Winters Bungalow – 23. Dezember, 22:45 Uhr

Ariel, Yumiko und Leandro brauchten einige Minuten, bis sie alles sorgfältig überprüft und das eingepackt hatten, was sie mitnehmen wollten.

»Ich hoffe, wir haben das Richtige eingesteckt«, überlegte Yumiko laut und blickte auf die vielen Gegenstände, die sie im Tresor zurücklassen mussten, weil dafür in ihren Rucksäcken einfach kein Platz mehr war.

»Na, Hauptsache, wir haben die MCTS-Box dabei«, beruhigte sie Ariel.

Yumiko runzelte die Stirn: »Ich meine wegen Jackie. Ich hoffe, wir haben das dabei, was ihre Amnesie heilen kann.«

»Das hoffe ich auch«, sagte Leandro leise und stopfte noch eine kleine Thermoskanne in seinen Rucksack, die eigentlich keinen Platz mehr hatte.

»Was willst du denn damit anfangen?«, fragte Ariel amüsiert. »Willst du Kaffee trinken?«

»Genau - und Kuchen essen mit Schlagsahne. Wie hast du das erraten?«, konterte Leandro lachend.

»Lass das blöde Teil doch da! Das brauchen wir sicher nicht.«

Leandro schüttelte den Kopf: »Vertrau mir einfach!«

Sie verließen Gilbert Winters Appartement durch die kaputte Terrassentür und begaben sich zu ihren Gleitschirmen.

Kaum waren sie draußen, hörte Yumiko, die noch auf der angrenzenden Terrasse stand, dass sich der Fahrstuhl in Bewegung setzte.

»Wir müssen weg!«, schrie sie den anderen beiden zu. »Es kommt jemand!«

* * *

USA, vor der Küste San Franciscos – 23. Dezember, kurz nach 23:00 Uhr

Lion zitterte vor Kälte. Er hatte es sich viel einfacher vorgestellt, die knapp hundert Meter bis zur Küste zu schwimmen. Es kostete ihn viel Kraft mit Martin im Schlepptau und er kam kaum voran. Vor allem hatte er den Eindruck, dass die Flut gegen ihn arbeitete.

Zum Glück entfernte sich Gilbert Winters Jacht immer weiter von ihnen und hielt Kurs auf die Küste.

Doch plötzlich fuhr sie einen Bogen, kehrte um und kam in hohem Tempo genau auf ihn zu. Ein greller Suchschweinwerfer beleuchtete das Wasser.

Lion erschrak, als er begriff, was gerade passierte. Seine Gegner suchten das Wasser nach Martin ab.

* * *

USA, San Francisco, in Gilbert Winters Bungalow – 23. Dezember, 22:45 Uhr

Der Hüne betrat Gilberts Appartement und wusste sofort, was passiert war. Er schaute aus dem Fenster hinaus und sah, wie ein Gleitschirmflieger gerade Anlauf nahm, um vom Dach aus zu starten.

Schnell zog er seine Pistole und rannte zur beschädigten Terrassentür auf die Terrasse hinaus.

Ariel sah ihn aus dem Augenwinkel herauskommen, lief an und startete den Motor. Sekunden später hob er ab und flog davon.

Der Hüne zielte auf Ariel, nahm seinen Kopf ins Visier und wollte soeben abdrücken. Doch plötzlich spürte er hinter sich eine gewaltige Explosion, die alles um ihn herum in ein gleißendes Inferno verwandelte.

Es war das Letzte, was der Hüne wahrnahm. Dass ihn die Druckwelle der Explosion vom Dach des Hochhauses riss und in die Tiefe stürzen ließ, bekam er schon nicht mehr mit.

Auch Ariel spürte die Druckwelle der Explosion und schaute sich erschrocken um. Hinter sich sah er ein unglaubliches Inferno. Das komplette Hochhausdach brannte lichterloh. Gilbert Winters Anwesen, das sie mit ihren Gleitschirmen soeben verlassen hatten, existierte nicht mehr.

* * *

USA, vor der Küste San Franciscos – 23. Dezember, kurz nach 23:00 Uhr

Soeben hatte der Lichtkegel des Suchscheinwerfers Lion und Martin erfasst.

Lion hörte Gilbert Winters laute Stimme: »Da ist er! Und er hat sogar einen Begleiter dabei.«

Die Jacht kam immer näher und war nur noch etwa fünfzig Meter von Lion und Martin entfernt.

Plötzlich wurde es taghell. Eine Explosion zerriss die Jacht in tausend Stücke, gefolgt von einem ohrenbetäubenden Knall und einer Druckwelle, die über das Wasser fegte.

In einem lebenserhaltenden Reflex tauchte Lion sofort unter und zog Martin mit sich.

Gilbert Winter und Jill Aapio waren sofort tot.

* * *

USA, irgendwo in Illinois – 24. Dezember, kurz nach 01:00 Uhr

Khor nahm ein Telefonat entgegen: »Ja?«

»Beide Fackeln brennen lichterloh.«

»Und was ist mit den beiden anderen Rebellen?«

»Wir haben es so eingefädelt, dass einer von ihnen genau zur richtigen Zeit am richtigen Ort war, als die erste Fackel angezündet wurde. Davor hatte dieser sich um den Gast aus Irland gekümmert.«

»Alles klar!«

Khor beendete das Telefonat und wandte sich einem älteren Mann zu, der neben ihm stand: »Ab jetzt übernimmst du, mein lieber Artus, Gilberts Aufgabe.«

Sichtlich geschockt von der Nachricht und mit zusammengepressten Lippen schaute Artus den obersten Priester von PENTATRAXON an und rang um Worte.

Khor schaute Artus ins Gesicht und beantwortete ihm die Frage, die dieser nicht zu stellen wagte: »Ich weiß, Artus, dass du Gilbert mochtest und dass du jetzt ziemlich betroffen sein musst. Aber denk dran - er war ein Hochstapler und ein Betrüger. Er und seine Handlanger haben in niederträchtiger Weise mein Vertrauen missbraucht. Sie waren ungehorsam und haben sich mehrmals über meine klaren Befehle hinweggesetzt. Ich musste ein Exempel statuieren.«

Artus nickte bedrückt: »Aber darf ich fragen, großer Meister, warum auch Gilberts Anwesen zerstört wurde?«

»Zweifelst du etwa an meinen Entscheidungen, lieber Artus?«

»Nein, keineswegs. Aber eine Explosion mitten in San Francisco wird doch sicher für Schlagzeilen sorgen, die wir eigentlich vermeiden wollten. Ich möchte verstehen lernen.«

»Gilberts Anwesen steckte voll geheimer Informationen über unseren Orden. Material, das er niemals hätte sammeln dürfen. Ich habe unseren Orden heute von dieser Bedrohung befreit.«

»Und welche Schlagzeilen werden der Presse zugespielt?«

Khor gab Artus ein Dokument mit mehreren Schlagzeilen in die Hand: »Diese Meldungen werden noch heute Nacht an alle Nachrichtenagenturen weitergegeben.«

Artus begann zu lesen:

»Kleinflugzeug stürzt auf Hochhaus in San Francisco.«

»Jacht bei San Francisco explodiert.«

»Drei Tote! Handelt es sich bei den Explosionen in San Francisco um Terroranschläge?«

Khor fuhr fort: »Um der Presse für die nächsten Wochen genügend Stoff für weitere Schlagzeilen zu geben, lassen wir ein Bekennerschreiben einer islamischen Terrororganisation auftauchen, in dem weitere Terroranschläge auf den ›Satan Amerika‹ angekündigt werden. In dieses Bekennerschreiben werden wir natürlich auch Gilbert Winters primitive Racheaktion in diesem Kibbuz in Israel mit einschließen. Wir werden die Medien mit so vielen Falschinformationen füttern, dass sich niemand mehr um das kümmern wird, was wir in den nächsten Monaten durchziehen werden.«

»Danke, dass du mich eingeweiht hast. Wann genau ist der Einsatz der MCTS-Boxen geplant?«

»In zwei Monaten. Du bist jetzt für das Gelingen verantwortlich.«

»Und was ist, wenn jemand eine der Boxen abmontiert oder herausfindet, was sich dahinter verbirgt?«

»Mach dir darüber keine Sorgen, mein lieber Artus. Wenn jemand versuchen sollte, eine Box ohne ein Decodiergerät zu öffnen, wird sofort die komplette Software in der Box gelöscht. Niemand wird uns jemals etwas beweisen können.«

»Und sämtliche Decodiergeräte befinden sich in unserem Entwicklungszentrum unter Verschluss?«, fragte Artus nach.

»Nicht alle. Gilbert hatte insgesamt zwei Boxen und zwei Decodierer entwendet und für seinen privaten Kleinkrieg missbraucht. Er hat sich beides unrechtmäßig unter den Nagel gerissen. Aber es ist alles zusammen mit Gilberts Königreich in Rauch aufgegangen. Damit wurde die Ordnung wiederhergestellt.«

»Dann kann uns niemand mehr in die Quere kommen.«

Khor nickte zustimmend.

* * *

USA, vor der Küste San Franciscos – 23. Dezember, kurz nach 23:00 Uhr

Lion starrte minutenlang auf die brennende Jacht und konnte einfach nicht fassen, was gerade passiert war.

Zehn Minuten später hörte er hinter sich eine Motorjacht, die nur ein paar Meter von ihm entfernt anhielt.

»Lion, bist du dort im Wasser?«, hörte er die vertraute Stimme seines Vaters.

»Ja!«, stöhnte er, am Ende seiner Kräfte. »Martin ist auch bei mir. Er ist immer noch bewusstlos.«

Alle auf Williams Jacht packten mit an und zogen Lion und Martin aus dem Wasser. Sofort wurden beide mit Handtüchern, Decken und frischer Kleidung versorgt.

Zwanzig Minuten später fuhren sie auf dem Rückweg bereits wieder unter der erleuchteten Golden Gate Bridge hindurch in die Bucht von San Francisco hinein.

Lion, der sich mittlerweile an einem Heizlüfter wieder etwas aufgewärmt hatte und dicht gedrängt zwischen seinem Vater und Janina saß, schaute seine Retter dankbar an: »Verraten Sie mir, wer Sie sind?«

»Du willst unsere Namen wissen?«, fragte William.

»Klar, ich will doch wissen, wem ich mein Leben zu verdanken habe.«

»Ich heiße William Hart. Aber du darfst mich gerne Bill nennen, wie meine Freunde auch.«

Dann zeigte er auf das junge Paar neben sich: »Und die beiden dort sind meine frisch gebackene Schwiegertochter und mein Sohn. Aber sie sollen sich ruhig selbst vorstellen.«

Die junge Frau lächelte höflich: »Ich heiße Julia.«

»Ja, das ist meine Frau Julia«, sagte Bills Sohn stolz. »Wir haben vor zwei Wochen geheiratet und befinden uns gerade auf dem Absprung in unsere Flitterwochen. Mein Vater war eigentlich heute Abend dabei, uns die Jacht genauer zu erklären, die er uns netterweise für unseren Trip ins Warme überlässt. Doch dann kamt ihr und habt hier alles aufgemischt.« Er lachte herzlich. »Aber Julia und ich kennen uns mit so etwas aus. Wir haben gemeinsam schon so einiges erlebt.«

»Und wie heißt du?«, unterbrach ihn Lion neugierig.

»Joe ist mein Name. Joe Hart.«

Lächelnd streckte Lion Joe und Julia die Hand entgegen: »Freut mich, eure Bekanntschaft zu machen.«

KAPITEL 22

USA, Washington, D.C. – 22. Februar, 11:15 Uhr

Ein weißer Lkw parkte in der Nähe des Weißen Hauses vor einem Funkmast des neuen TRAXON-Netzes, das in wenigen Wochen aktiviert werden sollte.

Erwin Haller, der leitende Techniker der Installationsgruppe, öffnete die Laderaumtür und entnahm eines von über zweihundert weiteren Geräten, die sich auf der Laderampe des Lkw befanden. Sein Auftrag bestand darin, ein Steuerungsgerät mit dem geheimnisvollen Namen MCTS-Box an einem der Knotenpunkte des TRAXON-Netzes anzubringen.

»Das kommt dort hinauf in den Kasten«, befahl er seinen Technikern.

Plötzlich fuhren vier schwarze GMC Yukon vor und hielten mit quietschenden Reifen neben dem Lkw. Zwölf FBI-Beamte sprangen heraus, zogen ihre Waffen und richteten sie auf die Techniker und den Fahrer des Lkw.

Erwin Haller und seine Mitarbeiter hoben irritiert ihre Hände und beobachteten, wie der Einsatzleiter der FBI-Truppe, ein gut gekleideter Beamter in Zivil, aus dem vordersten Fahrzeug stieg und ihnen seinen Ausweis zeigte.

»Die Ladung im Lkw ist beschlagnahmt!«, sagte er kurz.

Dann blickte er zu dem Rücksitz seines Einsatzfahrzeuges, auf dem ein älterer Herr in Handschellen saß: Artus Kingsley.

* * *

Israel, ›Leandros Nest‹ – 23. Februar, 09:00 Uhr

Seit mehr als zwei Monaten lebten Ariel Goldberg, Yumiko Takahashi, Alexandro Novotny, Jackie Bordeaux, David Grand, Janina Adams, Lion Daniels sowie dessen Familie auf dem Gelände des israelischen Forschungszentrums, für das Leandro arbeitete. Sie hatten vom Leiter der Einrichtung, Salomon Stern, sogar einen neuen Konferenzraum zur Verfügung bekommen, den sie sofort ›Leandros Nest‹ getauft hatten. Ariel hatte nach ihrer Rückkehr aus San Francisco dafür gesorgt, dass sämtliche Sicherheitsvorkehrungen und technischen Geräte aus dem alten in den neuen Konferenzraum gebracht und dort auch installiert wurden.

Es hatte einige Zeit gebraucht, bis sie sich an die neue Umgebung gewöhnt hatten. Doch von ihrem neuen Quartier aus hatten sie einen wunderschönen Blick auf den See Genezareth. Und Leandro hatte mit seinem Chef zusammen für allen möglichen Luxus gesorgt, der ihnen das Leben angenehmer machte.

Leandro, Janina, David und Alexandro betraten an diesem Morgen als Erste den neuen Konferenzraum. Die anderen folgten ihnen nach und nach. Zehn Minuten später saßen alle um den großen Tisch herum und blickten erwartungsvoll auf Ariel, der Neuigkeiten für sie hatte.

»Schön, dass wir alle zusammen sind«, begann Ariel mit einem Lächeln im Gesicht. Dann schaute er seine Freunde mit leuchtenden Augen an: »Ich will euch nicht mehr länger auf die Folter spannen. Es tut mir wirklich leid, dass Yumiko und ich euch über vieles von dem, was sich in den letzten zwei Monaten getan hat, nicht informiert haben.«

»Das kannst du aber laut sagen!« Jackie schaute ihn aufmüpfig an. »Du hast uns absolut im Dunkeln gelassen und uns rein gar nichts erzählt.«

»Na, du brauchst dich ja wohl überhaupt nicht beschweren«, neckte sie Ariel und zwinkerte ihr zu. »Soweit ich weiß, kennen hier auch noch nicht alle deinen aktuellen Fortschritt.«

»Gibt es da etwas, was ich noch nicht weiß?«, rief Lions Mutter Amelie dazwischen.

»Das erzählen wir euch später«, sagte Leandro schnell.

Lion nickte: »Ja, es gibt in der Tat Neuigkeiten. Aber zuerst soll Ariel uns auf den neuesten Stand bringen.«

»Gleich nach unserer Rückkehr aus San Francisco habe ich den Mossad über alles informiert und um Hilfe gebeten. Damit unterlag alles, was von da an unternommen wurde, absoluter Geheimhaltung. Aber heute darf ich die Katze endlich aus dem Sack lassen«, resümierte Ariel.

»Dann leg mal los«, forderte ihn sein Schwager Bernie auf. »Wir sind total gespannt.«

»Wir wissen mittlerweile, wer Gilbert Winter, Jill Aapio und den Hünen namens Brioso getötet hat.«

»Wer?«, fragte Janina.

»Es war Khor, der oberste Priester von PENTATRAXON. Gilbert hat sich seinen Befehlen widersetzt, dafür musste er sterben und mit ihm alle, die ihn unterstützt hatten.«

»Krass!«, rief Alina dazwischen. »Der grillt seine eigenen Leute.«

»Heißt das, dass wir wieder in unser normales Leben zurückkehren können?«, fragte Bernie mit leuchtenden Augen, der seine Farm in Texas vermisste und unbedingt wieder nach Hause wollte.

Ariel zuckte mit den Schultern: »Dazu kann ich dir noch nichts sagen. Wir arbeiten aber dran. Lasst mich weitererzählen! Wie ihr wisst, haben wir die Sachen aus Gilbert Winters Tresor unter die Lupe genommen. Wahnsinn! Es ist einfach unglaublich, was uns in San Francisco für ein Coup gelungen ist. Das hat auch beim Mossad voll eingeschlagen und PENTATRAXON ist von heute auf morgen zum Feind Nr. 1 avanciert, der mit allen Mitteln zu bekämpfen ist. Und was der Mossad anpackt, das macht er gründlich.«

»Heißt das, dass wir beim Kampf gegen PENTATRAXON jetzt einen der besten Geheimdienste auf unserer Seite haben?«, fragte David begeistert.

»Den Besten, wenn ihr mich fragt«, verbesserte ihn Ariel. »Zunächst einmal ist es dem Mossad mithilfe eines Decoders gelungen, das Geheimnis der MCTS-Box zu knacken. Wir konnten endlich beweisen, was PENTATRAXON damit vorhatte und dass diese Geheimorganisation im Begriff war, die totale Gedankenkontrolle über die Menschheit zu erlangen.«

Erleichterung machte sich auf den Gesichtern aller Anwesenden breit.

»Der zweite Schritt war, die wichtigsten Geheimdienste in aller Welt zu informieren, um einen weltweit koordinierten und vernichtenden Schlag gegen PENTATRAXON durchführen zu können. Dabei mussten wir behutsam darauf achten, dass diejenigen Geheimdienstmitarbeiter, die nicht für ihr Land, sondern in Wirklichkeit für PENTATRAXON arbeiten, nichts davon mitbekamen. Durch die Informationen aus Gilberts Tresor wussten wir aber genau, wem wir trauen konnten und wem nicht. Der Mossad hat seine Informationen mittlerweile allen Geheimdiensten zugespielt und gemeinsam mit ihnen den Schlag gegen die Verschwörer vorbereitet«, fuhr Ariel fort.

Er rieb sich die Hände und grinste. »Gestern war es dann so weit. In etlichen Ländern wurden zeitgleich Razzien durchgeführt, bei denen Wagenladung für Wagenladung MCTS-Boxen beschlagnahmt und sichergestellt wurden. Außer dem obersten Priester Khor, dem man nichts nachweisen konnte, wurden die für dieses Projekt verantwortlichen Mitarbeiter von PENTATRAXON alle verhaftet, sogar der oberste Strippenzieher, ein gewisser Artus Kingsley.«

Lion strahlte: »Dann hat sich unser Einsatz in San Francisco also volle Kanne gelohnt!«

Yumiko grinste: »Und wie sich der gelohnt hat! Gemeinsam ist es uns gelungen, eine der größten Verschwörungen der Welt aufzudecken und zu vereiteln. Ihr könnt euch nicht vorstellen, wie erleichtert wir alle sind.«

»Total erleichtert«, grinste auch Bernie. »Und wann kann ich jetzt endlich wieder nach Texas zu meinen Rindviechern, meinen Pferden und zu meiner heiß geliebten Farm zurückkehren?«

»Und zu deinen Hornochsen?«, lachte Ariel. »Wie schon gesagt, daran arbeiten wir noch. Vertrau mir und gedulde dich bitte noch ein bisschen.«

Professor Alexandro Nowotny stand auf und erhob ein Sektglas, das Yumiko jedem Teilnehmer auf den Tisch gestellt hatte: »Darauf sollten wir anstoßen!«

Alle erhoben sich: »Le Chaim! Auf das Leben!«

»Und jetzt ist Jackie dran!«, sagte Ariel und stellte sein Sektglas auf dem Konferenztisch ab.

Die schaute unsicher in die Runde: »Ja, es gibt Fortschritte bei mir.

Aber zuerst soll euch Leandro erzählen, was er alles für mich unternommen hat.«

Leandro räusperte sich: »Na gut. Nachdem wir die Gegenstände aus Gilberts Tresor ausgewertet hatten, sind uns zwei Dinge aufgefallen. Zum einen gab es eine Thermosflasche, oder besser gesagt einen Behälter, der wie eine Thermosflasche aussah, in dem sich ein paar verschlossene Reagenzgläser mit diversen Präparaten und Flüssigkeiten befanden. Yumiko ist nach längerem Durchsuchen der Festplatten auf eine Datenbank gestoßen, in der die Substanzen dieser Reagenzgläser genau beschrieben wurden.«

»Ich verstehe nur Bahnhof - komm endlich zur Sache«, drängelte Alina.

»Kurzum: Mit den vorliegenden Informationen ist es uns gelungen, eine Apparatur aus Gilberts Forschungslaboren nachzubauen, mit der wir Jackies Amnesie vollständig heilen können.«

Alle im Raum fingen spontan an zu jubeln.

»Und gibt es schon erste Erfolge?«, hakte Amelie nach.

Jackie nickte: »Ich kann mich an immer mehr Dinge erinnern. Ich weiß jetzt, dass meine Mutter Französin und mein Vater Italiener ist. Und ich weiß, wer ich selbst bin.«

»Jaqueline Arielle Bordeaux etwa?«, lästerte Alina kichernd.

»Nein, nur mein Vorname Jaqueline stimmt und auch mein Spitzname lautete tatsächlich schon immer Jackie. Aber der Rest meines Namens ist frei erfunden.«

»Warum?«, fragte Janina neugierig nach.

»Das erkläre ich euch gerne. Wo soll ich anfangen? Also mein Vater ist, wie schon gesagt, Italiener, aber kein gewöhnlicher. Nein, er stammt aus einer der bedeutendsten Mafia-Familien Italiens. Als er meine Mama vor fünfzehn Jahren geheiratet hat - ich war damals schon auf der Welt -, wollte er mit der Mafia nichts mehr zu tun haben.«

Jackie machte eine kurze Gedankenpause. Sie hatte Tränen in den Augen, als sie mit zitternder Stimme weitersprach: »Er hat damals der Polizei Informationen angeboten, unter der Bedingung, dass er straffrei gestellt und wir als Familie in ein Zeugenschutzprogramm aufgenommen würden. Die Polizei hat sich darauf eingelassen.«

Jackie holte ein Taschentuch aus der Hosentasche, schnupfte hinein und sprach weiter: »Meine Eltern haben daraufhin eine neue Identität bekommen, ihr neuer Name lautete eben ›Bordeaux‹. Auch wenn es nicht mein echter Nachname ist, so bin ich damit aufgewachsen und identifiziere mich deshalb auch damit. Mein echter Familienname ist aber ein anderer.«

»Und wie heißt du richtig?«, wollte David wissen.

»Ehrlich gesagt weiß ich das nicht. Meine Eltern haben es mir nie verraten, um mich zu schützen. Es spielt ja aber auch keine große Rolle.«

Lion legte seine Hand auf Jackies Schulter: »Und weißt du auch, wo sich deine Eltern im Augenblick aufhalten?«

Jackie schüttelte mit gesenktem Blick den Kopf: »Nein, leider nicht. Sie sind wie vom Erdboden verschluckt. Vermutlich haben sie nach meinem Verschwinden sofort wieder eine neue Identität bekommen und halten mich für tot. Ariel und Yumiko haben mir versprochen, Nachforschungen anzustellen. Ich hoffe, dass sie fündig werden.«

»Eines verstehe ich aber nicht«, überlegte Lion laut. »Warum war Gilbert Winter so scharf darauf, dich um alles in der Welt wieder in sein Labor-Programm aufzunehmen? Was ist so besonders an dir?«

Jackie riss ihre Augen weit auf und starrte Lion gespielt vorwurfsvoll an: »Was so besonders an mir ist? Das fragst ausgerechnet du, Lion? Das solltest du doch eigentlich am besten wissen!«

»Nein, so meine ich es nicht«, wiegelte Lion verlegen ab. »Ich meine nur – warum wollte er ausgerechnet dich und nicht eine andere Person? Was war der Grund dafür? Und wie bist du überhaupt in seine Gewalt geraten?«

»Die letzte Frage kann ich dir beantworten. Ich war zur falschen Zeit am falschen Ort und habe etwas gesehen, was ich nicht hätte sehen dürfen. Ich habe Gilbert dabei beobachtet, wie er einen Menschen ermordet hat.«

Bei dem Gedanken daran liefen Jackie sofort wieder Tränen über die Wangen. Sie holte ihr Taschentuch erneut aus der Hosentasche, rieb sich die Augen und schniefte leise.

»Weißt du auch, wer es war?«, fragte Alexandro, nachdem sie sich wieder ein wenig gefasst hatte.

Jackie schaute mit verweinten Augen auf und zuckte schweigend mit den Schultern, doch Ariel wusste mehr: »Es handelte sich um einen Politiker aus Frankreich. Er war in seinem Land so etwas wie eine Lichtgestalt - ein Hoffnungsträger, der große Chancen hatte, neuer Premierminister zu werden. Aber er passte nicht ins Schema von PENTATRAXON, und weil Gilbert ihn persönlich kannte, hat er sich mit ihm heimlich getroffen und ihn umgebracht.«

»Und warum hat er dann nicht auch Jackie sofort getötet?« hakte Nowotny nach. »Als Zeugin war sie doch ein großes Sicherheitsrisiko für ihn.«

Jackie zuckte wieder mit den Schultern: »Ich weiß es nicht. Er hat seine Waffe auf mich gerichtet, sie dann aber wieder weggesteckt und mich stattdessen überwältigt und fortgeschafft. Danach kann ich mich an nichts mehr erinnern.«

»Auch dazu kann ich euch etwas sagen«, schaltete sich Ariel erneut dazwischen. »Wir haben in Gilberts Unterlagen einiges über Gilberts Beziehung zu Jackie herausgefunden. Wie es aussieht, war sie, obwohl sie zu diesem Zeitpunkt erst fünfzehn war, als Frau genau sein Typ - nein, mehr noch, er muss von Anfang an total vernarrt in sie gewesen sein - anders lässt es sich nicht erklären, dass er sie nicht auf der Stelle umgebracht hat. Später hatte er ja auch eine Beziehung zu einer Frau, die Jackie zum Verwechseln ähnlich sah, erinnert ihr euch? Und nachdem er Erkundigungen über sie eingezogen hatte, fanden sich für ihn sogar noch mehr Argumente, Jackie leben zu lassen.«

Jackie, die nicht gerne im Mittelpunkt der Aufmerksamkeit stand, runzelte die Stirn und schwieg.

»Welche?«, fragte Janina neugierig nach.

»Das Erste ist ihr außergewöhnlich hoher IQ. Dadurch war sie eine ganz besondere Probandin. Wenn es bei ihr gelänge, die völlige Gedankenkontrolle und Bewusstseinssteuerung zu erlangen, dann würde es auch bei allen anderen Menschen funktionieren.«

Er holte ein Foto aus der Tasche und zeigte es Jackie: »Wer ist das?«

Jackie zuckte mit den Schultern: »Das bin ich - aber woher hast du das? Ich kann mich an die Aufnahme nicht erinnern.«

Ariel grinste: »Das bist du nicht, Jackie. Die Person auf dem Foto ist eine weitere Doppelgängerin von dir – und Gilberts zweites Argument, dich am Leben zu lassen.«

Er reichte das Foto herum und alle staunten über die Ähnlichkeit dieses Mädchens zu Jackie.

Ariel fuhr fort: »Auf dem Bild seht ihr die Tochter eines amerikanischen Senators, den PENTATRAXON auf der Abschussliste hat. Er ist sehr ehrlich, geradlinig und unbequem, und damit auch sehr beliebt. Wenn dieser Senator zum Präsidenten gewählt würde, würde das PENTATRAXON in seinen Plänen um Jahre zurückwerfen.«

»Und warum hat PENTATRAXON ihn dann nicht schon längst eliminiert?«, versuchte Lion das Ganze zu verstehen.

»Zum einen ist er wohl einer der am besten bewachten und geschützten Politiker Amerikas. Zum anderen ist es eigentlich nicht der Stil von PENTATRAXON, unliebsame Politiker einfach kaltblütig zu ermorden. Vor allem hätte das viel Staub aufgewirbelt, was die oberste Riege von PENTATRAXON unbedingt vermeiden wollte. Die Lösung für das Problem präsentierte ihnen dann Gilbert mit einem diabolischen Plan: Anstatt diesen Senator durch einen Killer umbringen zu lassen, wollte er ein Familiendrama inszenieren. Die Schlagzeilen sollten lauten: ›Senator von eigener Tochter ermordet.‹«

»Und die Tochter wollte er durch mich ersetzen?« Jackie war entsetzt. »Er wollte mich zum Zombie machen, zu einer Killerin umprogrammieren, damit ich für ihn die Drecksarbeit übernehme? Deshalb die Amnesie und der ganze Mist?«

Ariel nickte: »Einfach irre, dieser Plan, aber genau das hatte er vor.«

»Der Kerl war ein echter Psychopath«, stöhnte David kopfschüttelnd.

Ariel nickte: »Ja, das war er. Und mit dieser Aktion wollte er sich bei PENTATRAXON für alle Zeiten ein Denkmal setzen und den anderen beweisen, was er draufhat. Für ihn war das so etwas wie diabolische Kunst – das teuflische Spiel eines Größenwahnsinnigen also.«

»Echt widerlich«, ächzte Jackie. »Leute, ich möchte euch jetzt bitten, damit aufzuhören. Ich kann das alles nicht mehr ertragen.« Tränen standen ihr in den Augen, sie senkte den Kopf und vergrub ihr Gesicht in den Händen.

»Was ist eigentlich aus Martin geworden?«, wechselte Lion schnell das Thema.

Die Frage beantwortete Yumiko: »Wir haben rausgefunden, wo Gilbert seinen Sohn versteckt hielt, und die Familie wieder vereint. Er arbeitet immer noch für die CIA, allerdings unter einer anderen Identität und im Innendienst. Er meinte, ein langweiliger Bürojob sei jetzt genau das Richtige für ihn. Ich soll euch alle von ihm ganz herzlich grüßen und euch noch einmal danken, dass ihr ihm vergeben habt.«

Dann wandte sie sich an Leandro: »Aber mich würde mal etwas ganz anderes interessieren, Leandro. Ich habe immer geglaubt, dass du in Janina verschossen bist. Aber jetzt sehe ich dich andauernd mit so einer wunderhübschen, israelischen Schönheit zusammen und frage mich, was es mit ihr auf sich hat.«

Leandro grinste: »Lasst uns das Thema wechseln. Nein, ich finde es gut, dass du das ansprichst, weil sich die anderen sicher auch schon fragen, was los ist. Wie ihr wisst, arbeite ich jetzt schon mehrere Monate in dieser Forschungseinrichtung und habe dort eine sehr nette Kollegin kennengelernt, mit der ich gerne sehr viel Zeit verbringe, alles rein beruflich natürlich.«

Alle schmunzelten, da ihnen Leandros ironischer Unterton nicht entgangen war.

Alina konnte es wieder einmal nicht lassen und trötete laut heraus: »Du bist verliiiihiiiebt!«

Leandro lachte auf: »Du hast es erfasst, Alina! Ja, ich bin über beide Ohren in dieses Mädel verliebt. Und sie mag mich auch. Aber pssst ... Klappe halten!«

Alina hielt sich symbolisch den Mund zu: »Ich werde schweigen wie ein Grab! Ehrenwort!«

Leandro schaute zu David und Janina hinüber, die verdächtig nah nebeneinandersaßen: »Na, dann übergebe ich den Stab mal an David und Janina – vielleicht haben die beiden uns auch etwas zu sagen?«

David wurde rot, doch Janina stand sofort auf und zog David ebenfalls vom Stuhl: »Ja, da gibt es tatsächlich Neuigkeiten. Ihr habt es in den letzten Monaten sicherlich beobachtet, dass David und ich uns immer nähergekommen sind. Gestern Abend haben wir dann einen Entschluss getroffen.«

Sie puffte David in die Seite und flüsterte ihm zu: »Jetzt bist du an der Reihe, David! Sag es ihnen.«

David bekam einen trockenen Mund, es war ihm unangenehm, dass alle im Raum auf ihn und Janina starrten. Er schluckte seine Aufregung hinunter, schließlich wollte er die Neuigkeit doch am liebsten der ganzen Welt erzählen, da waren seine Freunde ein leichter Anfang: »Wir haben uns gestern Abend verlobt.«

»Herzlichen Glückwunsch!«

»Wir freuen uns!«

«Le Chaim«, hallte es durch den Raum.

Währenddessen nutzte Lion die Zeit, bei Jackie eine Frage loszuwerden: »Magst du mich eigentlich immer noch, nachdem du jetzt weißt, wer du bist?«

Die strahlte ihn mit ihren ausdrucksvollen braunen Augen verliebt an: »Warum fragst du so etwas überhaupt, Lion?«

Dann legte sie ihre Hand an seine Schulter: »Aber erwarte nicht von mir, dass ich mich so schnell mit dir verlobe, wie die beiden dort drüben. Du weißt doch, ich bin eine ...«

»... ganz harte Nuss«, vollendete Lion den Satz.

Jackie gab ihm einen Kuss: »Genau!«

EPILOG

Israel, Jerusalem – zwei Wochen später

Ariel, Leandro, David und Lion betraten einen dunklen Raum, der sich in der Altstadt Jerusalems befand. Die Luft roch nach jahrtausendealter Geschichte. Dieser Raum barg viele Geheimnisse und war von Ariel bewusst für das bevorstehende Treffen mit dem Vertreter von PENTATRAXON gewählt worden - nicht zuletzt, damit er für eine gewisse Sicherheit hatte vorsorgen können.

»Meinst du, der akzeptiert, dass auch ich dabei bin?«, fragte David Ariel.

»Er muss! Wir diktieren ihm die Bedingungen, und dazu gehört auch, dass du dabei sein darfst. Aber halte dich bitte im Hintergrund.«

Sie warteten fünf Minuten - schweigend. Dann hörten und sahen sie, wie sich die Tür vor ihnen öffnete. Ein Mann betrat den dunklen Raum. Er trug eine schwarze Robe, deren Kapuze teilweise sein Gesicht verdeckte. Um den Hals trug er ein Amulett mit einem Schlangenkopf darauf.

Ariel erkannte sofort, dass er eine Maske im Gesicht aufgetragen hatte. Anscheinend wollte er vermeiden, dass man sein wahres Gesicht sehen konnte. Er setzte sich, zog die Kapuze nach hinten und starrte die vor ihm sitzenden Personen an.

Niemand sagte etwas. Schweigend musterten sie sich. Die Luft knisterte vor Spannung.

Lion schaute auf die Augen des Priesters. Sie strahlten eine Bosheit aus, wie er sie noch bei keinem anderen Menschen erlebt hatte. Lion bekam vor Grauen eine Gänsehaut.

Ariel übernahm das Wort: »Es ist gut, dass Sie unserer Einladung gefolgt sind. Wie sieht es aus? Gibt es irgendetwas, das Sie uns sagen wollen, bevor ich zum Thema komme?«

Der Mann vor ihnen atmete tief durch. Er war es nicht gewohnt, in der Defensive zu sein: »Sie wissen, dass es nach Gilbert Winters Tod niemandem mehr in unserem Orden gibt, der Ihnen nach dem Leben trachtet. Und ich selbst bin nur der oberste Priester eines religiösen Ordens, der von Gilberts Machenschaften nichts wusste.«

»Erzählen Sie uns keine Märchen«, unterbrach ihn Ariel scharf. »Sie stecken da knietief mit drin - nur kann man Ihnen leider nichts nachweisen. Aber lassen wir das! Was wollten Sie gerade sagen?«

Khor schaute ihn mit eiskaltem Blick an: »Sie wissen sehr wenig über mich, Herr Goldberg. Aber ich wollte Ihnen sagen, dass Sie alle wieder nach Hause zurückkehren können. Niemand wird Sie mehr belästigen.«

»Genau das wollte ich von Ihnen hören, Khor«, sagte Ariel mit harter Stimme. »Aber Sie kennen ja den Spruch: Vertrauen ist gut - Kontrolle ist besser. Wir haben Ihnen ein Angebot unterbreitet. Was sagen Sie dazu?«

»Machen wir es kurz. Ich bin hier, um Ihr sogenanntes ›Angebot‹ anzunehmen.«

Ariel lächelte hämisch: »Das möchte ich Ihnen auch geraten haben. Sie wissen ja, was passiert, wenn einem von unseren Leuten auch nur ein Haar gekrümmt wird?«

Khor antwortete ihm nicht direkt darauf: »Der PENTATRAXON-Tempel ist unsere Identität - die Seele unseres Ordens. Seele gegen Seele. Leben gegen Leben. Sie haben die nächsten Jahre nichts zu befürchten.«

»Sie von uns auch nicht. Wir achten Ihren Wunsch, dass der PENTATRAXON-Tempel im Verborgenen bleibt.«

Khor schaute seine Gegenüber hasserfüllt an: »Aber eines möchte ich Ihnen noch verkünden: Wenn das Reich da ist, werden Sie von mir persönlich zur Verantwortung gezogen.«

Ariel schaute ihn spöttisch an: »Sie wissen, dass wir den Tempel von oben bis unten mit hochexplosiven Sprengsätzen vollgepackt haben. Die weltweit besten Sprengstoffexperten haben dafür gesorgt, dass Sie diese weder finden noch entschärfen können. Deshalb möchte ich Ihnen raten, uns in Zukunft in Ruhe zu lassen, sonst ist Ihr netter Tempel Geschichte.«

Khor ging nicht darauf ein, sondern sprach einfach weiter: »Wenn das Reich da ist, werden Sie für die Gräueltaten gegen unseren Orden bestraft werden. Das Reich ist nicht mehr fern. Genießen Sie ihre letzten Jahre in Freiheit!«

Der Priester stand abrupt auf, drehte sich um und wollte schon wieder gehen. Doch dann fuhr er noch einmal herum und starrte Leandro, Lion und Ariel zornig in die Augen: »Ihr werdet uns nicht aufhalten können! Das Reich wird bald kommen – und Starrköpfe wie ihr werden darin keinen Platz haben!«

Plötzlich war Davids Stimme aus dem Hintergrund des Raums zu hören: »Eines müssen wir Ihnen auch noch sagen: Jesus Christus wird jedem Reich, das gegen ihn steht, ein Ende setzen und sein eigenes Friedensreich aufbauen. Da können Sie einen Handstand machen, aber werden daran nichts ändern: Jesus hat das letzte Wort!«

Wütend verließ Khor den Raum.

Als er fort war, fragte Lion nachdenklich mit gläsernen Augen: »Meint ihr, dass wir von PENTATRAXON jetzt wirklich in Ruhe gelassen werden?«

Ariel nickte: »Es wird ihnen nichts anderes übrig bleiben. Der Tempel ist ihr größtes Heiligtum.«

Lion lächelte: »Dann können wir also alle wieder nach Hause?«

Ariel nickte zustimmend: »Ja, Lion, es ist vorbei.«

* * *

Südfrankreich – Ende Juni

Lion steuerte einen weißen Transporter auf einer schmalen Straße durch das südfranzösische Hinterland der Provence, abseits der Luxus-Hotels und Schickimicki-Orte entlang der Côte d'Azur.

Jackie, die neben ihm auf dem Beifahrersitz saß, war begeistert: »Wie schön das alles ist. Schau mal, die blühenden Lavendelfelder um uns herum, die kilometerweit die sanften Hügel bedecken! Traumhaft!«

»Stimmt, so etwas habe ich bisher nur auf Postkarten und in Reisebüchern gesehen.«

Jackie schaute Lion mit ihren dunkelbraunen Augen an, die einen sehnsüchtigen Glanz ausstrahlten: »In so einer Gegend bin ich aufgewachsen. Ich sehe einzelne Szenen meiner Kindheit vor mir. Ist das nicht toll?«

Lion nickte: »Ja, Jackie, es ist einfach unglaublich, wie dein Gedächtnis in den letzten Monaten immer mehr zurückgekommen ist. Leandro spricht ja mittlerweile sogar von einer vollständigen Heilung deiner Amnesie!«

»Das stimmt! Ich habe kaum noch Gedächtnislücken. Es ist einfach unglaublich. Leandro! Was habe ich ihm nicht alles zu verdanken? Er hat alle Hebel in Bewegung gesetzt, sodass ich die bestmögliche Therapie bekommen habe.«

»Ja, Leandro ist ein ganz besonderer Mensch. Weißt du, was er mir vor der Abreise gesagt hat?«

Jackie schüttelte den Kopf: »Sag es mir!«

»Er ist jetzt der neue Leiter einer kompletten Abteilung in der Forschungseinrichtung. Und ihm gefällt es in Israel so sehr, dass er dortbleiben möchte.«

Jackie grinste: »Kein Wunder! Rebekka hat ihm vollständig den Kopf verdreht. Sie ist so klug, witzig und hübsch. Sie passt richtig gut zu ihm!«

»Meinst du, dass sie ihn ebenfalls mag?«

»Da bin ich mir sicher. Ich habe sie mehrmals beobachtet, wie sie Händchen haltend spazieren gegangen sind und wie sie sich dabei in die Augen geschaut haben«, schmunzelte Jackie. »Die beiden sind total verliebt, das spüre ich.«

Lion steuerte das Fahrzeug durch eine enge Gasse eines idyllischen kleinen Ortes, der aus für die Provence typischen Steinhäusern bestand. Er legte seine Hand auf Jackies Hand. Beide schwiegen und ließen die Impressionen der wunderschönen Landschaft auf sich wirken.

Nach einiger Zeit unterbrach Jackie das Schweigen: »Hast du eigentlich etwas von David und Janina gehört? Seitdem David mit Janina und Alexandro nach Freiburg gegangen ist, habe ich sie etwas aus den Augen verloren.«

»Ja. David hat mir geschrieben, dass es ihm im Breisgau sehr gut gefällt. Er spricht mittlerweile immer besser Deutsch und ist Angestellter in einem gut laufenden Handwerksbetrieb. Janina hat ihr Studium für Archäologie fortgesetzt. Nowotny hat sich persönlich für sie eingesetzt, dass ihr das halbe Jahr, das sie in Israel war, als Praxissemester angerechnet wird.«

Jackie lächelte: »Ich kann mir gut vorstellen, dass die beiden nicht mehr lange warten werden, bis sie heiraten.«

»Ich mir auch nicht. David hat so etwas angedeutet und gemeint, dass wir uns ja bald alle wiedersehen würden.«

Sie schwiegen erneut, schauten auf die Olivenhaine, die die schmale Straße flankierten.

»Und wie geht es deiner Familie, Lion?«

»Mum und Dad sind überglücklich, dass sie wieder auf der Farm sind. Nur Alina ist total unglücklich. Sie hatte sich in Israel Hals über Kopf in einen jungen Kerl aus dem Kibbuz verliebt. Nur leider hat der sich nicht mehr bei ihr gemeldet, seitdem sie nach Amerika zurückgekehrt ist.« Lion musste grinsen. »Nichts Ernsthaftes also. Sie kommt drüber hinweg.«

»Und wie geht es mit dir weiter?«

Lion zuckte mit den Schultern: »Ich würde gerne in Paris bleiben. Die Stadt gefällt mir total und ich bin grad erst wieder richtig im Studium angekommen. Aber es hängt ein bisschen davon ab, was du vorhast, Jackie. Ich kann mir auch gut vorstellen, die Universität zu wechseln, wenn du woanders studieren möchtest.«

»Nein! Mir gefällt es in Paris auch sehr gut. Und ich kann dort ab dem Herbstsemester Medizin studieren, es wäre also Quatsch nun irgendwo anders hinzugehen.«

Lion grinste: »Passt also!«

Jackie fuhr fort: »Und irgendwie fühle ich mich hier in Frankreich meiner Familie etwas näher, nachdem ich jetzt weiß, dass wir zuletzt in der Nähe von Paris gewohnt haben.«

Sie legte die Hände vors Gesicht und rieb sich Tränen aus den Augen: »Ach, ich sehne mich so sehr nach meinen Eltern und nach meinen beiden kleinen Brüdern, Lion. Ich habe immer noch die Hoffnung, dass ich sie schon bald wiedersehen werde. Aber sie sind wie vom Erdboden verschluckt.«

Lion ging nicht darauf ein: »Wie alt sind deine Brüder, Jackie?«

»Sie sind erst drei Jahre alt – Nachzügler. Es sind Zwillinge. Die beiden sind total süß, Lion. Was würde ich darum geben ...«

Jackie sprach nicht weiter, sondern fing laut an zu schluchzen. Tränen rollten die Wangen hinunter.

Lion ließ sie in ihrem Schmerz in Ruhe, streichelte ihr nur sanft über ihre Hand.

Nach einigen Minuten änderte sich die Landschaft. Es wurde hügliger und die Lavendelfelder wurden abgelöst durch Rebstöcke.

»Wir sind gleich da. Schau! Dort vorne ist das Weingut.«

Jackie strich sich die Tränen von den Wangen. »Warum holt Ari die zwanzig Kisten Wein eigentlich nicht selbst ab, sondern schickt uns beide?«, fragte sie zum wiederholten Mal. »Er hätte doch jetzt wieder genügend Zeit, es selbst zu erledigen. Und ein bisschen Urlaub auf einem Weingut täte ihm mit Sicherheit gut.«

»Vielleicht wollte er uns einen romantischen Ausflug in die Provence schenken«, grinste Lion und steuerte den Wagen auf den Hof des Weinguts. »Wir sind da, Jackie.«

Beide stiegen aus und schlenderten zur Eingangstür des Wohnhauses. Lion klingelte.

Die Gutsbesitzer, ein Paar ungefähr Ende dreißig öffnete die Tür. Sowohl der Mann als auch die Frau hatten einen kleinen Jungen auf dem Arm, die Jackie mit großen Augen anschauten.

Jackies Augen weiteten sich – mit weit aufgerissenem Mund starrte sie das Ehepaar an und schlug die Hand vor ihren Mund.

Dann gab es kein Halten mehr: Das Paar stürmte nach draußen. Sie setzten die Kinder auf den Boden, rissen Jackie an sich, küssten sie und weinten vor Freude: »Jackie! Endlich! Wir haben dich wieder!«

Jackies Herz raste. Ein Glücksgefühl, das sie noch nie erlebt hatte, durchströmte ihren Körper. Sie konnte es nicht fassen, was soeben passierte: »Mama, Papa!«

Dann versagte ihr die Stimme und sie ließ ihren Gefühlen freien Lauf. Lange standen sie so, weinend, lachend, sich umarmend.

Lion stand daneben und lächelte.

ENDE

NACHWORT

Lieber Leser,
während ich dieses Buch im Jahr 2020 schreibe, finden Ereignisse statt, die niemand für möglich gehalten hatte: Die ganze Welt steht kopf und ächzt unter den Folgen der Corona-Pandemie.

Diese Ausnahmesituation, in der wir uns gerade befinden, ist ein idealer Nährboden für Spekulationen aller Art. Der Begriff Verschwörungstheorie gerät deshalb immer mehr in den Fokus der Öffentlichkeit.

Mancher wird sich fragen, warum ich es dann wage, mein Buch »Die Babylon-Verschwörung« zu nennen. Gebe ich damit nicht den kursierenden Verschwörungstheorien neue Nahrung?

Nein, im Gegenteil. Ich versuche, meinen Lesern Prinzipien an die Hand zu geben, die dabei helfen, mit diesem Thema richtig umzugehen. Dazu möchte ich zwei Zitate aus dem Roman heranziehen:

> »Fakten sind immer das, was man beobachten und auch beweisen kann. Und Verschwörungstheorien sind Vermutungen oder wilde Spekulationen, die man nicht beweisen kann oder die einfach nur falsch sind. Manchmal handelt es sich bei Verschwörungstheorien auch um Halbwahrheiten, was sie so gefährlich macht.«

»Wir müssen lernen, messerscharf zu denken und genau hinzuschauen, damit wir Fakten und Verschwörungstheorien auseinanderhalten können.«

Die Babylon-Verschwörung in meinem Roman ist natürlich nur Fiktion. Aber auch wir sollten uns die Mühe machen, verlässliche Informationen zu sammeln, wenn wir die Wahrheit über etwas herausfinden wollen. Anstatt einfach das zu glauben, was ›über‹ andere Personen oder Ereignisse gesagt oder berichtet wird, sollten wir direkt an die Quellen herangehen und uns mit dem befassen, was diese Personen ›selbst sagen‹ oder gesagt haben.

In der Lion-Daniels-Reihe wird viel über den »Babylon-Plan« gesprochen, dessen Ziel ein neues Weltreich ist. Auch in der Bibel ist schon in der Offenbarung von einem »Antichristlichen Weltreich« die Rede.

Wann sich die Aussagen der Bibel erfüllen, ob in naher Zukunft oder doch erst später, kann niemand voraussagen. Anstatt wie ein Kaninchen auf die Schlange zu schauen, richte ich meinen Blick viel lieber darauf, dass Jesus Christus wiederkommen und sein Reich aufbauen wird, wie er es versprochen hat:

»Siehe, ich komme bald.« (Offenbarung 22,13a)

Ein großer Dank geht an meinen Sohn Benjamin und meine Frau Birgit sowie an Matthias Mross, die mir mit ihren Beiträgen geholfen haben, das Manuskript besser zu machen.

Vielen Dank auch an das professionelle Team des SCM Verlags, das diese Buchreihe möglich gemacht hat. Mein spezieller Dank für eine sehr gute Zusammenarbeit geht dabei auch an die Lektorin Hella Thorn.

Euer Daniel Kowalsky
Dezember 2020

PS: Und wenn euch die Lion-Daniels-Reihe gefallen hat, dann schreibt mir doch oder besucht meine Internetseite: **danielkowalsky.de**

Oder sagt eurem Lehrer, dass er mich zu einer Online-Autorenlesung in eure Schule einladen kann. Ich habe schon über 80 Autorenlesungen gemacht, und etwa die Hälfte davon sind durch Schüler zustande gekommen. Probiert es doch einfach mal bei eurem Lehrer. Fragen kostet ja bekanntlich nichts.

Bis bald – vielleicht bei einer Autorenlesung, die durch euch zustande gekommen ist!